執手偕老不行嗎

1

風 文創 708

暮月 著

風文創 708

目錄

自序

暮月

從前有一位忠義之士，後來他死了，再後來他的妻子帶著他的兒子……會過上什麼樣的生活呢？寫下這個故事緣於作者某一次的心血來潮。當身為小說裡，忠心護主的路人丙炮灰侍衛英勇護主而亡後，失去家中頂梁柱的他的親人，又會面臨怎樣的局面？書中的女主角凌玉上輩子就是這樣一位「忠義之士」的遺孀，在夫君程紹禟護主盡忠而亡後，混跡市井，半生流離，帶著年邁的婆母與年幼的兒子艱難度日。歷經前世苦難的她，一朝重回十年前，新的故事、新的人生便由此開始。擁有「重生」這麼一個金手指的凌玉，利用先知得以改善家中生活，也立誓要改變忠義夫君的命運，卻不知遇到了最大的攔路虎——她的夫君程紹禟。

書中的男主角程紹禟還被讀者取了一個外號——程木頭。顧名思義，他耿直、刻板，但又有著忠、義、禮、仁、勇的美好特質。當堅信「大丈夫行走江湖，忠義二字不能丟」的程紹禟，對上深諳「人不為己，沒好日子」道理的凌玉；當「以忠義為先」對上「以性命為先」；當「死要面子」對上「死鴨子嘴硬」，故事中的故事便有了凌式結局——「從前有位忠義之士，後來他死了，再後來他的妻子帶著他的兒子和他的全部家產改嫁，從此過上了幸福的生活」（啊，這真是一個幸福又悲傷的故事！）。

程紹禟與凌玉這對主角並不完美，文章連載前期，程紹禟的「忠義」飽受爭議；連載中期，凌玉的圓滑與衝動同樣遭受過批評。然而，這樣一對不完美，並且理念不符、三觀有異的夫妻，在磕磕碰碰中，漸漸學會彼此包容，攜手經歷風雨，走上了一條與前世截然不同的路，取得了今生的圓滿。而故事中的故事終於也迎來了凌式最終版結局——「從前有位忠義之士，他正直、寬厚、以善待人，後來他富貴了，在權勢中起伏翻滾，卻始終不失本心。一直到最後，他的媳婦和兒女，都以他為榮」。

文章的最後，有讀者指出，凌玉最後改變了故事，不過是唯結局論。其實並非如此，縱然在上一世程紹禟早逝，他們年幼的兒子也依然以父親為榮，因為他的父親光明磊落、正直寬厚。而這樣的男子，又怎會不值得凌玉去愛，他們又怎會不攜手終生，幸福終老？

楔子

酒樓裡飄出的飯菜香充斥著凌玉的鼻端，她嚥了嚥口水，只覺得肚子叫得更厲害了，雙腿無意識地邁出一步，直到肩膀被喝得醉醺醺的男子撞到，她陡然回神，低著頭避到一邊，看看掌心那三個銅板，終於嘆了口氣。

再這樣下去可不行啊！三個銅板，最多也就只能買三個饅頭，小石頭一個十歲的孩子也能一口氣吃掉三個，更不必說家中還有一個病倒在床的婆母。

她揉了揉額角，默默地將三個銅板收好，下定決心無論如何都得先找份差事，不拘是什麼，至少先把溫飽問題解決再說。

有手有腳又還年輕，總不至於會餓死才是。況且，早前更艱難的境況都能熬過去，相信這一回也不會例外。

「大妹子，可要來碗陽春麵嗎？三文錢一碗管飽！」街邊賣陽春麵的中年婦人笑呵呵地招呼。

凌玉停下了腳步，略有幾分遲疑，最終還是豁出去問：「三文錢一碗麵，那我只要湯不要麵條，能不收錢嗎？」

對方沒有料到她會問出這樣的話，愣怔須臾，上上下下地打量著她。

這些年帶著一老一少，艱難求生，凌玉早已將自尊啊、顏面啊此等於她而言太奢侈之物，扔到了九霄雲外，故而這會兒也是相當坦然地迎上老闆娘的視線。

那老闆娘瞅了她片刻，終於無奈地道：「不收，坐下吧！」

凌玉本已經做好了被罵、被趕的心理準備，倒沒想到今日出門遇貴人了，讓她一時不知該說些什麼才好？

「怎麼了？不要了嗎？」老闆娘沒好氣地問。

「要要要，肯定要！」凌玉動作飛快，挑了個離她最近的位置坐下，望著對方手上那碗冒著熱氣的麵湯，眼睛簡直像是要放光。

待老闆娘把那碗湯放在她面前，她也不怕燙，捧著大碗公就「咕嚕咕嚕」地灌了幾口，只覺得這碗麵湯，實乃平生喝過最好喝的湯了！

接連灌了大半碗麵湯，她才注意到碗裡還有些許麵條，雖然不多，但也足夠讓她充滿感激。只有瀕臨絕境之人才能深深地感受到，旁人哪怕一點點的善意也是何等珍貴，更何況她還是個先後兩回被親人推向絕境之人。

依依不捨地放下空空如也的碗公後，她舔了舔唇瓣，神色添了幾分難得的不自在。

「不夠嗎？不夠自己來盛。」剛好招呼完另一名客人的老闆娘見狀，隨口道。

「不，夠了夠了！多謝大姊！」若沒有接下來的打算，凌玉必是會厚著臉皮喝個飽，只是……

那老闆娘有些懷疑，左看右看都不覺得此人僅喝了這麼一碗麵湯就會飽了。

凌玉清了清嗓子，正想開口，忽聽前邊響起一陣爭吵聲——

「豈有此理！撞壞了我的東西，不賠就想跑?!」

「賠？你知道站在你面前的這位是什麼人嗎？那是得了當今聖上金口誇讚的、劉家老爺的外甥！別說只是撞倒你的幾個燒餅，便是踩平這整條街，也沒人敢哼半個字！」

凌玉望過去，見前邊賣燒餅的攤位一片凌亂，一名家僕打扮的年輕男子一腳便踩在撒落在地的燒餅上，還用力蹍了幾下，他的身後，是一名神情倨傲的華服男子。

「什麼劉家這般了得？竟連他們家一個外甥也如此囂張！」鄰桌有客人壓低聲音問。

便是凌玉也被挑起了好奇心，豎起耳朵聽著他們小聲議論。

「你是從外地來的吧？怪道連得了皇帝金口誇讚的劉家也不知道。」

「說到底，這劉家也是有些運道，不過是在皇后娘娘仍落魄時給過她一口飯吃，不承想竟有這天大的福報！」

看著那對撞了人家攤子的主僕揚長而去，燒餅攤子的老闆卻是一臉敢怒不敢言，凌玉暗地搖搖頭，收回了視線。窮苦百姓遇上此等「貴人」，除了自嘆一聲倒楣外，還能有什麼法子？

她周遭的議論之聲卻沒有停止。

「可不是嗎？誰能想得到，一個牙婆子手裡的窮苦丫頭，日後竟……嘖嘖，真真是那老柳家祖墳冒青煙了！」

「柳家村出了位皇后娘娘，整個村的人背脊也挺得比旁人要直呢！」

「當年窮得揭不開鍋的老柳頭，這會兒都成了國丈，一家子全住在京中大宅子裡吃香的、喝辣的！也不知當年他把女兒賣掉時，可曾想過會有今日這般好日子？」

「呵，這算什麼？如今啊，連皇后娘娘幼時洗衣裳的河、揹過的竹簍、用過的木盆、走過的山路、吃過的野果子……樣樣都像是鑲了金似的！」

「真是生兒不如生女啊！」想到「一人得道，雞犬升天」的柳家村，有人發出一聲感嘆。

貧家農女出身，一躍成為母儀天下的皇后娘娘，得皇帝獨寵，親生兒子又被冊為太子，這潑天的富貴，別說「雞犬」，只怕連那蟲子、螞蟻也比別人家的傲氣幾分呢！

「這就是同人不同命啊！」老闆娘也忍不住說了句，隨即又玩笑般對凌玉道：「若是你們家也曾如那劉家老爺一般，對娘娘施過恩，這會兒也不用窮得連吃碗麵條的錢都沒有了。」

凌玉也笑道：「您還別說，我那死鬼男人當年就是為了保護娘娘才丟了命的。」

「哎喲喲，這可是護命之恩哪！大妹子，只怕你們家也要有一場潑天富貴了！」老闆娘哈哈一笑。

「聖上還是王爺的時候，還誇過我那死鬼男人是忠義之士呢！」凌玉又加了一句。

「哈哈哈，妳還真會開玩笑！」周遭的人都忍不住笑了，誰也沒有把她的話當真。

凌玉笑著聳聳肩。這年頭，說真話倒是沒人相信了。只是，她也沒有心思多說，想到家中還在餓肚子的一老一少，她不禁覥著臉衝老闆娘道：「陽春麵三文錢一碗管飽，我這裡有三文錢，妳給我裝一碗，能讓一個飯量極大的成年人吃飽的……」到底心虛，而且久不曾冒出頭的羞恥也浮了起來，她的聲音越來越低，到後面簡直如同蚊蚋一般。

老闆娘驚訝地微張著嘴，少頃，再度嘆了口氣，只道了句『妳且等著』，便去準備裝麵條了。

見對方連自己如此荒唐的要求都沒有拒絕，凌玉更覺羞愧。

若是對方態度惡劣些，她倒還覺得自在，反正這些年她也沒少受人白眼、遭人謾罵，可偏偏人家半句難聽的話也沒有，明明如此虧本的生意，依然認下了。

她忽地覺得鼻子有點酸，連忙別過臉去，眨巴眨巴眼睛，想要掩飾開始泛紅的眼眶。

突然，前方不遠處，一個熟悉卻又略帶幾分陌生的身影出現在眼前。她先是一愣，隨即不敢相信地揉了揉眼睛，死死地盯著那個身影，待對方緩緩轉過身來，那張熟悉的臉龐清晰地顯現在眼前時，她陡然大喝一聲。「程紹安！你這殺千刀的小賊，把老娘的錢還回來！」

那人像是被她這聲吼叫嚇了一跳，待見她如一陣風似地朝自己衝來，再細一看她的容貌，頓時一個激靈，當機立斷轉過身去，撒開腳丫子便跑！

「程紹安，你給老娘站住！」扎小人詛咒了五年之人終於現身，凌玉怒火中燒，使出吃奶的力氣追過去。

「誒，大妹子，妳的麵！」裝好麵條的老闆娘一回身，便見她有如一陣風似地跑出去，忙快走出幾步想要叫住她，卻發現不過瞬間的工夫，早已經不見她的蹤跡。「真是個怪人！」老闆娘搖搖頭。

卻說凌玉憋著一口氣直追。這些年帶著一老一少艱難地求生，四處奔波，她早已鍛鍊出一身好腳力，追出了大半條街也不帶喘。見前方那人慌不擇路地衝進胡同裡，她二話不說便追了進去。

「程紹安，你這畜生！你連自己親大哥拿命換回來的錢都偷，親娘也不顧，倒還有臉活著？你──啊！」見對方被追得直喘大氣，步伐越來越慢，她加快腳步正要追上，忽地腳底一滑，她還來不及反應，整個人便往後仰，重重地摔到地上。

「咚」的一聲悶響，後腦勺更是一陣劇痛，像是有什麼尖銳的東西扎進去，痛得她哼也哼不出聲。

我命休矣！

最後一點意識徹底失去之前，她只來得及在心裡嘆上這麼一句。

第一章

凌玉迷迷糊糊地睜開眼睛，黑乎乎的一片；一摸身下，是硬邦邦的床板，她暗道：難不成有好心人把我送回家了？

片刻之後，眼睛漸漸適應黑暗，她隱隱約約可以看到屋內的佈置。

也不知是不是她的錯覺，總覺得這屋裡的佈置有些像程家村的家，可那個家早就已經毀在戰亂中了。

忽地想到自己失去意識前之事，她心中一驚，當即摸了摸後腦勺——別說傷口了，竟是連痛都不痛一下！

她又不死心地在身上這裡捏捏、那裡拍拍。好好的，半點異樣也沒有。

她皺起了眉，心裡總覺得有股說不出的詭異，正想起床點燈看個究竟，忽地，一陣細碎的腳步聲在寂靜的夜裡響起，房門更是發出一陣被人輕輕推開的「吱呀」一聲。

她心口一緊，下意識就往枕頭底下摸去，卻發覺空無一物，她放在下面的匕首不知所蹤。

找不著匕首，本還算鎮定的她頓時就慌了。婆母病了好些日，至今下不了床；兒子小石頭從來不會夜裡起來，所以這個時辰潛進來的，必然又是些不懷好意之人。

她心驚膽戰地下了床，連鞋也來不及穿，飛快地閃到櫃子後面，忽地看見桌前的板凳，不管三七二十一便拿在手上，眼睛死死地盯著屋內移動的黑影，待那黑影離她越來越近時，陡然高舉起板凳，狠狠地往黑影頭上砸去——

眼看著就要砸到那人頭上，說時遲那時快，那人驟然出手一抓，穩穩地抓住了板凳。

「你這偷雞摸狗、欺凌弱小的惡賊！放開！」凌玉用力地想要扯回板凳，可對方的力氣著實太大，她扯了扯，竟是半點也抽不動。

雙手無法，還有雙腿。她立即飛起一腳，用盡全身力氣就往對方下襠踢去，誓要將此等惡賊踢個斷子絕孫，好教他們知曉她可不是好惹的！哪料到，那人竟然還能險險地避開她這一腳。她不死心地又想踢過去，男子低沈的喝止聲隨即響起來——

「小玉，妳做什麼?!」

小玉?!凌玉被這個久遠的稱呼弄得懵了懵，就這麼一愣神的工夫，那人扔掉板凳，大掌往她腰間一撈，牢牢地將她困在懷裡。

「放開！再不放開我喊人了！」凌玉當即回神，死命掙扎著。

「妳怎麼了？」

「放開！你放開我！」凌玉又怕又恨，拚命拍打著對方。

「小玉，是我，我是紹禟，程紹禟！」那人見她掙扎得太厲害，也生怕她真的鬧起來吵到家人，連忙道。

「程紹禟」三個字傳入她耳中時，她的動作有片刻的停滯。

那人忙摟著她轉了個身，讓自己的臉對著昏暗的月光。「看清楚了嗎？我是紹禟，是妳的相公程紹禟啊！」

凌玉藉著月光朝那人臉上望去，待那張臉清楚地映入眼中時，雙眼陡然瞪大。

「原來我真的摔死了……」她喃喃地道。下一刻，她眼前一黑，再度失去意識。

「小玉！小玉！」

凌玉再度醒過來的時候，發覺屋裡已經點起了燈。

一個高大的身影坐在床沿，見她睜開眼睛，明顯鬆了口氣。「可還覺得有哪處不舒服嗎？」

她下意識地避過他欲探自己額溫的手，一臉警惕地瞪著他。

程紹禟如何沒有察覺她的防備？他滿是不解，想了想，還是解釋道：「這趟鏢比較順利，故而比原定歸期提早了些。只是白日在路上耽誤了些時辰，才回得晚了，不承想驚嚇到妳，是我的不好。」

大半夜突然發現有人進屋，任憑是誰都會嚇一跳，更何況還是小玉這般年輕女子。想到這兒，程紹禟更感歉疚。

凌玉死死地盯著他，良久，緩緩地望向地上，見地上清晰地映出兩道人影，秀眉擰得更緊。

有影子？這是不是說明她大難不死？可是，程紹禟呢？這個已經死了多年之人突然出現，難道見鬼了？可鬼會有影子嗎？她覺得自己的腦子有些不夠用了，片刻後，她小心翼翼她問：「你真的是程紹禟？」

程紹禟有些哭笑不得，可還是無奈地回答。「是，我是程紹禟，如假包換的程紹禟！」

「可是、可是……」凌玉更覺得懵了。她的相公明明已經死了好多年啊！

突然，屋外傳進來一陣孩童的啼哭聲，她嚇了一跳，便見程紹禟起身。

「想來是小石頭醒了在鬧，我去瞧瞧。」

「等等……」凌玉想要抓住他問個究竟。

可程紹禟急著看看將近三個月沒見過的兒子，步伐匆匆，也沒有留意她的話。

凌玉連忙趿鞋下地，追在他身後走出去。走著走著，她的腳步不知不覺便停下來，滿目盡是不可思議，皆因她發現，自己身處之地，的的確確就是位於程家村的家！

她用力在胳膊上掐了一記。「嘶！」會痛，那就說明一切並不是夢。

「娘，是不是小石頭醒了？」那廂，程紹禟站在王氏門外，壓低聲音問。

王氏認出他的聲音，有些意外他竟然回來了，不過再一看懷裡咂巴著小嘴哭得鼻頭紅紅的孫兒，唯有將滿腹驚喜壓下，隔著門回了句。「這會兒快要睡過去了。你也先回屋睡吧，有什麼待明日再說。」

程紹禟應了聲，一轉身，便對上妻子複雜的眼神。「小玉？」

凌玉覺得眼前的一切著實太過詭異。

她摔了一跤，原本應該死了的，可卻又意外地醒過來，不但毫無損傷，且還出現在本應在戰亂中毀去的家中，而她那死去多年的相公正喚著她「小玉」，對面屋裡則響著婆母的聲音還有兒子的哭聲。可是，她的兒子明明已經十歲了！

難道，她摔了一跤，把自己摔回了數年前？又或者，她早就應該摔死了，卻是不知閻王老爺那裡出了什麼錯，竟然沒讓她喝孟婆湯，也沒讓她投胎，而是直接讓她重回到數年前？

應該可以這樣認為的吧？她給自己找著理由，可隨即又覺得這個理由著實太過荒謬。

程紹禟拿不準她的心思，見她的神情有些恍惚，月光下的身影纖細單薄，不由得心生憐惜，語氣越發溫柔。「這會兒夜深了，妳想必也累了，先回屋睡覺，有什麼話明日再說可好？」

凌玉遲疑須臾，點點頭。不管了不管了，先睡一覺，說不定明日醒來，一切就回復正常了呢！她如斯安慰著自己。

兩人又一前一後回了屋，凌玉坐在床沿，看著這個「死而復生」的程紹禟從櫃子裡翻出一套乾淨的衣裳，又取出他用的汗巾。許是察覺到她的視線，他回過頭來，目光交接間，凌玉便聽他道——

「趕了一日路，我先去洗洗，妳且睡吧！」言畢便走了出去。

她看著房門被人推開又輕輕闔上，緩緩地躺在床上，睜著眼睛盯著帳頂，努力梳理發生在自己身上之事。

她可是清清楚楚地記得硬物刺入後腦勺那一刻的劇痛。腦袋都穿了個窟窿還能活嗎？可她偏偏活了。不但活了，還出現在一個不可思議的地方，見到了不可思議之人。

程紹禟……她喃喃地唸著這個已經埋藏心底多年的名字。

帶著一身水氣的程紹禟剛進來，便聽到自家娘子喃喃地喚著自己的名字，明明是最簡單不過的三個字，可從她口中唸出，卻是蘊著那麼一股千迴百轉的味道。

他微瞇著雙眸，望向床帳裡的起伏，也不知是不是朦朧夜色帶來的錯覺，總覺得今晚的娘子有些不一樣。可若要他具體說說有哪些不一樣，他卻又說不出來。

陰影擋住了視線，凌玉頓時回神，側過頭一望，便看到男人挺拔頎長的身影。她下意識地縮了縮身子，心跳也不由自主地加快幾分。

程紹禟沒有錯過她的動作，心裡的那股異樣感更濃了。

「你……」

「妳……」

兩人同時開口，程紹禟詫異，清清嗓子道：「妳先說吧！」

凌玉擁緊薄被，舔了舔有些乾的唇瓣。「你要睡這裡嗎？」話音剛落，她陡然醒悟過來，恨不得搧自己一記耳刮子。這問的是什麼蠢話?!

程紹禟也沒有想到她會問出這麼一句話，一時倒也不知應該怎麼回答，唯有「嗯」了一聲，想了想，終還是不放心地問：「妳是不是身子哪裡不舒服？」

凌玉正為自己的犯蠢懊惱，一聽他給自己找了個臺階，忙不迭地點頭。「對對對，我就是、就是覺得頭有點暈，怕是著了涼，唯恐傳染給你。」

程紹禟恍然大悟。「原來如此……」一邊說，一邊伸手探她額溫。

男子帶著薄繭的溫厚大掌覆在額上，凌玉才反應過來。

「是有點兒涼，明日到縣裡抓服藥，服上幾帖想來便無礙了。」說完，又熟練地替她掖了掖薄被，未等凌玉再說什麼，他便如同哄兒子睡覺一般，隔著薄被在她身上輕拍了拍。

「夜深了，先睡吧！」

這種被人照顧著的感覺對她來說很陌生，她恍了恍神，油燈便被人熄滅了，屋裡頓時便又陷入黑暗中。緊接著，她身側的位置躺下一個人。

她反射性地往裡面縮了縮，儘量拉開與男人的距離，雙手更是死死地攥著，一遍遍在心裡告訴自己：這個人不會傷害我、這個人不會傷害我……

儘管如此，可她腦子裡卻不停閃現著一幕——黑暗中，陌生的男人獰笑著朝她撲來，撕裂她的衣袖，死死地將她壓在身下……不知不覺中，她的身體抖得更厲害了。

腰肢突然被沈穩有力的胳膊摟住時，她的心跳幾乎停止，險些抑制不住恐懼地尖叫出聲。

「小玉？」她抖得這樣厲害，程紹禟怎會感覺不到？以為她冷，連忙將她擁住，卻發現她整個身體都是僵著的，當下大驚，連人帶被緊緊地抱入懷中。

凌玉不停地顫抖，雙手越攥越緊，一遍遍無聲地提醒自己：他是我的相公，他不是壞人，他不會傷害自己……

也不知過了多久，一絲絲暖意慢慢滲透她的體內，有人隔著被子輕輕地拍著她的背脊；也許是真的累了，不知不覺中，她漸漸平復下來，眼皮越來越沈，最終墜入了夢鄉。

懷裡傳出均勻平緩的呼吸聲後，程紹禟一直擰著的眉頭總算舒展開來，藉著微弱的月光望向懷中沈睡的容顏，再一想她今晚的種種異樣，神情若有所思。

難道在他離家的這兩個多月，曾有惡賊潛進家門？

凌玉是被頭皮上的痛楚驚醒的，乍一睜眼，便對上一張流著哈喇子的稚嫩小臉。

她初時還有些懵，而後瞬間回神，一下子坐了起來，緊緊地盯著身邊的小傢伙。

即使是「縮小」了這般多，可她依然不會認錯，這個衝她露出「無齒笑容」的小不點，正是她的兒子小石頭！

這麼說，昨晚那些是真的了？她沒死？且回到了程家村，她的相公程紹禟還活著，婆母沒有臥病在床，兒子還是個流哈喇子的小豆丁?!

「娘……」

咬字並不清晰的稚音突然在屋裡響起來，她側頭望向正朝她張開雙臂求抱抱的兒子，再深深地打量屋內的一切，忽地一笑。

管他呢，不管是以什麼方式，活著就好！這世間上，再沒什麼能比活著更重要的了！

「來，娘親抱抱小石頭！哎呀呀，真沈手！小壞蛋，不許扯娘親的頭髮，疼疼疼，快放手、快放手！」不到一會兒的工夫，屋內便響著女子的痛呼聲及稚兒咯咯的軟糯笑聲。

凌玉好不容易從壞小子的手中搶救出自己的長髮，有些氣不過地在兒子那肉肉臉蛋上捏了一記，就見小傢伙無辜地衝她眨巴眨巴烏溜溜的眼睛。

她輕輕握著小石頭的胳膊，透過眼前這張肉嘟嘟的臉蛋勾畫他幾年後的模樣，想到那個還只得七、八歲的他，掄著棍子如同暴怒中的小老虎一般，死命地追打著前來找碴的二流子。

明明還是個孩子，卻已經知道用自己的力量保護娘親了。

「只盼著這一回，你親爹可以長命些，至少可以活至你長大成人。」她低喃。

小石頭不懂娘親的心思，咿咿呀呀地叫著，偶爾衝她咯咯地直笑。

「傻小子……」凌玉疼愛地點了點他的小鼻子。

「我來看著他，妳先去洗漱吧！」

男子低沈的嗓音響起來，她身子一僵，這才察覺程紹禟不知什麼時候走到了身邊。

「好。」她應了一聲，看著男人將小石頭摟到懷中，動作不失溫柔地替小傢伙擦了擦臉。

許是不滿意抱著自己的懷抱不及娘親香軟，小傢伙「呀呀」地喚了幾聲，小手直拍著親爹的胸膛，像是要把對方推開。

「臭小子，小小年紀便開始嫌棄親爹了是不？」程紹禟輕輕握著兒子的小胳膊，故意板著臉道。回應他的，依然是那「呀呀」的不滿稚聲。

凌玉有些失神。許是年代久遠，她已經有些想不起上輩子……姑且稱為上輩子吧，上輩子他們父子相處的情形。

程紹禟身為縣城裡鏢局的鏢師，每隔一段日子便要出鏢，一去數月甚至大半年是常有之事，他們夫妻本就是聚少離多，自然他們父子也沒有太多時間相處。

直到後來程紹禟進了齊王府當侍衛，雖說在家中的時候比當鏢師時要多，但也是會隔三差五的領差事外出，一去短則數日，長則也有數月之久。

十六歲嫁人，十七歲產子，二十二歲守寡，滿打滿算，她與他也只有六年的夫妻情分，而論起與他相處的日子，著實稱不上多。

她搖搖頭，抱著空木盆走了出去。

當她梳洗完畢再回到屋裡時，已經不見了那對父子的身影。

她簡單地對鏡綰了個髮髻，憑著記憶，打算先到菜園子摘些菜。說是菜園子，其實就是在院子東邊闢出一塊空地來，種上些蔬菜瓜果。這些，也就是程家每日餐桌上的菜餚了。

「大哥，你什麼時候回來的？怎地我一點兒也不知道！」

院裡響著年輕男子驚喜的叫聲，凌玉腳步一頓，循聲望去，便看到一張讓她恨極的臉。程紹安！

她緊咬著牙，若非有一線理智猶在，此刻她便要撲上去，將此人千刀萬剮，以洩積攢多年的心頭之恨了！

上輩子程紹禟死後，不久程家村便捲入戰亂中，他們一家人擔驚受怕、四處逃命，好不容易尋到一個容身之處，打算安定下來重新過日子，可這個身為家中唯一的成年男丁、本應擔起頂梁柱之責的男子，卻偷走了家中的銀兩，不知所蹤！甚至，他偷走的銀兩，還是齊王府給的撫恤金！

再一想到上輩子初經戰亂，離鄉背井、身無分文，上有被氣病在床的婆母，下有嗷嗷待哺的稚子，那叫天天不應、叫地地不靈的窘迫與絕望，她便恨得牙根發癢。

程紹安正逗著兄長懷中的姪兒，忽覺背脊一涼，滿腹狐疑地轉過頭去，便對上了自家人嫂那吃人的目光。媽呀，好可怕！他打了個寒顫，一下子便縮回了握著姪兒的手。

程紹禟乃是習武之人，勉強也算是在刀口上混日子的，自然也察覺到凌玉的異樣，暗地吃了一驚；再看看舉止可見心虛的兄弟，濃眉不禁皺了皺，抱著兒子朝她走去。

「可覺得好了些？娘在灶房裡準備早膳，妳身子不好，我已經跟她說過了。」

哪有媳婦起得比婆母要晚的？程紹禟提前替她想好藉口，王氏自然也不會說什麼。

凌玉一聽便明白了，感激地衝他點點頭。「好多了，勞你掛心。」

她這般客氣，倒讓程紹禟又多看了她一眼，心裡那股異樣感也更加濃了，不過倒也沒有說什麼。

小石頭一見娘親便張開胳膊朝她撲去，凌玉並沒有抱他，只是捏捏他肉乎乎的臉蛋，對兒子他爹道：「他如今在學走路，你不必總抱著他，讓他自己慢慢學著走幾步才是。」

程紹禟一愣。「已經可以學走路了？這般快？」他總感覺兒子出世還沒多久呢，居然已經在學走路了嗎？

「哎呀，大哥，你也不想想自己出門多久了，小石頭不但會走路，還會說話了呢！只是不怎麼肯說，要哄他才行。」一旁的程紹安插話。

程紹禟臉上浮現幾分愧色。他錯過了兒子的成長……

「你大哥要為了整個家奔波勞累，自然不如二弟你這般空閒，不知道這些也是正常的。」凌玉瞥了他一眼。

程紹安摸摸鼻子，老老實實地站在一邊，再不敢說話。

凌玉也不再理他，握著兒子的小手搖了搖，對程紹禟道：「我把家裡收拾收拾，你且照看著他。」

程紹禟點點頭，看著她的身影進了堂屋，轉身問弟弟。「我不在家中的這段日子，家裡可曾發生過什麼事？譬如有賊潛進來之類的。」

「有賊潛進？沒有啊，你不在的時候，家裡一切正常。」程紹安撓撓頭，不解他為何會這般問？

沒有嗎？見他不似撒謊，程紹禟皺眉。

卻說凌玉把裡裡外外都收拾了一遍，再到灶房裡，便見到王氏在裡頭忙活的身影。

上輩子她們婆媳算得上是相依為命了，兩人相互扶持著熬過了最難的那段日子，只可惜先後被信任的小輩背叛，急火攻心之下，王氏本就已經不怎麼好的身體更加急轉直下。

如今……若是上輩子的她真的摔死了，留下婆母與兒子這一老一少，日後的日子可如何是好！難道還要靠著多年後冒頭的程紹安良心發現不成？她頓時便憂心忡忡起來。

「起了？身子可好了些？年紀輕輕的可得學會保重，若落下什麼病根子可不是好玩的。」王氏一轉身便看到門口處的她，隨口道。

「好多了。娘說得是，我拿些水先去澆澆菜。」她將心中擔憂斂下。

「去吧，我這兒也快好了。」王氏往灶裡塞了把柴，頭也不回地道。

待她澆完菜，把家裡收拾好，王氏也做好了早膳。

一家人用過早膳，程紹禟便道：「娘，我想帶小玉到縣裡看看大夫，您可有什麼東西需要我買回來的嗎？」

「不用，我已經大好了，沒必要花那個冤枉錢。」正哄著兒子喚娘的凌玉一聽，連忙拒絕。

她的身體根本沒什麼事，那不過是昨夜隨口扯的謊罷了。

倒是王氏道：「去瞧瞧也好，把身子養好了，來年再給小石頭添個弟弟。至於買什麼回來，我倒沒什麼要的，只一條，小石頭過幾日便要滿週歲了，雖說窮人家不講究，可到底是咱們家的長孫，這抓週禮總得辦一辦的。趁著這回你到縣裡，乾脆便把抓週禮上需要的東西都置辦齊全吧！」

「娘放心，這個我記得。」兒子的週歲，程紹禟又怎會不記得？自是應下。

婆母都發了話，凌玉也不好再說什麼，把兒子交給王氏，又聽程紹禟問程紹安可需要他帶什麼回來？

程紹安眼睛一亮，正要數出一直想買，卻又因為囊中空空而無法得到之物，卻在看到凌玉瞪過來的眼神時，將滿腹的話嚥了回去，最終只能悶悶地道：「不用了……」

凌玉鬆了口氣。這終日遊手好閒、無所事事之人，身上藏不了幾個錢，想買什麼也買不了，如今一聽有人幫他買，還不可著勁要求？這年頭掙幾個錢容易嗎？哪能隨便亂花！

既然計劃好了，夫妻二人便先回屋準備。凌玉將水囊裝滿水，又用油布包了幾個饅頭以便在路上吃，剛收拾好，程紹禟便遞給她一個錢袋子。

她順手接過。「這是什麼？」

「此次押鏢的工錢一共是三兩八十錢，我給了娘一兩，如今便餘下二兩八十錢，妳且收著。」

凌玉有些意外。「這回怎地這般多？」

「這回的主顧比較大方，打賞了不少，總鏢頭便讓兄弟們都分了。」程紹禟解釋道。

凌玉想了想，又還給他一兩。「你今日要到城裡置辦抓週禮，身上怎能少了錢。」

程紹禟擺擺手。「不必，我身上還有些，已經夠用了，總不會連東西都置不齊。」

凌玉聽罷，很乾脆地收回去。

錢可是個好東西，沒有它是萬萬不能的。上輩子她吃盡了身無分文的苦頭，這輩子絕對不能重蹈覆轍！

她憑著記憶在床板上這裡拍拍、那裡摸摸，終於找到一個暗格，裡面果然藏著一個盒子。她取出盒子打開一看，頓時便眉開眼笑。

將錢袋子裡的二兩八十錢倒進去，又仔仔細細地數了幾遍，一共三兩八十九錢。不多，但對「昨日」還吃不起三文錢一碗陽春麵的她來說，已經是一筆小巨款了。

程紹禟看她抱著錢盒子的歡喜模樣，頓時覺得養家餬口的壓力更大了。

凌玉沒留意他的心情，腦子飛快運轉，仔細思量。

若一切還是按著上輩子的發展，這程家村最多也不過五年便要毀了，故而根本住不長久，到時又再要逃難，糧食之類自然帶不走。先不管日後是在他鄉從頭再來，還是待天下大定後回到原籍，想要重新把家建起來，也少不了花費。思前想後，最重要的還是——錢！

她偷偷地瞅了程紹禟一眼，心裡敲起了邊鼓。

只盼著這輩子他能長命些，若是萬一，真的只是萬一，萬一他又拋下他們母子早早去了，她也得提前留個後著才是。

「都收拾好了嗎？該啟程了，早去早回才是。」見她坐著一動也不動，也不知在想什麼，程紹禟提醒道。

「收拾好了，這便走吧！」凌玉索利地將錢盒收好，剛拿起小包袱便被程紹禟接了過去；她也隨他，只是剛走出門口便停下來，不等程紹禟發問，快步又回到屋裡，搬來薄被壓在裝錢盒的暗格上。她輕撫著下頷，想了想，又覺得這樣太過刻意，有一種「此地無銀三百兩」的感覺，遂又將薄被移開，將草蓆撫平，左看右看，確信讓人瞧不出異樣了，才略微放下心來。「還是得到縣裡買把鐵鎖將盒子鎖住才是。」她自言自語般道。

別怪她這般小心，實在是上輩子先後兩回被人偷走家財，已讓她悔斷腸子，這會兒對錢財，總覺得不管把它們藏在何處，都不能完全放得下心來。

程紹禟看著她這一連串動作，若有所思。

「走吧！」凌玉沒有在意。

夫妻二人出了門，走在村裡的大路上，入目盡是熟悉又陌生的景致，路上偶爾遇到相熟的村民，聽著那或是「紹禟媳婦」，或是「石頭他娘」的稱呼，她再一次真真切切地意識到，所有的一切確是實實在在發生的。

死了又重活，大概是老天爺對她最大的眷顧了。

程家村離縣城不算遠，腳程快的話不到一個時辰便也到了，若是駕車，也就小半個時辰的路程。村裡唯有老驢頭有輛牛車，平日去縣城會提前在村口等進城的村民，順便載他們一程，今日他們夫妻來得不巧，老驢頭剛剛已經駕著車走了。

程紹禟是個習武之人，又是天南地北地去，這點腳程於他而言不算什麼，只是有些不放心自家娘子。

偏凌玉還以為自己是個曾揹著孩子逃難的婦人，縱是接連走大半日的路也不在話下，這一點路程更是不放在眼裡；而程紹禟見她一臉不以為然，也便相信了。哪想到走了半個時辰不到，凌玉便氣喘吁吁，感覺雙腿有如千斤重。此時她才醒悟，那個一口氣跑幾條街都不帶喘的，是上輩子的她，而不是這輩子這個生完孩子未滿一年的自己！

「上來。」

她抹了一把額上的汗水，正猶豫著是不是歇息一會兒再走？忽見程紹禟半蹲在身前，側過頭來衝她道。她愣了愣，隨即明白他的意思，連忙搖頭拒絕。「不必了，我還能走。」

程紹禟皺眉，堅持道：「上來。」

這人怎麼這般固執？青天白日的，讓人瞧見了成什麼樣子？凌玉氣結。

可一見他那副大有她不上去就堅持到底的模樣，她終於還是洩氣了。

罷了罷了，有人自願當免費人肉轎夫，也不怕被人取笑自己被媳婦兒壓在背脊上，她有什麼好不自在的？

想到這兒，她頓時就坦然了，先取過程紹禟臂彎上的包袱拎在手上，而後直接便趴到他的背上，任由他揹著自己趕路。

被人這般揹著走路，在她記憶裡還是頭一回，山風拂面而來，清清涼涼的，也趕走了身上的炎熱。

她怔怔地望著揹著她邁著沈穩腳步的男人，眼神有幾分恍惚。

不管哪輩子，這個男人待家人其實還是相當不錯的，儘管話不多，但侍母至孝，友愛兄弟，疼愛兒子，對妻子也算體貼。

譬如這會兒，尋常男子哪個會願意讓一個婦人這般壓在背脊上？也就他似是完全不當一回事。可惜，就是短命了些！她嘆了口氣。

這個寬厚結實的背脊，充滿了力量，彷彿可以替她擋去一切的不懷好意與傷害。她想，若是他上輩子能活得長久些，有人與她分擔，也許她也就不會過得那般辛苦了。

環著男人脖頸的手無意識地收緊了幾分，她暗暗下定決心，便是不為旁的，只為了讓自己下半輩子過得稍輕鬆些，這個男人的命，她也一定要想法子保全了！

女子的低嘆清晰地響在耳畔，程紹禟的眉頭又擰起來，不由得暗暗反思，難不成是因為這回自己離家久了些，娘子對他起了疏離，連帶著也添了些不滿？

他自來便不是多話之人，而對凌玉來說，有著五年的「寡婦生涯」，對這個夫君早已起了陌生感，故而兩人一路沈默，竟是半句交談也沒有。

被程紹禟揹著走出了好幾里路，忽見前方路邊停著一輛馬車，一名臉長長的瘦削中年男子半蹲在車前，他的身邊則是一位身材圓潤的婦人，正不耐煩地衝他道。

「還沒有修好嗎？」

「再等等。他娘的，這破車，早知就換掉它好了！」男人罵罵咧咧，許是久修不好，實在沒忍住，又往車上踢了一腳。

「踢踢踢，再踢我瞧著修到天黑也修不好！」婦人見狀急了。

休息了這般久，凌玉自覺被消耗的體力全部回來了，加上如今又遇到外人，她也不好再這般被揹著，遂輕輕掙扎了一下，小聲道：「放我下去吧，我自己走便好。」

程紹禟這一回倒沒有再堅持，順從地將她放下來，又衝她道了聲「妳且等等」，便朝著前方那二人走去。「這位兄臺，可有什麼我能幫得上的嗎？」

凌玉聽著他主動開口問，並不意外。

這男人的性子便是如此，又或許是習武之人都有一種天生的仗義豪情吧，但凡能幫的都會主動搭把手。不過……她聳聳肩。大概在他心裡，這世間也沒幾樣是不能幫的吧？

她的視線緩緩落到三名挨站馬車旁、瘦瘦弱弱、衣衫襤褸的小姑娘身上，又再望望那名身材圓潤的婦人，一下子便猜到了對方的身分——牙婆！

如今世道不好，到處都聽聞有餓死人之事發生，窮苦人家養不起孩子，不得不賣掉換幾個錢是常有之事。不說別處，便是境況稍好的程家村，也不乏賣兒賣女的人家。

而對被賣的孩子來說，日後的前途、命運如何，卻是無法預料的了。福氣大的如未來的皇后娘娘，一樣也是小時候被父母賣給牙婆子，機緣巧合進了齊王府，由齊王府一名普通的婢女開始，一步一步成長至日後的齊王侍妾、側妃，再到後來的柳貴妃、皇后。只這天大的福分，豈是常人所能有的？這三名小姑娘，想來便是牙婆從附近村莊裡買來的了。

想到上輩子那個傳奇般的柳皇后，凌玉又忍不住往那幾名小姑娘處望了望。也不知是不是她的錯覺，總覺得個子最高的那位有幾分眼熟。

她忍不住仔細打量著那小姑娘，見她雖是面黃肌瘦，可有著一雙相當水靈的眼睛，五官乍一看也是稀鬆平常，只仔細瞅瞅，又似有幾分不俗。

她想，這小姑娘若是好生養一陣子，想必會是個美貌小佳人。不過如今身不由己，前途及命運都掌握在旁人之手，容貌過人未必是什麼好事。

那小姑娘察覺到她的視線，抬眸望了過來，目光交接間，凌玉只覺得那股熟悉感更濃厚了，腦子裡甚至冒出一個奇怪的念頭——她不應該是這個模樣的。

下一刻她又覺得莫名其妙，窮苦人家的丫頭，不應該是這個模樣的，那還能是什麼模樣？

將這個奇怪的念頭壓下後，她朝著小姑娘友善地笑了笑，對方似是怔了怔，隨即飛快地低下頭去。凌玉不解，但也不在意，而那廂，在程紹禟的幫助下，馬車很快便修好了。

「大兄弟，這回可真是多虧你了！」瘦削的中年男人連聲道謝，便是那牙婆子亦是一臉感激。

「舉手之勞，不值什麼。」程紹禟接過凌玉遞過來的汗巾擦了擦手，淡淡地道。

「這位是尊夫人吧？好俊俏的模樣，大兄弟好福氣。」牙婆子早就注意到了凌玉，見狀便笑道。

有相公在身邊，凌玉只需要扮演一個聽話的小娘子便可以了，故而便抿抿唇，露出一個有幾分羞澀的淺笑，任由程紹禟與對方客套。

「二位可也是要到縣城裡去？」中年男人問。

「正是。」

「原是順路，不如我載二位一程？」

凌玉側眸望了望那輛並不算大的馬車，再看看那三名沈默不語的小姑娘與那圓潤的牙婆子，對它是否能再容得下兩個人表示深深懷疑。

程紹禟想來也有同樣的懷疑，婉言謝絕了。

那兩人見他執意不肯，大概也想到自己這小破車恐怕真的載不下了，故而也不再勉強。

三名小姑娘先後上了車，牙婆子與那中年男人又再三向程紹禟道謝，這才駕車離開。

看著那馬車越行越遠，很快便化作一個墨點消失在眼前，凌玉卻忽地靈光一閃——

柳侍妾……不，皇后娘娘！

長得最高的那位小姑娘，不就是未來的齊王侍妾、後來的皇后娘娘嗎？

說到底，這劉家也是有些運道，不過是在皇后娘娘仍落魄時給過她一口飯吃，不承想竟有這天大的福報！

上輩子在陽春麵麵攤處聽到的話忽地在耳邊迴響，她頓時懊惱得一拍腦門。好歹上輩子到齊王府尋相公時，她也是有幸見過這未來皇后的真容，方才怎麼就不早些想起來呢？若早想起來，日後那「一飯之恩」不就成了自家的了？

「妳怎麼了？」程紹禟不解她這副捶胸頓足般的模樣。

「沒，就是突然間發現自己一不小心錯過了幾百兩。」

「錯過了幾百兩？」程紹禟更加疑惑了。

凌玉自然無法對他明言。總不能跟他說，方才那牙婆子帶的三名小姑娘中，有一位是未來的皇后娘娘，只要跟她套了近乎，再施予一點恩惠，日後就算不能飛黃騰達，至少得個幾百兩回饋必是有的吧？幾百兩啊，足夠尋常百姓家庭一輩子衣食無憂了。

她兩輩子見過的人加起來也不少了，論理當年在齊王府偶爾見到的「柳姑娘」，算是她見過的人中最好看的，乍一看，還以為瞧見了神仙妃子、月宮裡的嫦娥，以致後來得知這位「柳姑娘」乃是農家女出身，她怎麼也無法相信。

據說皇后娘娘是十三歲的時候被家人賣了的，方才那小姑娘瘦瘦弱弱的模樣，怎麼瞧也不過十一、二歲；不過窮人家的孩子吃不飽、穿不暖，瞧著比實際年齡小也不是什麼奇怪之事。

只是，如此印象深刻的人，這輩子面對面地瞧著，她居然久久沒有認出來，以致白白浪費一個富貴的機會。這到底該說她沒有那個「富貴命」呢，還是該說「柳姑娘」這顆珍珠如今被禾稈蓋得太嚴實？

她越想越懊惱，可對著程紹禟的追問，卻只能含糊地回了句「沒什麼」，怕他再問，忙又道：「時候不早了，咱們快走吧！」說罷，便往縣城方向走去。

程紹禟滿腹疑惑，只到底也不是那等打破砂鍋問到底的，見她不願多說，也不勉強。

凌玉走出一段距離，悄悄地望了身邊的男人一眼，忽地想起，上輩子這個男人不就是為了保護方才那位小姑娘才丟了命的嗎？

她記得那是個飄著細雨的日子，那人跟她說接了差事需要離家一段時日，至於具體要去多久才能歸來，暫且無法定論，若兒子問起，便說爹爹回來了就帶他去騎馬。

那個時候，已經五歲的小石頭最喜歡的就是讓爹爹帶他去騎馬了，可是程紹禟著實太忙，自然也沒有太多時間可以分給他。

與他夫妻多年，數不清他有多少回臨時領差外出，故而凌玉也不在意，只如同往常一般替他收拾行囊，叮囑他一路小心，再親自將他送出門，便緊閉大門，安心侍奉婆母，教養親兒，靜候他的歸來。

只可惜，三個月後，她等回來的只有一罈骨灰。

對他在外頭的差事，她從來不曾過問，而他也從來不提，她自然不清楚這份導致他丟了命的差事，到底是做什麼的？還是後來他生前交好的同僚私底下告訴她，他是在奉命保護柳側妃的過程中丟了命的，再多的，那人便不肯說了。

皇族權貴之事，自然不是她一個平頭百姓所能摻和的。況且，領了人家的俸祿，自然便得全心全意當差，因公丟了性命，大抵只能嘆一聲學藝不精、時運不濟了。

而齊王府很快也送來一筆不算少的撫恤金，算是盡到了「主家」之義。時也、命也，她們這些親屬自然也沒什麼好怨惱、好不忿的。

走出一段距離後，她還是沒忍住，問道：「方才那三位小姑娘，你可瞧見了？」

「嗯，瞧見了。」程紹禟不明白她為何會提到那三人？想了想，以為她只是好奇心起，遂難得地解釋道：「方才修車時與那男子閒聊了幾句，那位婦人是名牙婆子，男子是她的夫婿，那三位小姑娘是他夫妻二人買回來的。那三位姑娘表面並不見任何傷痕，神情言行中亦無對那對夫妻的畏懼，雖說神色可見不安，但想來多是出於對未知前程的徬徨，故而這幾樁買賣應是出於自願。」

凌玉一愣。「原來如此。」

程紹禟又是一聲「嗯」，再無他話。

夫妻二人再度沈默趕路，凌玉卻總忍不住偷偷往他那邊望去。看著那稜角分明的堅毅側臉，忽地覺得，這個男人倒真稱得上是心細如髮了。

她確信方才他全心全意地修車，並不曾三心二意去留意人家姑娘，最多也不過剛過去詢問是否要幫忙時瞄了那三人一眼，或者那三人上車離去時又多看了看，就這麼幾眼的工夫，他就判斷出這般多信息了？

她突然有個想法，這男人一開始這般主動地上前幫忙，不會是懷疑那對夫妻拐賣人家小姑娘，本著探個究竟的心思才上前詢問的吧？畢竟如今世道正亂，並不乏拐賣婦孺賺黑心錢的惡賊拐子。

她方才這般問，其實也不過是一時頭腦發熱，想問問這個男人對未來的皇后娘娘，如今牙婆子手上待售的丫頭片子有什麼看法？畢竟這男人上輩子可是因那姑娘而死，身為妻子的，明知不該，可心裡也總是難免有點小疙瘩。

夫妻二人很快便到了縣城。

青河縣只是一個不大的小縣城，比不得富庶的大縣城，但相比不少隔三差五便傳出餓死人消息的貧困縣要好上許多。凌玉覺得，青河縣的相對「平靜」，最主要的原因想來便是此處有個還算是比較為民著想的縣太爺。

待一年之後，縣太爺之位換人，青河縣便會是另一個模樣了。她搖搖頭。

好歹上輩子她也去過不少地方，見識雖算不得多，但或多或少也知道，亂的可不只是底下的小縣城，往上一級，甚至幾級的州府省也好不到哪裡去。

最上頭的都亂了，一層傳一層，由上及下，早晚會攪成一鍋粥。否則，上輩子她又何須四處逃難？

閻王打架，小鬼遭殃；皇子爭權，百姓受難。若再加上一個無心政事的皇帝，這天下能不亂嗎？百姓能有好日子過嗎？

「咱們先去書齋把抓週要用到之物置齊，妳瞧著如何？」程紹禟瞧她並不見疲態，把水囊遞給她，示意她喝口水解解渴，這才徵求她的意見。

凌玉一連灌了幾口，才把水囊還給他，拭了拭嘴角。「也好。」

雖說「萬般皆下品，唯有讀書高」，可對看慣了一身臭毛病，偏又「手無縛雞之力」的讀書人的她來說，更希望兒了將來能跟他爹習武，長得壯壯實實的，幹活一把手，養家餬口不成問題，千萬莫要似他的外祖那般。

兩人到了位於東街的書齋，程紹禟挑了本《三字經》及一枝毫筆，凌玉見他左看右看，並沒有直接結帳，倒像是在找著什麼，不解地問：「你在找什麼？」

「帖子。」

「帖子？」凌玉一怔，看著他將尋到的帖子和那本《三字經》、毫筆一起結了帳，又向書齋老闆借了筆墨寫好帖子。她雙唇微微動了動，臉上盡是無奈。

這帖子不用看她也知道是寫給何人的，除了她的親爹外不作他想。

窮人家哪有這般多的虛禮？不過是個抓週禮，見著面時口頭邀請兩句便可，若是離得遠了，也託人說一聲便是，也就她爹這個酸秀才是個例外！

兩人從書齋出來後，她忍不住低聲抱怨道：「寫什麼帖子，白花那銀子錢！託人順道跟他說一聲便可以了，何須這般費事！」

「不可！爹是讀書人，讀書人最是講究此道，何苦為了幾個錢而惹他老人家不高興？」程紹禟搖頭，並不贊成她的話。

凌玉輕哼一聲。「你這字給他寫帖子，豈不是又要招他念叨！」

想到自己那手「爛字」，程紹禟的神情難得地添了幾分赧然。沒法子，誰讓他讀書少，偏老丈人又看重是否他親筆手寫，所以字再難看，他老人家也只能忍一忍了。

雖然心裡不滿，但到底他也是為了自己親爹，凌玉也不好再多說什麼。只想到親爹對程紹禟的諸多苛刻，心裡難免添了幾分愧疚。

兩人走了幾步，便見前方有間雜貨鋪，她打算進去買把鐵鎖及繡線。

「我到對面買些東西，妳若先買好了，暫且在店裡等我片刻。」

她正挑著繡線，聽到程紹禟這話也只是隨口應下來，並沒有問他買什麼。

待她把東西都挑好，硬是磨著店老闆同意少收了一文錢，程紹禟也回來了。

「你這是買的什麼？」見他手上拿著幾個油紙包，她好奇地問。

「白糖糕、綠豆餅、桂花糖，還有一包茶葉。」程紹禟如實回答。

「什麼？」凌玉瞪大眼睛，臉色有些不好看。「你買這些做什麼？這、這得花多少銀子啊！」糖、糖、糖，還有茶葉，哪一樣是便宜的?!

「白糖糕是給娘和小石頭買的，岳母喜歡綠豆餅，茶葉是岳父的，桂花糖則是留給妳，一共花了大概一兩二十文。」程紹禟回答。

「一兩二十文?!」凌玉的臉色終於變了。「你花了一兩二十文買這些不等用的？你可知道這些錢夠咱們一家子用多久？你、你怎地還有這般多錢！」

見她臉色相當不好看，程紹禟頓時有幾分無措，堂堂八尺男兒，臉上卻帶著幾分如同孩童做錯事被大人發現般的小心翼翼。「是鏢局裡的兄弟還給我的酒錢……」

「酒錢？你還……」凌玉只覺得心裡像是燒起了一把火，若非顧忌這是大街上，只怕當場便要發作了。「你這個敗家郎！」他居然還有錢借給別人吃酒！她終究沒忍住，陡然抓住他的手腕，一字一頓地從牙關擠出一句。「把你的錢全部交出來！」

她這副「凶神惡煞」的模樣，像極了他押鏢途中遇到的攔路搶劫賊人，可偏偏卻生就一張芙蓉臉，俏生生、紅撲撲，便連眼眸也因為生氣而顯得越發水潤明亮。程紹禟有些想笑，生怕她惱，忙忍住了，老老實實地掏出錢袋送上。

凌玉奪了過去，又瞪了他一眼，扯開袋口往裡瞧了瞧——

好傢伙！居然還有一塊碎銀和好幾個銅板，可見此人當初可是借了不少「酒錢」給別人。

把錢袋收好，再看看「敗家郎」手上那幾包東西，她又忍不住念叨。「咱們家雖然還不至於到沒米下鍋的地步，可到底也不是富貴人家，這什麼糖啊、茶啊，不過是有錢人的消遣之物，咱們就沒那個必要湊熱鬧了。再說，二弟如今這年紀，親事可不能再拖了，這場親事辦下來需要花費多少銀子，想必我不說你也心中有數。況且，娘也漸漸有了年紀，小石頭還是個在長身子的小娃娃，總得時常注意些，這錢也得存著以待急用。你這風裡來雨裡去的，掙幾個錢可不容易，那可是拿命來拚啊，怎地就不學著節省呢？我知道你們講義氣，哥兒幾個湊一起吃吃酒胡侃也算不得什麼大事，只這酒可不是什麼好東西，吃多了不但累人還累事。前頭村裡的張老漢，不就是吃酒吃得興起時突然沒了的嗎？這可是血一般的教訓啊！你怎不想想，若你真有個什麼三長兩短，留下我們孤兒寡母的，這以後的日子可怎麼過喲！」

說到這裡，她不由得想到上輩子孤兒寡母的艱難，更不可避免地想到「上輩子的她」死後，婆母和兒子該如何生存。

程紹禟先是被她這一連串語重心長之話說得懵了懵，突然生出一種娘親教育不懂事兒子的荒謬感覺。他想告訴她，其實他並非嗜酒之人，往日也不過是在兄弟們相聚一處時小酌幾杯，貪杯誤事的教訓他可是親眼見過不少，又怎會讓自己陷進去？可話到了嘴邊，看著她那副痛心疾首的模樣又嚥了下去。只到了後面，見她神情黯然，心口一緊，忙止了步伐，望向她，認認真真地道：「我不會拋下你們的！」

凌玉勉強笑了笑，暗道：我自然知道你不會想要拋下妻兒，就怕到了身不由己的時候……

轉念又想到方才自己絮絮叨叨，他卻半句話也沒有反駁，便覺得氣順了不少；再想想他方才買的那些，不但有給婆母、兒子和她自己的，連她父母也有，估計她親爹的茶葉還是占了大頭，這樣一想，又有幾分氣短。「咱們走吧，把該買的東西買齊，早點回家去。」她清清嗓子道。

程紹禟又怎會沒有發現她語氣的轉變？嘴角微不可見地彎了彎，點頭回答。「好。」

待夫妻二人將抓週禮上所需之物全部置齊時，已經快到晌午時分。兩人取出早就準備好的乾糧和水，簡單地用了個午膳。

「這是去哪兒？」凌玉本以為是要回去了，不料程紹禟卻又帶著她往對面街去。

「去回春堂請大夫替妳診診脈。」

「診脈？我真的沒事，你瞧，這不是好好的嗎，何必再多花錢？」凌玉本以為他早就忘記此事，沒想到他竟是還記著。

「總歸都已經來了，順道讓大夫診過再回去也不遲，若無事，也是求個心安。」程紹禟這一回卻沒有聽她的，態度很堅決。

好歹和他夫妻多年，凌玉對他還是有一定了解的，只要他打定主意，旁人再怎麼說也沒用，故而也不再多話。反正她身體好好的，診便診吧！

第二章

「這位小娘子氣血稍有幾分不足，不過並無大礙，服幾帖藥，注意調養便可。」

替她診脈的是個中年大夫，姓李，並不是凌玉記憶中的那位楊大夫。不過她也不在意，只是覺得這位李大夫頗為滑頭，不如以前那位楊大夫實在。

「稍有幾分」氣血不足，加個「幾分」其實已經可以忽略不計，再加個「稍」，基本就能說明她的身體很好，半分毛病也沒有。真是見鬼的「氣血不足」！

倒是程紹禟珍而重之地接過藥方，到一旁等候藥童抓藥。

凌玉不耐煩在裡面乾等，乾脆便出了店門透氣。

突然，前方不遠處的對話聲吸引她的注意，她望過去，便見一名藍衣姑娘手拿著一個小圓罐，正「賣力」地向行經身邊的綠衣女子推銷著。

不過那藍衣姑娘想來是沒這方面的經驗，沒兩句話便將對方給得罪了。

「……姑娘，相信我，我這玉容膏真的非常有用，堅持用一個月，妳臉上的麻子便能去之五六。」

「妳才長麻子，妳全家長麻子！」

「哎，妳怎麼罵人？妳臉上明明長著麻子嘛！雖然用脂粉掩住了，可那不代表妳就沒長呀！」藍衣姑娘明顯愣了愣。

「妳這人是不是有毛病啊？走開走開，什麼亂七八糟的東西！」那綠衣女子狠狠地瞪了她一眼，用力往她身上一推。

藍衣姑娘一時不察，被她推得連連退了幾步，待穩住身子後，衝著對方的背影不滿地嘀咕。「真是的，不買就不買，做什麼要推人？活該妳長一臉痲子！」

玉容膏……難道只是同名？凌玉蹙眉，暗暗思忖。正思量間，那藍衣姑娘看到了她，快步走了過來，一臉認真地向她兜售「玉容膏」。

「這位姊姊，買盒玉容膏吧！我親自調製、親自試用，效果比那凝香露好多了，不但可以祛斑、祛痘、消疤，還能生肌美膚。真的，我不騙人！」

「這真是妳親自調製的？」一陣熟悉的清香撲鼻而來，凌玉接過那小罐子，仔細嗅了嗅那沁人心脾的味道，又打開盒子認真瞧了瞧。

香味、色澤、形態當真與上輩子那風靡京城的玉容膏一般無二！

她會認得，還是因為上輩子她曾經在玉容膏的調製者梁家府上做過短工，這才有幸見識到。那梁家本也是做胭脂水粉生意的，據聞一度生意不順，瀕臨破產，虧得家主梁方調製出玉容膏，硬是讓整個梁府的生意起死回生，梁府也成為雍州城數一數二的富戶，聽聞還有極大可能會成為皇商。

「當然是我親自調製的，調製了快兩年才達到這最好的效果呢！妳瞧瞧——」

「哎喲，我還當是哪位呢，原來是楊大小姐啊！怎麼，大小姐來巡鋪子呢？」正在這時，一名藥童打扮的男子從店裡走出，看到那藍衣姑娘，嘲諷地道。

楊大小姐的臉色微微一變，啐了他一口，恨恨地道：「你們且等著，總有一日我會把這回春堂贖回來！」言畢，一轉身便跑掉了。

「誒，妳的東西！」凌玉還來不及把手上的「玉容膏」還給她，就見對方一陣風似的沒了蹤影。

「不是什麼值錢的東西，估計又是楊大小姐搗鼓出來的破玩意兒，小娘子若是嫌髒手，扔了便是。」那藥童嗤笑道。

凌玉皺眉，想到一個可能，遂問：「那姑娘是以前那位楊大夫的女兒？」

「可不就是她嘛。」藥童隨口應了聲便邁進店門。

恰好此時程紹禟從裡頭走出。「小玉，把藥錢給我。」

「多少？」凌玉問。

「三十文。」

「三十文?!忒貴了，我壓根兒就沒病，倒要花三十文買藥苦自己……」凌玉嘀咕，心不甘、情不願地數了三十文給他。

程紹禟假裝沒有聽到她的話，接過錢便去取藥。

「真是自作孽不可活，白白浪費了三十文，能買三十個饅頭呢……」看著程紹禟把藥包塞進包袱裡，她又沒忍住，一陣嘀咕。

三十文，在一文錢也要掰成兩半花的上輩子，三十文夠她和婆母、兒子花好些天了。

只是，她也沒有察覺，到縣城這麼一趟，不知不覺間，原本對「亡夫」的陌生感與距離感漸漸消褪了。

晚間沐浴更衣時，她看著小腹上那一圈圈產後的痕跡，想到那位楊大小姐忘了拿回去的「玉容膏」，她乾脆便挖了一坨抹在肚皮上。反正不用花錢，不用白不用，就算用了效果不好，肚子花成西瓜皮，也只有自己瞧得見。

把自己收拾妥當後，轉身一看，小石頭坐在床上，正咬著小拳頭，睜著一雙黑白分明的眼睛好奇地望著她。她笑著上前將他抱入懷裡，在那肉乎乎的臉蛋上左捏捏、右捏捏，又如同報復般用力親了幾口，親得小傢伙眨巴著眼睛，一臉懵懂，凌玉哈哈一笑。

已經習慣了長大後那個會屁顛顛地幫她幹活、替她照顧婆母的兒子，再對著懷中這個啃著小拳頭、不時衝她樂呵呵的小不點，她既有些懷念，卻又生出一種「白耗了老娘十年工夫」的莫名心酸。含辛茹苦養到那般大的兒子，眼看著再過幾年就可以娶媳婦給她生個白胖孫兒，她也可以過些含飴弄孫的日子了，豈料不過一眨眼的工夫就被打成了泡沫，真是……聞者落淚，見者心酸！

不過，看著憨態可掬、完全不知愁滋味的小不點，心中又油然而生一股柔情，她的唇畔也不知不覺便含了笑。

她狠狠地在那張小肉臉上親了一口。「娘的小石頭怎麼這般趣致得人疼呢！來，娘教小石頭數錢，小石頭日後長大了要記得勤儉節約，可千萬別學你爹那樣，花錢大手大腳、沒個節制。」她把今日剩下來的錢全部倒進盒子裡，一個銅板、一個銅板地數，偶爾還輕敲幾下，聽著銅板發出清脆響亮聲，頓時心花怒放。

小石頭也被那一陣陣響聲所吸引，咯咯地笑起來。

程紹禟進來的時候，看到的便是這母子二人一同數錢的歡樂情形。他聽著凌玉哄兒子——

「從前有個男娃叫小石頭，後來他長大了，再後來他賺了很多很多錢孝敬他娘……」

「他爹呢？」

「沒了。」凌玉順口回答，話音剛落便反應過來，心虛地瞄了一眼倚在門邊、神情莫辨的石頭他爹，立即動作索利地把錢盒鎖上收好，將兒子摟在身前，討好地道：「你、你洗好了啊！」

程紹禟深深地望著她，直望得她心底發毛，好片刻她才聽到他緩緩地問——

「今晚這小子跟咱們睡？」

「對、對啊！娘這些天帶他很辛苦，我想讓娘今晚睡得好些。」凌玉拉著搗蛋兒子的小手不讓他亂抓。至於真正的原因，還是在於她一時半刻無法克服上輩子的陰影。不過，這些她卻無法對任何人明言。難不成要她告訴別人，她上輩子險些被陌生男人污了身子？

一個婦道人家在外頭求生，哪會是容易之事，磕磕碰碰難免會吃些虧、受些委屈，若是她性子再軟些，只怕別說養活婆母、兒子，便是自己的性命也保不住了。更有甚者，如同逃難路上不少想不開的年輕婦人一般，直接吊了脖子。

只是，凌玉一直覺得，這世間上最重要的就是錢，比錢更重要的就是命！至於什麼顏面啊、尊嚴啊，抱歉，在性命跟前，連個屁都不是！

所以，對於上輩子程紹禟「護主而死」的「忠義之舉」，她除了默默在心裡罵一聲娘之外，著實生不出什麼自豪感。

用性命換來幾百兩撫恤金，還不如那什麼劉老爺的「一飯之恩」，好歹人家面子、裡子實惠，性命也都有了。

翌日，程紹禟便親自去給凌父送帖子，上輩子凌玉是沒有去的。

凌父雖是讀書人，又是十里八鄉唯一的秀才老爺，但他行事獨斷專橫，在家中是說一不二，從不允許別人反駁。凌玉親娘周氏、親姊凌碧都是性情溫和柔順之人，自然不會逆他之意，偏生出了個凌玉，雖是姑娘家，可性子卻是倔得很，雖不至於到頂撞父親的地步，但若是她不願意的，不管凌秀才打也好、罵也罷，梗著脖子就是不會服半分軟。

父女二人平生最大的衝突，便是關於凌玉的親事了。

凌秀才是個讀書人，自然也更喜歡讀書人給他當女婿，長女凌碧所嫁之人，便是他的學生梁淮升。

凌玉是秀才之女，能寫會算，容貌又俊，幹活也索利，自及笄起，上門提親之人從來便沒有停過。凌秀才瞧中的女婿人選，也是個讀書郎，可凌玉不肯啊！她爹、她姊夫，還有她認識的她爹的學生，個個都是手無縛雞之力之人，一點兒重活都幹不了，整日除了「之乎者也」外，屁也不會。尤其她爹，打小她便沒有看過他下地，裡裡外外的活兒都是她們母女仨幹的。所以自她懂事起，她便暗暗發誓，日後打死也不能嫁讀書人，要嫁就嫁一個壯壯實實、幹活一把手的。

而接受了程紹禟的提親，就是她跟凌秀才抗爭了一個月的結果。

要說她早對程紹禟芳心暗許，那也是沒有的事，當年提親的人那般多，純粹是因為程紹禟長得最壯實，話雖不多，但人家能幹活啊！而且人也老實，沒那般多花花腸子，比那些除了讀書啥都不會的強數百倍。

因為親事，父女倆鬧了不愉快，也因為這個女婿不是自己所選，凌秀才對程紹禟沒少挑剔過，這些凌玉都看在眼裡，對默默承受的程紹禟難免也添了幾分愧疚。

這回她倒是想與程紹禟一起回一趟娘家見見爹娘，可惜昨日已經扔下家中活計和兒子給婆母，去了一回縣城，今日再怎麼著也不好再麻煩婆母了，故而便只能看著程紹禟提著給二老買的禮物出了家門。

將家中裡裡外外收拾一遍，又陪著小石頭學走了一會兒路，凌玉便將兒子交給婆母，自己則帶著昨天夜裡小傢伙尿濕的毯子到河裡清洗。

她來得比較晚，河邊只有稀稀拉拉幾個婦人在洗衣裳。她尋了個位置，剛把洗衣盆放下，離她不遠的阿牛嬸便往她這邊挪過來，一臉語重心長的表情。

「小玉啊，自個兒的男人可得看緊點，小心被些不要臉的騷蹄子給勾了去。」一面說，一面朝凌玉身後的方向努了努嘴。

凌玉回身一看，只看到村裡有名的俏寡婦抱著木盆婀娜多姿的背影。

見她似是不在意的模樣，阿牛嬸一臉恨鐵不成鋼。「我一大早便瞧見了，紹禟兄弟經過她家的時候，她故意把帕子往他那邊扔呢！這是她的老把戲了，不知多少男人就是這般被她給勾了去！」

「接著呢？」凌玉倒是有些意外，但是更關心程紹禟的反應。

「紹禟兄弟約莫在趕路，這才沒有留意到，最後還是那騷狐狸自己撿回去了。」

沒有留意到？凌玉可不這般認為，不過這也沒有必要對阿牛嬸明言，因此只是衝對方笑了笑。「嬸子說得是，我都記住了。」

對這個小插曲，凌玉並沒有放在心上，程紹禟的品行，她自問還是相信的。

她索利地把毯子洗乾淨，辭別阿牛嬸便趕緊歸家。

經過村中小樹林時，忽聽裡邊傳出一陣喝斥聲——

「滾犢子，真他娘把自個兒當香餑餑了，老娘瞎了眼會瞧得上你？你敢碰老娘一下，老娘讓你斷子絕孫！」

「裝什麼貞節烈婦？滿村子誰不知——啊！他娘的妳還來真的?!」

「滾！再不滾老娘剁了你！」

「妳、妳、妳給我記著！」

片刻之後，小樹林裡跌跌撞撞地跑出一個捂著褲襠的男子，凌玉仔細一瞧，認出是村裡有名的二流子。她嚇了一跳，虧得那二流子只顧著逃走，並沒有發現她的存在。

她鬆了口氣，回過頭去，便看到俏寡婦一手輕撫著有幾分凌亂的髮髻，一手抱著裝著洗乾淨衣裳的木盆，娉娉婷婷地從樹林裡走出來。
「喲，是紹禟媳婦啊！」對方見是她，腳步微頓，隨即笑著招呼。
「柱子嫂。」凌玉喚了聲。
兩人都無意提方才發生之事，彼此招呼過便各走各路。凌玉走出一段距離後，忍不住止步回頭，看著那個風情萬種的背影漸行漸遠。
其實上輩子她也是受過別人的一飯之恩的。那時候他們身上帶的乾糧在逃難的路上丟了，一時之間又未尋到落腳處，他們這些大人尚能忍一忍，可小石頭一個不到六歲的孩子如何能受得了？她逼不得已拉下臉求同路的難民施捨一口口糧給孩子。
只是，逃難路上生死未卜，糧食何等珍貴，人人均是自顧不暇，縱是不忍，卻還是狠下心來拒絕了。到最後，出手幫了她的，正是平日被村民指指點點的俏寡婦蕭杏屏。
她並沒有與蕭杏屏接觸過，畢竟她嫁到程家村來時，蕭杏屏的名聲已經相當不好了，她一個新媳婦縱然不會與旁人一起在背後講蕭杏屏的閒話，但也不會與她走得太近。
同樣有過身為寡婦的經歷，她知道一個婦道人家，尤其還是貌美的婦道人家生存有多麼不易。故而，不管那些關於俏寡婦的閒言閒語是真或假，她都無法去質疑對方的品行。
一個自身難保仍然對他人施予援手之人，品行又會差得到哪裡去？
小石頭滿週歲那日，村裡與王氏一家走得比較近的都來了，與上輩子一樣，凌玉娘家只有周氏一人前來，不過她卻帶來了凌秀才給外孫取的名字——程磊。

「這名字甚好，光明磊落之磊，多謝爹一番心意了！」程紹禟接過寫著兒子大名的紅紙，感激地衝周氏道。

「是挺好的，恰好和小名對應了。」凌玉笑道。

兒子小名「小石頭」，大名「三石」，若不是知道她爹那個一板一眼的性子，她都要懷疑他是不是還記恨自己硬是要嫁程紹禟，這才隨便取了個名字敷衍自己。

「妳姊她身子有些不舒服，這才沒有來，這籃子雞蛋是她託我轉交給妳的。」周氏指著她帶來的一籃子雞蛋道。

凌玉沒有太意外，畢竟上輩子她的姊姊也是因為身子不適而沒有來。「改日我得了空便去瞧瞧她。」

「還有件事，妳爹打算從族裡過繼一個孩子繼承香燈。」周氏又道。

「爹這回終於下定決心了？可有了人選？」凌玉問。

「有了，是妳三阿爺八歲的小孫子。」

果然……上輩子選的也是這個孩子。

「娘，若按我的意思，還是換一個的好。妳和爹都有了年紀，哪還有精力教養這般小的孩子？說句不吉利的，若家裡真有個什麼，他一個孩子又怎能撐得起來？只怕到時倒便宜了旁人。」凌玉小聲勸道。

周氏遲疑了一下。「孩子小，容易養熟……」

「親生爹娘還在，且八歲早已記事，再怎麼養也熟不了，倒不如過繼個年紀大些的，只要對方有良心，能全了父子情面便好。」

「這……妳說的也有道理，回頭我跟妳爹說說，只是妳爹的性子妳也知道，他若決定了，旁人再怎麼說也沒有用。」

凌玉如何不知自家老爹的性子？當然也沒想過娘親能勸得下他。

母女倆又說了一會兒話，看天色不早了，周氏才告辭離開。

送走了娘親，凌玉又把家裡收拾一遍，剛轉過身，便見程紹禟笑容滿面地領著一個濃眉大眼、面闊口方、身高八尺的大漢走進來。

「小玉，快準備幾個小菜，再溫壺酒，我與大哥痛飲幾杯！」

「這位是弟妹吧？你小子好福氣！」那大漢哈哈一笑，拍了拍程紹禟的肩膀道。

凌玉有些不解，只是也沒有多問，應了一聲便往灶房去準備酒菜了。

當她捧著準備好的酒菜往堂屋去時，遠遠便聽到男子爽朗的笑聲——

「……兄弟如手足，女子如衣服，不過一個小娘兒們，既然兄弟瞧上了，送給他又算得了什麼！」

「只是紫煙姑娘對大哥一往情深，此番被送人，怕是……」

「大丈夫何患無妻！況且，男子漢大丈夫行走江湖，唯忠義二字不能丟，區區小女子何足掛齒！」

「……大哥說得對，男子漢大丈夫，忠義二字不能丟！來，我敬大哥一杯！」

凌玉的臉色有些不怎麼好看了，她深深地吸了口氣，捧著酒菜走進去。

「這位大哥豪氣沖天，一瞧便不是等閒之輩，真乃忠義之士也！來，小婦人敬忠義之士一杯！」將酒菜放下後，她笑盈盈地替那人把酒滿上，又取過程紹禟跟前的酒杯倒滿，朝著那人做了個敬酒的動作。

「哈哈，果真是我的好弟妹！紹禟，你有福啊！」那人大笑著，一飲而盡。

凌玉把空空的酒杯放下，朝著那人福了福，轉身時卻狠狠瞪了程紹禟一眼。

程紹禟臉上的笑意瞬間便凝住了，滿頭霧水。他做什麼了嗎？

送走了結義大哥，程紹禟醒了醒酒，沐浴更衣過後回到屋裡時，看到娘子已經摟著兒子睡去了。

他看了看睡得香甜，偶爾咂巴咂巴小嘴的兒子，再瞧瞧背對著他的凌玉，神情柔和。只是，當他想到今晚結義大哥宋超帶來的消息，眉間不禁隱隱浮現幾分憂色。

總鏢頭換人，那鏢局還會是原來的鏢局嗎？本就是在刀尖上幹活，若是上下不能齊心，只怕難以周全。如今只盼著這新的總鏢頭也是位能與兄弟們肝膽相照、共同進退的，否則……

他低低地嘆了口氣，除去鞋子正欲躺下，一轉身便對上了凌玉那笑咪咪的表情。

「原來是忠義之士回來了……」

明明眼前的女子笑靨如花，可不知為何，他卻有些許頭皮發麻的感覺。「不敢當娘子此話。」他斟酌著、小心翼翼地回答。

「兄弟如手足，女子如衣服，不知壯士何時才會將現今的舊衣服扔了呢？」

程紹禟頓時醒悟。原來是為了義兄這句話！想來方才義兄那番話她是聽到了，怪道她要敬酒呢！

他清清嗓子，怕吵醒兒子，壓低聲音道：「紫煙姑娘那件事，大哥確實做得不厚道，不管怎樣，紫煙姑娘待他總是一片真心，無論受與不受，他都不該如此棄如敝屣。」

只不過，兄弟、朋友相交，自來便是求同存異，他縱然不敢苟同義兄對女子的輕視，卻也不會因此而與之疏離。

聽他這番話也是不贊同那人的做法，凌玉心裡憋著的那團怒火總算消弭幾分，君子和而不同的道理她也是明白的。

儘管如此，她也不輕易放過他，輕哼一聲又道：「照你這般說法，若他日有個同樣待你一片真心的姑娘，你是不是應該歡歡喜喜地接回來與我當姊妹，或是乾脆讓我退位讓賢？」

「娘子說笑了，紹禟已是有妻室之人，自該懂得避嫌。況且，齊人之福，敬謝不敏！」

程紹禟一臉嚴肅地回答。

凌玉又是一聲輕哼，不過總算覺得心裡好受了。

見她神色漸緩，程紹禟鬆了口氣，想了想，在換下來的衣裳裡翻出一個巴掌大的布袋子遞給她。「給。」

「什麼東西？」凌玉接過，一邊隨手打開，一邊問。只是，當她看到裡頭那三錠銀子時，雙眼頓時放光。「三十兩！」她捧著那三錠銀子，愛不釋手，翻來覆去地看個不停。

正在此時，熟睡中的小石頭翻了個身，小手剛好打在她的手腕處，手中的一錠銀子「咚」地一下便掉到床板上，她慌忙撿起，仔仔細細地檢查，一副生怕銀子被砸壞的寶貝模樣。

「壞小子！」小心翼翼地將那三錠銀子收好後，她輕輕地在兒子鼻尖上點了點，嗔道。許是察覺娘親罵自己壞小子，小石頭委屈地癟癟小嘴，凌玉連忙輕輕拍了拍他的背脊，柔聲哄他繼續睡去。

見她如此歡喜，程紹禟也不由得露了笑容，解釋道：「上回押鏢到北疆時，和兄弟們湊錢買了些那邊的特產回來轉賣，昨日東西已經賣光了，這是分得的分子錢。」

凌玉的眼睛閃閃發光，毫不吝嗇地誇獎道：「沒想到你們這些粗人倒還有幾分生意頭腦，北疆的東西換到別處就是個稀罕物，轉手賣出去賺個差價，也不枉走那麼一趟鏢。」

她當年確是沒有挑錯人，這個男人確是個養家餬口的能人，上輩子他離世前，不管世道如何艱難，她從來不用為生計問題操心，只需要安安心心侍奉婆母、教養親兒、打理家事便可。

一直到他不在了，她才慢慢學會接過他遺留下來的擔子，從替人洗衣、縫補賺第一口飯開始，但凡能掙錢的，不管多苦多累她都去做。

「妳說得極是。」看著她那異常明亮的眼眸和臉上毫不掩飾的笑容，程紹禟也按捺不住心生歡喜。只是轉念想到如今鏢局的新形勢，他又難掩憂慮。

所幸凌玉的心思全然放在新得的三十兩上，並沒有留意他的異樣。

「如今咱們也攢著三十多兩了，這些錢放著也是放著，若是拿去做點小本生意，你覺得如何？」在心裡打了好幾回草稿後，凌玉還是忍不住低聲問。

程紹禟怔了怔，隨即搖頭道：「養家餬口乃是男子之責，從來便是男主外、女主內，外頭之事妳不必操心，若是家裡缺了用度，我自來想辦法便是。」

對他的回答，凌玉毫不意外，故而也談不上失望。

見她並沒有執著於此，程紹禟只當她不過是一時心血來潮，很快便也拋開了。

這日，程紹禟用過早膳後便回了鏢局，凌玉忙完家務後，見兒子腦袋一點一點的，便哄著他睡下，自己則到隔壁阿牛嬸家借花樣子。恰好阿牛嬸嫁到縣城的女兒如意回娘家，凌玉便又和她說了會兒話才告辭歸家。

推開院門，聽到堂屋處傳來王氏的笑聲，夾雜著似是陌生、又似是有幾分熟悉的說話聲。

「老大家的，快過來！」王氏瞧見她回來，忙朝她招招手，示意她過去。

凌玉笑了笑，此時也發現了屋內的兩個熟人，不過對這輩子的她來說，還應該是陌生人。

「這便是紹禟媳婦？好俊俏的小娘子！不過幾年不見，不承想紹禟竟已經娶親生子了。」包著藍布頭巾的中年婦人一見她進來，便起身拉著她的手，上上下下地打量一番，這才笑著對王氏道。

「這歲月不饒人啊，巧蓉丫頭也長成大姑娘了。老大家的，這位是妳金家表姑，那位是妳巧蓉表妹。」王氏感嘆一聲，隨即向凌玉介紹。

凌玉朝著那金家表姑行了個福禮。「表姑。」

孫氏連忙扶著她，笑道：「都是一家子，無須多禮。」

凌玉又向屋內那名一直帶著羞澀笑容的姑娘見禮。「巧蓉表妹。」

金巧蓉忙還禮。「表嫂。」

藉著起身的機會，凌玉仔細打量了一下跟前的女子。

杏臉桃腮，眉彎似柳葉，眸似含春水，口若含朱丹，真是一位難得的貌美俏佳人。

對方似是察覺她的視線，羞澀地微微垂頭，緩步退到了孫氏身側。

「今日有貴客遠道而來，娘，我去弄幾個小菜，您陪表姑和表妹說說話。」

「如此也好，妳表姑她們趕了一日的路，想必這會兒也該餓了。」王氏點點頭。

孫氏連忙客氣了幾句，又忙叮囑女兒。「巧蓉，妳去搭把手。」

「哪有讓客人幫忙之理，妳倆便安心坐著吧，我這兒媳婦呀，是個索利的。」王氏笑著阻止，提到兒媳婦的能幹，語氣難掩驕傲。

孫氏察言觀色，知道她很滿意這個兒媳婦，見縫插針地誇獎幾句，哄得王氏越發歡喜。

凌玉從堂屋處離開，正要往灶房去，便看到程紹安在窗邊探頭探腦，一副想要進去又不敢的模樣。

「你在做什麼？」她略一想便心知肚明，只還裝作不解地問。

「噓……」程紹安銜她做了個噤聲的動作。

凌玉抿抿嘴，懶得理他，從菜園子裡摘了把白菜洗乾淨後，扔進籃子裡瀝乾水；又將前幾日剩下的那塊臘肉找出切成薄片，用水洗了洗便放進碗裡，再燒好灶，待鍋熱透後倒入少許油，接著加入調味料煸香，不過一會兒工夫，誘人的香味便飄了出來，也讓在門口處的程紹安不由自主地嚥了嚥口水。

「大嫂，妳這手藝真是越來越好了！」趁著她起鍋的機會，他涎著臉誇獎道。

凌玉瞥了他一眼，用腰間圍裙擦了擦手，乾脆地問：「有什麼話你便說吧，杵在這門口也不成樣子。」

程紹安有些扭捏地摸了摸鼻子，一副欲言又止的模樣。

見他不說話，凌玉也不在意，轉過身去又準備忙活。

程紹安有幾分害羞，又有幾分小心翼翼的聲音這才響起來。「大嫂，妳說巧蓉表妹長得好不好看啊？」

凌玉正洗碗的動作一頓，隨即若無其事地回答。「好看，自然好看，滿村子裡哪家的姑娘也沒有她這般好看。」

「我也這般覺得！」程紹安喜孜孜地道。

好歹也活過一輩子，凌玉豈會不知他的心思？她暗地冷笑，面上卻不顯。「巧蓉表妹是如今村裡最好看的姑娘不錯，可二弟你也是咱們村裡最俊的男兒郎。」

她這話倒是沒有錯，程紹安這身皮囊的確極易哄得小姑娘芳心暗動，每回她回娘家，總有附近相熟或不相熟的大姑娘、小媳婦，或明或暗地向她打聽他。

若是平常被人這般誇，程紹安並沒有什麼感覺，可這會兒被自家大嫂拉著和新來的表妹湊一起誇獎，他便覺得整個人飄飄然起來了。

「大嫂，你覺得我和巧蓉表妹般配嗎？」雖然有些不好意思，但他還是忍不住問出了心底話。

「般配，自然般配，你倆簡直是天上的一對，地上的一雙！」凌玉望入他的眼眸，一字一頓，無比真誠地道。

怎麼會不般配？這世上再沒有如此般配的一對了！同樣不理親人死活，偷了家裡的錢財便一走了之，若說他們不是夫妻，她怎麼也不相信！

她覺得，她上輩子……不，應該是上上輩子，一定欠了這對夫妻良多，所以上輩子要先後被這二人推入絕境。

先是程紹安偷走撫恤金，在她拚死拚活掙錢，好不容易攢下那麼一點兒積蓄，打算做點小本生意養家餬口時，金巧蓉又趁著她外出時把錢全部捲走了。

不對，並沒有全部捲走，還給她和婆母、兒子留下二十文錢。待他們把這二十文用剩下三文的時候，她就在追趕幾年後冒頭的程紹安的途中出了「意外」，然後一睜眼，便奇蹟般地回到數年前。

程紹安自然聽不出她的言下之意，只聽見那句「天上一對，地上一雙」，那張比尋常農家男子要白淨的臉上便盡是歡喜之色，嘴角壓也壓不住地直往上揚。「大、大嫂真會說笑。」

凌玉看著他這喜形於色的模樣，心思忽地一動，故作不解地問：「你問人家表妹好不好看做什麼？我可是聽娘說了，她打算請媒給你說親事呢！」

程紹安的俊臉皺了皺，隨即眼珠子骨碌一轉，緊跟在捧著菜往堂屋去的凌玉身後，壓低聲音討好地道：「大嫂，求妳件事，幫我打聽打聽，看巧蓉表妹可曾許了人家？」

「怎麼，瞧上人家姑娘了？她那仙女似的模樣可是不愁嫁的，你整日遊手好閒，連個正經差事都沒有，倒還要自家大哥養活你，人家憑什麼把女兒許給你？」凌玉止步，意味深長地打量他一眼。

程紹安臉色一僵，想要反駁，卻發現自家大嫂說的話雖不怎麼好聽，卻偏偏是戳心窩了的大實話。人家仙女一般的姑娘，憑什麼嫁給一個遊手好閒還沒個正經差事的人？

向來大大剌剌、得過且過的程家老二難得地開始反省了。

凌玉眼眸微閃，輕抿了抿雙唇，終於緩步往堂屋去招呼客人了。

日落時分，程紹禟方從鏢局歸來，雖然他掩飾得很好，但凌玉還是看得出他眉間的憂慮。她努力想想上輩子同時期發生之事，許是間隔時間太久，一時半刻卻想不起來。

「你表姑的意思，是想在咱們村裡落戶，託咱們幫忙留意一下，看村裡可有人家要賣地？」待晚膳過後，王氏便將孫氏母女的來意說出來。

「娘的意思我明白了，明日便去留意一下。」程紹禟點點頭，算是將此事應下了。

要落戶就必須要在當地有田產，這也是官府的規定。

「我來我來！大哥這些年四處走，留在家中的日子本就不多，又哪能及得上我對村裡之事了解，還是我來打探吧！」程紹安主動請纓。

程紹禟與王氏均有些意外他這般積極，但也沒有多問，總歸他肯主動出力自然是好。

唯有淩玉別有深意地往他那裡瞅了瞅，程紹安自然察覺了她的視線，但也故作不知。

「這金家表姑是何處人氏，我怎從不曾聽娘提起過？」片刻後，程紹安又按捺不住好奇地問。在此之前，他從來不知道原來自家親戚中還有這麼一位表姑，更不知道表姑家還有這麼一位仙女似的表妹。

程紹禟與淩玉齊刷刷地望向王氏，同樣對孫氏母女的來歷感到好奇。

王氏道：「她是你們爹的遠房表妹，娘家姓孫，若較真起來，其實這層親戚關係已經隔了好幾層，他們家與咱們家也有許多年不曾來往過。我也是十幾年前見過她一面，那時候你們兄弟倆還小，想來也不記得。聽她講起，大約三年前夫婿病逝後，家中財產多被夫家親戚給占了去，她們母女已無容身之處，不得已才來投奔咱們。」

「她娘家都沒人了嗎？」淩玉問。

「沒了，前些年匪亂，一家子人都沒了。唉，也是個命苦的，如今膝下只有巧蓉這麼一個女兒，母女倆背井離鄉，相依為命。總歸是親戚一場，咱們能幫的便幫上一把吧！」王氏嘆息道。

「娘說得對，總歸是親戚一場，能幫的咱們自然要幫！」程紹安接話。

「這是自然。」程紹禟點點頭，也表示贊同。

一家人又說了會兒話，王氏將小石頭從凌玉懷中接過去，哄著他喚「阿奶」，不經意地道：「都說女大十八變，這話可真不假，巧蓉這丫頭出落得這般模樣，再怎麼也不敢相信她是當年那黑黑瘦瘦的小丫頭。」隨即，她又握著小石頭肉肉的小手，愛憐地道：「咱們小石頭這會兒還是個奶娃娃，等再過些年，必也會長得高高壯壯的，就跟你爹一般。」

小石頭只衝著她樂呵呵的，越發讓王氏愛到不行。

「爹！」

程紹禟心裡存著事，並不怎麼留意王氏等人的話，聽耳邊突然響起軟軟糯糯的叫聲時，他嚇了一跳，有些不敢相信地望向衝他笑得眉眼彎彎的兒子。「方才是他在喊嗎？」

眾人均忍不住笑了。

凌玉捏捏兒子的臉蛋，笑道：「這個壞小子，可總算肯開尊口喚一聲爹了。」

小傢伙已經會叫「娘」，也會叫「奶」，但無論大人怎麼哄他、教他，就是不肯叫「爹」，也讓程紹禟好不沮喪，只覺得兒子是不是在嫌棄自己。

這會兒終於聽到一聲「爹」，程紹禟再也忍不住地哈哈一笑，抱起兒子高高舉起，引得小傢伙咯咯地笑個不停。「好小子，再喊一聲爹！」

這會兒小傢伙倒是相當給當爹的面子，當即就喚了一聲，雖然吐字不大清晰，但喚的確確實實是爹。

當晚，夫妻二人躺在床上，程紹禟臉上的笑容怎麼也掩飾不住，大掌更是學著凌玉平常哄兒子睡覺的動作，一下又一下地輕拍著小石頭的背脊。

「只喚你一聲爹便高興成這般模樣，恨不得把天上的星星都摘下來給他，都說嚴父慈母，我瞧著你，怕是『嚴』不起來。」凌玉取笑道。

程紹禟連忙斂下笑意，一臉正色地回答。「這可不成，玉不琢，不成器，小石頭乃妳我之長子，縱是再怎麼疼愛，也不能忘了他將來所擔負之責。」

凌玉笑笑，沒有與他再糾結此事，只問：「我瞧你隱帶憂色，可是鏢局裡出了什麼事？」

程紹禟意外她的敏感，只是性情使然，並不願她憂心，故道：「不是什麼要緊之事。」話音剛落，對上凌玉那關切的神情，覺得自己此話太過敷衍，想了想，又道：「鏢局裡剛換了總鏢頭，兄弟們都不大了解這一位的性情，故而對以後之路有些憂心而已，不是什麼大事。」

這一下，凌玉才算是記起來了。上輩子程紹禟可不就是在鏢局換了總鏢頭後不久，便與幾位結義兄弟離開，之後便經人介紹進了齊王府當侍衛。

能讓性子寬厚、極念舊情的程紹禟離開幹了多年的鏢局，想來那位新任總鏢頭必然有些讓他無法接受之處。

這輩子的新總鏢頭若還是上輩子那人，想來程紹禟也在鏢局做不長久了……

她蹙眉思忖。若是他離開鏢局再進齊王府，那可是條死路，倒不如留在鏢局……不行，天知道那新總鏢頭是個怎樣的人，能將人逼走，縱是勉強留下，將來只怕也未必會有什麼好下場，倒不如乾脆走了的好。鏢局必是要離開的，但齊王府也一定不能進！她暗暗有了決斷。

如今還是靜觀其變，等待他離開鏢局那一日……

「你不必擔心，這不過是新舊交替期間必然的不適，待過些日子兄弟們相處久了，一切便也回到原處。縱是萬一磨合不來要離開，天下之大，難不成還沒有容我之處？」見她兩道秀眉都皺起來，程紹禟連忙安慰道。

「你說得極是，倒是我多慮了。」凌玉自然不會將自己的打算告訴他。

見她展眉，程紹禟暗地鬆了口氣。其實鏢局的形勢並非他所言的這般樂觀，他也是今日方知，原來新總鏢頭與前任總鏢頭竟有私怨，對他們這些由前任總鏢頭一手培養出來的鏢師更是百般挑剔，此人的心性可見一斑。護鏢路上時有凶險，這樣的人，他們真的信得過嗎？

新的護鏢任務安排下來時，程紹禟薄唇緊抿，屋裡的眾位鏢師均是臉色凝重，眉頭緊皺，一副憂心忡忡的模樣。

「程大哥，你說總鏢頭是怎麼回事？這一回的鏢既然那般貴重，何不走水路？我仔細算了算，走水路雖是慢些，但時間上也是來得及的。」唐晉源說出心中疑惑。

「唐老弟說的也正是我想說的。紹禟啊，你說此番若走陸路，赤川道那邊是必經之路，那裡的山匪素有凶狠之名，亦不講任何情面，前頭總鏢頭寧願花費的時間長些，少掙幾個錢，也要刻意繞開那處，這回……」

程紹禟一時半刻也想不出個所以然來，雖然心頭像是被壓了塊大石，但啟程在即，他不願無端猜測以擾亂人心，唯有勉強道：「總鏢頭此番安排必有他的道理，都是一個鏢局裡的，誰都希望能安全順利地完成任務，只要這個目標一致，過程如何安排倒不甚要緊。」

眾人雖然仍有所疑慮，但聽他此話也有道理，只要都是為了安全順利地完成任務，過程如何安排倒不大重要了。

弟兄們陸續散去之後，程紹禟揉了揉太陽穴，暗嘆一聲。

只盼著一切真如他勸導眾人的一般，畢竟這一回可真的算是踩在刀尖上賺「血汗錢」了，赤川道可不是那般容易過的！

此時的凌玉正聽著程紹安磨著王氏同意他做生意，王氏縱然耳根子軟，但更清楚自己的兒子是個什麼德行，哪敢應下？自是又搖頭、又擺手，到最後被他纏得怕了，只道「若你大哥同意，我便也應了」。

程紹安一聽便垮了臉。就是知道大哥不會輕易同意，他才先來求娘的。

凌玉佯咳一聲，插話道：「便如娘所說的，先問過你大哥的意思再打算。」

只要程紹安先向他大哥開口，她自然便有法子讓程紹禟答應，否則，當日她何必暗地挑起這程大閒人的心思？

如同她所預料的那般，程紹安向兄長表明做生意的想法時，就被程紹禟一口給拒絕了。

「你且想想，這幾年我替你尋了多少份差事，可有哪一份你是能堅持到半年的？做生意絕非輕鬆事，若是三日打魚、兩日曬網，莫說掙錢盈利，怕是虧得連本錢都找不回來。」

程紹安被他說得吶吶不敢言。

程紹禟深吸了口氣。「你既說想要做點小本生意，那要做什麼生意？本錢需要多少？盈利和前景如何？這些，你可曾想過？」

程紹安垂頭喪氣，越是聽兄長這般說，便越是覺得自己真的一事無成。

見他還沒開始便被程紹禟打擊得失去信心，凌玉急了，不停向他使眼色；可程紹安正是沮喪之際，哪還會注意到她？

凌玉暗暗罵了句「不中用」，無奈地接了話。「雖是如此，只二弟既難得有這份心，嘗試一下也未嘗不可。畢竟將來他總也要娶妻生子，倒不如趁著這會兒慢慢學著養家，日後也能有獨立的本錢。」

聽到她的聲音，程紹安一個激靈，猛然醒悟過來，有幾分心虛地往她那邊瞅了一眼，得到對方一記瞪視，脖子縮了縮，勉強清清嗓子道：「大嫂說得對，大哥，我不能一輩子靠著你來養活。」說出這句話時，不免想到自己這十幾年來靠著兄長過的自在日子，俊臉難得地添了幾分羞赧，連忙忍住。「我仔細瞧過了，離咱們村往前十餘里路是條三岔道，過路的行人不算少，前些天我大略數了數，自卯時到午時這段時間，從那段路經過的行人、車隊至少應有上千人。」

見他說得有鼻子有眼，倒像是真的做足了功課，程紹禟訝然。「你接著說。」

程紹安下意識地望向凌玉，接到對方鼓勵的眼神，又見兄長一副洗耳恭聽的模樣，心中一定，便連嗓音也不由得響亮幾分。「這千餘人當中，除卻約三成人是去往三十餘里開外的縣城，另外七成人多是趕路往別處去。我想著，不如在那設個攤位賣些乾糧、茶水；也不必太麻煩，只是簡單點的諸如燒餅此類容易存放的乾糧，因此也不必常備著炭火。如今天氣炎熱，茶水、綠豆湯倒是可以多置些。我粗略估計一下，前頭投入大概需要五兩銀子……」說到本錢，錢袋空空的他聲音越來越低。

程紹禟一言不發地望著他，臉上卻是瞧不出什麼表情。

程紹安有些不安，求救似地望向凌玉。

凌玉的眼珠子轉了轉，柔聲勸道：「我覺得二弟所言值得考慮，五兩銀子，說多不多，說少不少。只說句不好聽的，縱然虧損了，也在咱們可以承受的範圍；只萬一賺了，家裡添了進項不說，至少二弟日後腰板子也能挺得直些，你說是不是這個道理？」

程紹禟深深地凝望著她，凌玉眼皮一跳，臉上卻半分也不顯。

「既如此，那便做吧。」良久，他終於緩緩地開口。

「真的?!」程紹安眼睛一亮，不敢相信兄長就這麼簡單地應下了。

「只一條，若是這回虧損了，從此你便要死了做生意這條心，老老實實給我找份差事去！」程紹禟板起了臉。

「好！」程紹安那個高興啊，哪還有什麼不答應的？忙一溜煙地跑出去，打算將這個好消息告訴娘親。

「雖說長兄如父，可二弟終究也不是三歲孩子，他將來要娶妻生子，擔起為人夫、為人父之責，哪能事事都靠著你？我瞧你啊，就是愛瞎操心。」凌玉察言觀色，沒有錯過程紹禟臉上的唏噓，想了想，上前替他按捏著肩膀，低聲道。

「爹過世的時候，紹安才不過四歲大，娘親一個婦道人家多有不易，我身為兄長，自然是要處處照顧著他。只是這些年東南西北地去，留在家中的時候不多，縱是發現紹安有許多這樣那樣的小毛病，卻也抽不得空管教，久而久之，他便成了如今這般性子。只妳也說得對，他難得這般有興致地想要去做一件事，倒不如便讓他去闖一闖，成或不成倒不是最重要的了，關鍵是他從此以後能腳踏實地做人，也不必我與娘整日擔心他。」程紹禟嘆息著道。

頓了頓，他又道：「紹安所需要的本錢，妳便從上回我給妳的三十兩中拿給他。我今日又領了差事，後日便要啟程，怕是顧不得他，還得讓妳多費心了。」

「都是一家人，說什麼費心不費心的話。只這一回約莫要去多久？好不容易小石頭與你親近了不少，這回若又去三、五個月，回來只怕他又不大認得你了。」凌玉回答。

這男人可真是愛操心，公公死的時候程紹安四歲，他自己不也只是個才九歲的孩子？

「若一切順利的話，大概三個月便能回來了。」對這一回的差事，程紹禟頗為憂心，只是不好對她明言。

凌玉並沒有察覺他的異樣，主要是因為有上一輩子的記憶，知道他這回一定也會平安歸來，故而並沒有太過擔心。

夫妻二人又說了會兒家常，聽到院裡正學走路的小石頭一聲又一聲地喚著「爹」，程紹禟微微一笑，快步走了出去。

「大嫂！明日咱們便到縣城裡把該買的東西都置辦齊全吧？麵粉、綠豆、糖、茶葉……」程紹安不知從哪裡鑽了出來，扳著手指頭數著要準備買的東西。

凌玉拂了拂衣袖，斜睨著他，好一會兒才慢吞吞道：「你可別忘了，這五兩本錢算是我借予你的，一年之後你便要歸還。看在你大哥的分上，我也不收你利錢，只還本金便是。還有，做生意掙到的錢，我六你四，你不會臨時反悔吧？」

程紹安臉上的笑容當即便凝住了，摸摸鼻端道：「知道了，大嫂妳不必特意再提醒我的。」想了想，還是有幾分不死心，涎著臉道：「大嫂，不如五五分，怎麼樣？」

「說了六四就是六四，男子漢大丈夫，難不成你還想出爾反爾？若是如此，我與巧蓉表妹說說去！」凌玉臉色一沈，做了個起身的動作。

「別別別，六四就六四！大嫂妳說怎樣就怎樣！」程紹安嚇得連忙拉住她的袖口，將她哄住了，這才悶悶地道。

瞧著他這蔫頭耷腦像是被霜打過的茄子般的模樣，凌玉深諳打一巴掌給個甜棗的道理，慢悠悠地又道：「昨日我與巧蓉表妹一處做針線，她讓我代為向你道謝，多謝你費心替她們母女尋著了賣地的人家。」

「真的？她還說什麼了嗎？」程紹安一喜，忙不迭地追問。

「她還說，如今似你這般善心的男子可不多了。」

「表妹她太客氣了，不過是舉手之勞、舉手之勞……」程紹安笑得合不攏嘴，可說出的話卻是「謙虛」得很。

凌玉被他這副傻乎乎的模樣逗得險些笑出聲，忙忍住，順便再鞭撻鞭撻他。「巧蓉表妹可當真是個心靈手巧的姑娘，不但人長得好看，還能做的一手好針線，如今她們家的用度開銷，幾乎全是她一個人做針線賺回來的，一個年紀輕輕的姑娘能有這般大的本事，著實是了不起。」

程紹安精神一振，頓時覺得渾身上下充滿了動力。

對啊，表妹這般千嬌百媚的姑娘都能養得起一個家，他身為男子，自然要更加努力才是，將來才能有底氣向她提親。

「大嫂妳放心，我這回必定會用心去做的！」他用力地點點頭，擲地有聲。

凌玉笑了笑，一直看著他的身影漸漸消失在眼前，臉上的笑意才漸漸斂下去。

姑娘愛俏這話還是有道理的，兩輩子金巧蓉都對程紹安這小子另眼相看，那番「不可多得的心善男兒」的話並非她所杜撰，確是金巧蓉所言。

而她也瞧得出，這位表妹對俊俏的程紹安確是有幾分心思，只如今也僅限於「幾分的心思」，再多的大抵便要視日後情況或增或減了。

貌美的姑娘不愁嫁，既然不愁，能選擇的自然也多，縱是挑花了眼，也總得挑個「最好的」，如今的程紹安於金巧蓉而言，想來還搆不上「最好」。

凌玉如今對程紹安的感覺有點兒複雜，有時對著他，她心裡總是不由自主地想到上輩子他所做之事，怨惱難消時，她只恨不得立即分家，從此你走你的陽關道，我走我的獨木橋，管他去死！

可她更清楚，以程紹禟的性子，無論程紹安怎樣，他都絕對做不出對親兄弟置之不理之事來，甚至可以說，他已經把這個兄弟當成他的責任。長兄如父，大抵便是如此了。

既然撇不開、扔不掉，倒不如好生利用起來。程紹禟不會同意她拋頭露面做生意的，那她便做個幕後之人，若是程紹安那小子中用，那便是雙贏；若是他不中用……

一想到若程紹安不中用帶來的後果便是害她損失五兩銀子，凌玉便忍不住一陣肉疼。狗屁「可以承受的範圍」，五兩銀子啊！得掙多久才能掙得回來？若是省著點花，夠他們一家人用好幾個月了！

第三章

送走了程紹禟，凌玉和程紹安便風風火火地開始籌備茶水攤子。兩人都是幹勁十足，買材料的買材料、置物件的置物件、踩點的踩點，便是王氏，也特意到鎮上請「賽半仙」算了個開張的黃道吉日。

到了那日，凌玉和王氏起了個大早，把燒餅、綠豆湯、茶水等東西都準備好，程紹安則不放心地前前後後檢查一遍家中那輛雙輪推車，茶碗、湯匙也數了好幾遍，便連小凳子也來來回回地擦。

待三人合力把所有東西都準備妥當，東邊已經泛起了魚肚白。

凌玉抹了把額上的汗，看了看一臉興奮期待的程紹安，想想他所做的一連串不可靠之事，心裡頓時便有些不安。若非婆母不肯讓她跟著去，她必是要盯著他才放心。

「大嫂，都準備好了，沒有什麼漏的，待娘出來後便可以出發了。」程紹安摩拳著手掌，興奮地道。

凌玉抿了抿嘴，還是沒忍住地威脅道：「你可得給我認認真真地幹，嘴皮子索利些，笑容熱情些，不管客大客小，都得好生招呼著。若是敢對客人使臉色、耍性子誤了生意，我便把你五歲還尿床、七歲貪嘴險些被拐子拐走、八歲光屁股被狗追的事全告訴巧蓉表妹！」

程紹安臉色一變。「妳怎會知道這些？是大哥說的對不對？別別別，我把他們一個個都當祖宗供著總行了吧？姑奶奶！」

「誰是你姑奶奶！」凌玉啐了他一口，眼角餘光看到王氏從堂屋裡走出來，連忙揚起一個親切的笑容。「路上小心，大嫂等你的好消息！」

「笑面虎！」程紹安嘀咕了句，只瞬間也覺得壓力更大了。

「時候不早了，咱們走吧！老大家的，雞我已經餵過了，這會兒也快到小石頭醒來的時辰，妳趕緊回屋瞧瞧。」王氏擦擦手，叮囑凌玉。

「娘放心，家裡一切有我呢！」凌玉應下。

其實她倒是想跟著去，只可惜一向沒什麼主見的王氏這一回態度卻相當堅決地拒絕，讓她留在家中照顧兒子、打理家務。

凌玉無法，也只得同意了。其實，有婆母和程紹安一起，她倒是放心不少，至少算是有個人看著他。

看著那對母子出了門，她才關上院門。回到屋裡，果然便見小石頭已經醒過來，正懵懵懂懂地坐在床上，小手揉著眼睛。

見她進來，小石頭連忙伸出藕節般的手臂，糯糯地喚道：「娘……」

凌玉笑著上前將他抱起，給他洗漱穿衣，再餵他用了早就準備好的米糊，而後刺起繡。

小傢伙如今已經可以不用大人扶便能自己走幾步路了，但是仍走得不太穩，搖搖擺擺的像隻小鴨子，有時候走了幾步一屁股摔坐在地上，也不會哭，只無辜地望著一旁的大人；若是不見有人來抱他，立即四肢並用，哧溜一下爬得飛快，讓人少看著他一會兒都不行。

因為心裡記掛著生意，凌玉接連被針刺中好幾回，終於無奈地放下繡屏，一轉身，正巧看到小石頭拿著布老虎往嘴裡塞。

她連忙奪過，嗔怪地捏捏他的臉蛋。「壞小子，這可不能吃的。」

小石頭衝她樂呵呵地笑，清脆響亮地喚了聲。「娘！」不待凌玉回應他，他又拍著小手喚：「爹！」

「還記著你爹呢，你爹這會兒所在之處離咱們可遠著呢！」

「表舅母在家嗎？」

母子二人正逗著趣，門外忽地傳來金巧蓉的聲音，凌玉抱起兒子便去開門。「是巧蓉表妹啊？快進來！娘出去了，這會兒不在，妳找她可有什麼事？」

「也不是什麼要緊事，我娘使我來問問表舅母，可有多餘的繡線借來一用？」

金巧蓉的聲音軟綿綿的，一雙似是含著兩汪秋水的眼眸望過來，彷彿會說話一般。儘管上輩子與她相處過幾年，可凌玉仍是覺得，這姑娘真的是錯投在農家婦人的肚子裡了，這柔美入骨的氣質，比那大財主家的大小姐還要像大小姐，合該養在深閨裡過些衣來張手、飯來張口，閒時插插花、調調香的日子，而不是似如今這般，還要做針線活掙幾個錢。

「恰好前幾日買了些新的，妳若要用便先拿去用吧！」

「如此也好，我這便借去用了，改日買了新的再還妳。」金巧蓉接過那嶄新的繡線道。

「這會兒已經繡了幾塊帕子？」凌玉隨口問。

「還差一塊便夠十塊了，等湊夠了十塊再拿到縣城裡賣掉換幾個錢。」

凌玉自然知道她做的一手好針線。上輩子程紹安走後，她們妯娌二人，她到外頭打短工掙錢貼補家用，金巧蓉則留在家中做針線，順便照看病中的婆母，兩人分工合作，慢慢地也熬過了最初那段艱難的日子。

不過也許因為那段日子著實太難，加上被相公拋棄在先，又或者還有別的什麼緣由，金巧蓉終於不願再忍受下去，在一個滿城百姓慶賀著花神娘娘誕辰的日子裡，如同她的相公程紹安那般，帶著家中的錢一走了之。

怪她嗎？凌玉自問自己不是聖人，自然是怪她的，便是恨，也是有的。

只是，這輩子她並沒有想過拆散她與程紹安的姻緣，一切只順其自然。畢竟，誰又能保證，這輩子程紹安另娶之人，一定會比金巧蓉好？人心易變，縱是初時瞧著好，日後呢？好歹金巧蓉上輩子也是陪著他們過了好幾年艱難日子的，這輩子換了另外一個人便一定會更好嗎？

程紹安與王氏回來得比凌玉預料的要早，看著兩人滿臉掩也掩不住的笑容，凌玉的眼睛頓時一亮。「東西都賣光了？」她有些不敢相信地問。

「賣光了、賣光了！連最後一碗綠豆湯都賣掉了！」程紹安額上還滲著汗，臉頰也曬得泛起了紅，可笑容卻異常燦爛，無比響亮地回答。

「可不是，全賣光了！剛剛把東西卸下便來了幾位過路的客官，買了五個燒餅和兩碗綠豆湯。一個上午不到，東西便已經賣了快一半，忙得我們真是腳不沾地；過了晌午，來了一個商隊，呼啦啦一堆人，沒一會兒東西便賣光了！」王氏抑制不住滿心的歡喜。

初戰告捷，凌玉也算是落下了心頭大石，笑著將二人迎進屋。「快回屋裡歇息歇息，我給你們倒碗水。」

「大嫂，今日一共賺了四百六十七文，根據約定，這是妳的二百八十一文。」瞅著王氏回屋歇息的空檔，程紹安便將今日所掙到的錢分開，把屬於凌玉的那部分遞給她。

「你加價了？」凌玉有些意外。東西都是經過她的手準備的，價錢也是早就商議好，她大略算了算，便是全部賣完，最多賺的也不過三百多文錢。

程紹安嘻嘻地笑道：「大嫂，我想過了，咱們大概便只能掙個新鮮，估計過不了多久，便會陸陸續續有人跟風，到時候生意必定受影響，倒不如趁著如今還只得咱們一家，先狠狠地賺他一筆。」

「想不到你倒有幾分生意頭腦。」凌玉難得地誇他。

這也是她早就想到的，這門生意不管好不好，都做不長久。如今她只想著籌一筆錢，在戰亂來臨前搬離此處，滿打滿算也只有四年時間了。

家中賺錢的大頭是程紹禟，只是大錢要賺，小錢也不能錯過。

程紹安不好意思地撓撓後腦勺。

叔嫂二人為今日的旗開得勝歡喜，也討論著明日應該增加多少東西？

而千里之外的程紹禟，卻遭遇入行以來最大的危機……

鏢行自來講究和氣生財，便是真的遇上了劫匪小賊，也多是震懾一番了事，儘量避免動手。便是到了迫不得已的地步，也不會傷及人命，最多不過放點血，敲山震虎。

程紹禟早就知道這趟鏢怕是不易，更清楚赤川道上那幫土匪不是省油的燈，卻沒有料到對方真的是分毫不講江湖道義，招招狠毒，大有一種「只要把東西搶過來，人全部砍死了也不要緊」的凶殘。

「他娘的，老子跟你們拚了！」宋超是個爆脾氣，原本還是手下留情的，在接連幾回險些被對方砍去頭上人頭後，終於怒了，揮舞著大刀迎戰。

程紹禟心中也憋了一團火，相當凶險地避過兜頭兜臉劈過來的一刀，一個迴旋刺出一劍，對方揮刀迎上，二人當即便纏鬥在一起。

唐晉源與另三名鏢師是負責保護鏢箱的，四人迎戰越來越多的山匪，早已有些吃力，那邊的宋超與程紹禟有心前來相助，卻是分不開身，唯有且戰且退，儘量一點一點地往他們這邊靠近。

「把東西放下！」突然，唐晉源大喝一聲。

正打鬥著的程紹禟心中一緊，虛刺出一劍，趁對方閃避之際凌空一躍，便往唐晉源處飛去，打算將被人奪去的鏢箱搶回來。

「砰」的一聲巨大響聲，雙方爭奪間，那一人便能抱得住的箱子砸落地上，當即便砸得四分五裂，裡面裝著的東西也露了出來。

「石頭?!」爭奪箱子的眾人異口同聲地叫起來，便是程紹禟也瞪大眼睛，不敢相信地盯著箱子裡那幾塊石頭。

所以，他們千辛萬苦護著，如今又與人爭得要生要死的，便是這幾塊石頭?!

兵器上的血跡緩緩滴落，滲入泥土中，破損箱子裡的幾塊石頭靜靜地躺在那裡，也讓眾人覺得方才一番你死我活的打鬥著實是諷刺至極。

「他娘的！老子就是為了這幾塊石頭而餵了半宿的蚊子？」意識到自己白忙活，終於有山匪忍不住罵出聲來。

「撤！」雖然也憋了一肚子火，但相比之下……為首的山匪同情地掃了一圈呆若木雞的眾鏢師，一揮手，帶著他的人迅速撤離了。

「這到底是怎麼回事？難道東西在途中被賊人調了包？」宋超無法接受自己護了一路的居然是幾塊石頭。

「不可能！這一路上咱們都緊盯著它，夜裡也不曾離了人，莫說調包，怕是連蟲子都接近不了！」唐晉源大聲反駁。

「唐兄弟說得對，咱們這一路都不敢掉以輕心，東西自出了鏢局便不曾有人動過，兄弟們都是盯著的，除非它們自己會憑空消失！」

「可如今事實擺在眼前，箱子裡的就是幾塊石頭！」

「說不定……說不定這並不是普通的石頭。說書人不是講過嗎？從前有塊價值連城的和氏璧就是藏在石頭裡，很多人卻以為它一文不值。」有人不願意接受這個殘酷的事實。

「我也希望你的異想天開能成真，可他娘的這就是幾塊普通得不能再普通的石頭！」有急脾氣的終於忍不住罵娘。

「……你們說，會不會從一開始，這箱子裡的便是石頭啊？」良久，終於有人小小聲地提出這種可能。

話音剛落，方才爭論得起勁的眾人面面相覷，誰也不敢再說。若這個可能是真的，那從一開始，有人便讓他們這些人做無用功，甚至不惜讓他們前來送死。

「紹禟啊，你說如今該怎麼辦？」一眾人中以宋超最年長，可程紹禟辦事素來沈穩，如今出了事，眾人下意識地便將目光投向他。

程紹禟眉頭緊鎖，片刻後沈聲道：「兄弟們都受了傷，咱們先尋個地方把傷口處理了，再商議接下來應該怎樣做。」

這一番打鬥，雖然無人丟了性命，但人人身上都或多或少地受了傷，便是程紹禟自己，左邊手臂也中了一刀，正隱隱作痛。可如今，身上的痛怎麼也敵不過心底的涼意。

若真的從一開始他們護送的便是石頭，那這個陷害他們的人，有很大的可能便是鏢局裡的人。

「咱們啟程前可都是簽了字交接的，如今東西變成石頭，縱然真的是鏢局裡的人做的手腳，可東西的交接單子上還有咱們的簽名，若是對方咬定了交給咱們的東西沒錯，那咱們也是有理說不清啊！」眾人尋了條清澈的小溪清理身上的傷口，唐晉源憂心忡忡地率先道。

「簽字前我可是檢查過的，東西確是沒錯，如今看來，東西是在簽字後被人調包，這個人必是鏢局裡頭的！他娘的，居然出了內賊，若讓老子知道是哪個，必定擰了他的脖子！」

宋超氣得臉都脹紅了。

程紹禟薄唇緊抿，待眾人你一言、我一語地表達了憤慨後，才開口道：「其實還有一個可能，那便是『明修棧道，暗度陳倉』。」

眾人均是一怔，你望望我，我看看你，良久，唐晉源才一臉複雜地道：「雖然真他娘的心裡不好受，但是相對於被人冤枉失職，還是忍一忍當那個修棧道的吧！」

眾人又是一陣沈默。若真是「明修棧道，暗度陳倉」，那設計此事之人是誰已經呼之欲出了。

「咱們還是按原計劃繼續趕路，結果如何還得到了目的地方能知曉。」程紹禟道。

事到如今，這也是唯一可行之路。雖然結果無論是哪一樣，都不會讓人心裡好受，但至少，誰也不希望擔一個失職，甚至是私占主顧財物的罪名。

抱著這一線希望，眾人快馬加鞭，日夜兼程地趕往目的地通州城，尋到了託鏢的顧主府邸——任府。可是，當他們看著這座明顯剛被大火吞噬過後的破敗宅院時，心頭劇震。

「老先生，請問這便是任府？」程紹禟不敢相信地問帶他們前來的老者。

那老者嘆息著道：「沒錯，這便是任忠任大人府邸。你們來晚了一步，七日前的夜裡，任府走水，任大人一家子都死在大火中。」

「死了?!」唐晉源等人失聲叫了起來。

主顧都死了，那他們這趟鏢算是怎麼回事？

程紹禟也沒有料到會是這樣一個結果，心裡卻有些不尋常的感覺，總覺得他們這些人像是陷入一個陰謀中。

託鏢的是據聞被罷官回鄉的任忠，託的東西聽聞甚是貴重，具體是何物，又有多貴重，因並不是他接的鏢，故而他並不清楚。如今東西不翼而飛，託鏢的主顧又死在大火之中……

「大哥，如今咱們該怎麼辦？」有鏢師低聲問宋超。

宋超沈默半晌，望了望臉色同樣凝重的眾位兄弟，啞著嗓子道：「先回鏢局。不管主顧還在不在人世，這東西的下落總得查個分明，如此才算是不枉咱們走這一遭。」

「大哥說得對，咱們總得把任先生生前託付給鏢局的東西找出來！」唐晉源接話。

程紹禟心中憂慮更甚，但還是點點頭道：「大哥言之有理，只咱們這些天日夜趕路，諸位兄弟都累壞了，今日不如就在這城中找間客棧稍歇息，明日一大早就啟程趕回鏢局，大家意下如何？」

眾人對此自是無異議。

當晚，一眾鏢師便在城中客棧歇下。

窗外傳來夏蟬的鳴叫聲，夜風穿透窗櫺拂面而來，程紹禟倚窗而立，蹙眉梳理著這趟離奇的任務。

據聞被罷官回鄉的任大人，不知出於什麼緣故，把隨身帶著的、一個頗為貴重的箱子交託他們鏢局，請他們將它送至通州城的任府，而他本人則輕車簡從地回到通州城，卻意外陷入一場大火中丟了性命。

他交託給鏢局的箱子，裡面之物不知何時被人換成石頭，對此一無所知的他們甚至為了這幾塊石頭而與赤川道的山匪打起來。

任忠生前交託的到底是什麼東西？他的死會不會別有隱情？儘管毫無證據，程紹禟還是忍不住生出懷疑，只因為一切實在太過巧合。

而有些事，只怕得要回到鏢局，見到了總鏢頭才能問個清楚明白。

程紹禟萬萬沒有想到，當他們快馬加鞭趕回鏢局時，卻被告知總鏢頭已經大半個月不曾露過臉了。大半個月，那便是他們從通州城趕回來的途中……

「他娘的，好端端的不見人，必是心中有鬼，我看就是他把那任大人的東西貪了去的！」唐晉源氣急地道。

「可著人到他府上尋過？」程紹禟問。

「去是去過，只是他們家裡卻一個人也沒有，我琢磨著他們會不會是回了鄉下探親？」

「跑得了和尚跑不了廟，咱們且等著，就不信他不冒頭！」宋超冷笑一聲。

「對，咱們就等著！」風塵僕僕趕回來的鏢師們本就是一心想要求個明白，如今見不著正主，都憋著一肚子的火。

而他們卻想不到，他們口中的總鏢頭如今已經成了一具屍體。

一身黑衣的男子冷笑著將染血的利劍在那屍體上擦了擦，而後抱起屍體旁邊一個漆黑雕花檀木箱子，再把燃燒著的油燈扔到屍體上，看著火光越來越強烈，這才飛身離去。

「主子，東西到手了！」城中某處隱蔽的宅子中，黑衣男子單膝跪下，恭敬地將懷中抱著的箱子呈到錦衣男子跟前。

「幹得好！」錦衣男子臉上蘊著幾分激動的表情，嘴角微微勾了勾，用匕首劈開箱子上的鐵鎖，隨手將匕首扔到一邊，打開箱子一看，臉色頓時就變了。「石頭?!」

「什麼?!」黑衣男子大驚失色。「這不可能！」

「你自己瞧瞧，這箱子裡的是什麼東西！」魯王趙甫氣極，拿起那箱子重重地砸到地上，再用力踹了對方的心窩子一腳。

黑衣男子被他踹出數丈之遠，嘴角滲出血絲，卻半句話也不敢多說，跪著爬了回來。

「好個何總鏢頭，居然連本王都敢戲弄！你去把他綁來，本王要看看，他到底吃了什麼熊心豹子膽！」趙甫陰惻惻地道。

「殿下恕罪！」

黑衣男子遲疑地說：「殿下……屬下已經殺了他……」

「你——」趙甫險些一口氣提不上來，再也忍不住，直接抽出案上的長劍，手起劍落，那人哼都哼不出聲，瞬間便斃了命。

「本王不留沒用的東西！」趙甫冷笑，想了想，到底痛恨耍了自己一道的何總鏢頭。「來人，送何總鏢頭的家人去陪他，免得他黃泉路上太孤單！」

書房內，齊王趙奕正奮筆疾書，侍女映柳遲疑片刻，終是小聲提醒。「殿下，夜深了，該歇息了。」

趙奕並沒有理會她，直到落下最後一筆才放下毫筆，淡淡道：「知道了。」

見他只是隨口應下，並沒有起身回屋歇息的意思，映柳也不敢再催，恭敬地垂首侍立於一旁。

螳螂捕蟬，黃雀在後，只可惜這黃雀仍未露面，倒是白費了魯王一番設計。如今京中局勢不明，魯王得寵，太子卻是名正言順，自己遠離京城避其鋒芒未必不是一件好事。

趙奕暗暗思忖，本以為太子便是那隻「黃雀」，如今瞧來倒也未必。

翌日，程紹禟等人仍未候到總鏢頭的出現，派去尋找之人也是空手而回。

眾人無法，唯有暫且各自歸家去。

程紹禟辭別宋超、唐晉源等人，心事重重地往城門方向走去。

走出一段路，忽聽前方衙門不遠處有一陣喧譁聲，隱隱約約似是聽到什麼「大火」、「死人」諸類的話。

「這位兄臺，發生了什麼事？」他叫住身旁經過的一名大漢，問道。

「你不知道啊？死人了！昨夜西街那邊有間空置的屋子走水，燒死了一個人，哎喲，燒得面目全非呢！仵作來了好幾個，都驗不出死者的身分，只怕又是一樁無頭懸案。」

「如今世道正亂，說不定是過路的客商，被人給謀財害命了。」有老者嘆息道。

程紹禟心口一緊。又是走水燒死了人?他眉間憂色更深。向那大漢和老者道謝,遠遠地望了望衙門前那進進出出的官差,他才離開。

這一回出門,不但沒有半文錢收入,反而還惹上一樁離奇事,如今總鏢頭仍舊不曾露面,鏢局也是一團亂,有不少鏢師已經打算待總鏢頭回來後,領了這個月的米糧就不幹了。

他嘆了口氣,心中也隱隱生出了離開鏢局另謀出路的念頭。

正值盛夏時節,猛烈的日光照得地面都發燙,他趕了不到半個時辰的路,背脊已經濕了一大片,喉嚨也是乾得緊。

「這天可真是太熱了,虧得前面有人擺攤賣些茶水,若不是,非得中暑不可!」

兩名同樣趕路的男子從他身邊經過,他正擦汗的動作一頓,望了望所在之處,忽地想起此番離家前,曾聽聞二弟說是要擺個茶水之類的攤子,依稀就是離此處不遠了,難不成那兩人說的攤子便是他的?

想到這個可能,他幹脆便跟在那兩人身後,一直走了約莫兩刻鐘,果然見前方路口頗為熱鬧,路的兩邊擺了一個又一個用竹棚簡單搭起來的攤子,小販的叫賣聲、吆喝聲此起彼伏,往來的行人大多停下來,或是買些乾糧,或是喝碗茶水,也不久留,吃飽喝足後便痛快結帳,繼續趕路。

不到三個月的時間,本是比較熟悉的地方大變樣,程紹禟簡直不敢相信自己的眼睛。

「你小子知道你大爺我是什麼人嗎?想找死呢,啊?」

「明明是——」

「對不住、對不住，是我們不小心，您大人有大量，這頓我請了，便當是向您賠罪……」

「大嫂，明明——」

「閉嘴！客官您這邊請，這邊請！」

「老子多的是錢，這幾個錢老子會放在眼裡？今兒個我就放下話來，你這小子給我磕個頭，喊三聲『大爺我錯了』，我便饒了你，否則……哼，讓你嘗嘗老子拳頭的厲害！」

「你不要欺人——」

「閉嘴！」

離他數丈開外的一處攤子突然傳來熟悉的爭執聲，程紹禟心口一緊，循聲快走幾步過去，便見凌玉先是回身喝止一臉不忿的程紹安，隨即笑容滿面地衝著凶神惡煞、一腳踩在小凳上的男子作揖。

「常言道，凡事以和為貴，這位大爺英武不凡，一瞧便是幹大事之人。自來宰相肚裡能撐船，但凡能幹大事者，必是寬宏大量，能容常人所不能。舍弟莽撞，理應賠罪，只男兒膝下有黃金，上跪天地，下跪父母，中間跪君王，倘若此番跪下磕頭，他倒也罷，只此處人來人往，人多口雜，若傳出些不利大爺之話來，誤了大爺前程，倒是他的罪過了。」

「妳這小娘子倒長得一張利嘴。好，我這兒有酒一壺，妳若陪我喝三碗，我便饒了這小子，如何？」那男子先是冷笑，隨即不懷好意地道。

凌玉怔了怔，還來不及說話，身後突然響起了熟悉的聲音——

「我來代她！」

「大哥！」正覺得又委屈、又生氣的程紹安回頭一看，當即驚喜地叫出聲。

看著自家娘子卑躬屈膝賠著小心，程紹禟心裡便如憋了一肚子火；再一看對方竟然得寸進尺讓她陪酒，如此折辱於人，他若是再忍下去便真的枉為男子了。

凌玉也意外他的出現，還想說些什麼，程紹禟卻對她視若無睹，逕自走到那男子跟前，冷笑道：「三杯酒對不？我來代她喝。」

「你是個什麼東西，也敢——」那人見突然殺出個程咬金，正欲挑釁幾句。

此時，一直靜靜地坐在一旁喝著茶水的青衣男子淡淡地開口。「三弟，罷了，莫要再耽誤行程。」

那人似是對他有幾分忌憚，到底不敢多話，抓起放在小桌上的長劍，跟在那青衣男子身後離開。

「大哥，為何不讓我教訓教訓那小子？他是什麼東西，也敢出來充英雄！」走得遠了，男人終是心有不忿。

「你打不過他，莫要自取其辱。」青衣男子斜睨他一眼，雙腿一夾，策馬而去。

「你回來了？」送走了那煞星，凌玉可算是鬆了口氣，再一見程紹禟被曬得泛起了紅的臉龐，連忙把他拉進棚子裡，又吩咐程紹安倒來一碗綠豆湯。

程紹安還生著氣，本是不想理她，可又關心兄長，嘀咕了幾句便去裝綠豆湯了。

只是，路上的行人來了走，走了來，凌玉與程紹安均是忙得分不開身來，自然也抽不出空來與他說說話。

程紹禟並不在意，只沈默地坐到一邊，看著娘子和弟弟忙得如同陀螺一般。他瞧得出，這兩人明明已經很累了，可對著客人卻永遠是笑臉相迎，熱情周到。

尤其是程紹安，在他的記憶裡，這小子一直便有些好逸惡勞，似如今這般勤快的模樣，著實罕見。

待送走了最後一個客人，他才靜靜地走上前去，幫著那叔嫂二人收拾攤子。

「你怎地還在這兒？我以為你已經回去了呢！」凌玉意外他竟然還沒有走。

程紹禟把東西都綁在雙輪推車上，聽到她的話，回過身來，深深地望著她。「方才那個男人，妳其實不必要如此委屈自己。」

凌玉好一會兒才明白他口中的那個男人指的是何人，正欲說話，程紹安已經訴起了委屈。

「就是！大哥，明明就是那個人自己撞過來的，非要說是我撞他，簡直欺人太甚！偏大嫂還硬說是我的錯，太可惡了！」

凌玉用汗巾擦了擦臉，無奈地道：「我自然知道此事並非你之錯，可做生意的講究和氣生財，受點委屈算什麼？難道你還要和客人爭論起來不成？」

「有何不可？又不是我的錯！」程紹安不服氣。

「若是我沒有出現，妳待如何？」程紹禟盯著她問道。

凌玉皺了皺眉，只覺得這對兄弟著實小題大作。若是這點兒委屈都受不了，上輩子她早就不知死了多少回！

不過見這兄弟倆都緊緊盯著自己，大有不聽到答案便不罷休的架勢，她唯有壓低聲音道：「你們放心，那兩人不敢鬧大的。千里迢迢從京城遠道而來，必是身負差事，若是鬧大了暴露身分——」

「妳如何得知他們是從京城而來，又身負差事？」程紹禟打斷她的話。

「他們身上有王府侍衛的玉珮啊！」凌玉理所當然地回答，話音剛落便暗道不好。

「妳怎會認識王府侍衛的玉珮？」程紹禟緊接著又問。

果然，凌玉暗罵自己嘴太快。

如何會認識？自然是因為上輩子見過啊！上輩子魯王和齊王爭那個位置爭得你死我活，她的相公又是齊王府的侍衛，自然免不了與魯王府那邊動動手。

「上回有位也是從京城來的客人，身上同樣戴著這樣的玉珮，我聽他說的。」凌玉胡謅了一個理由。反正此處人來人往，什麼樣的人都有可能見識到，程紹禟便是對她的說詞心存懷疑，也挑不出什麼來。

「真的嗎？我怎地沒見過？」程紹安撓撓頭，狐疑地問。

「你難不成一個人便招呼了所有的客人？」凌玉瞪他。

程紹安不敢再多話。

三人收拾妥當便歸家去。一路上程紹禟都沈默不語，凌玉到底心虛，也生怕自己又會說出些不該說的話，故而默默地趕路，偶爾偷偷望他一眼，猜測著他的心思。

程紹禟腦子裡總是閃現著凌玉對無理客人百般忍讓的一幕。走南闖北這麼多年，他自然知道和氣生財之理，更清楚必要時確是要受些委屈，可這樣的委屈他卻不希望他的娘子來承受。他的娘子，應該安心留在家中侍奉長輩、教養兒女，養家餬口是他的責任，不該讓她來承擔。歸根到底，還是他無能，才讓娘子受此等委屈！

回到家中見到王氏與小石頭，又是一番熱鬧。

程紹禟自然不會將一路上發生的凶險事告訴家人，只挑了些無關緊要的說，所幸王氏只關心他是否能平安歸來，其餘之事倒也不大上心。

小石頭初時對爹爹還有幾分陌生，無論王氏怎樣哄他叫人也不肯開口，待程紹禟抱著他舉了幾回高高後，小傢伙興奮得摟著他的脖子，一聲一聲「爹爹」喊得比任何時候都要歡。

凌玉在一旁看著他們父子鬧了一會兒，略微休息，便去把今日擺攤的各樣什物清洗乾淨，以待明日再用。

「我聽娘說了，這段日子你懂事許多，也辛苦了！」程紹禟抱著兒子，讚許的目光落到程紹安身上，欣慰地道。

程紹安嘻嘻地傻笑著撓撓耳根，察覺王氏和凌玉都不在，頓時苦哈哈地告起狀來。「大哥，你不知道大嫂有多過分，一言不合就威脅我，簡直半點面子也不給，太可惡了！」

「她威脅你什麼？」程紹禟好奇地追問。

「威脅要把我五歲還尿床、七歲貪吃險些被拐子拐走、八歲光屁股被狗追之事告訴表妹！你說她是不是太過分了?!」一說到這兒，程紹安便氣不打一處來，可把柄被人家抓著，不得不服軟。下一刻，他又生氣地瞪著兄長。「大哥，這些事是不是你告訴她的？」

程紹禟有點想笑，怕他看到了更惱，忙忍住了，又聽他這般問，連連搖頭。「不是我，我並不曾跟她說過這些事。」

「不是你？那就是娘了。」程紹安氣悶，嘀咕著抱怨。「娘也真是的，怎地什麼都跟大嫂說，到底誰才是她親生的？」

程紹禟終於沒忍住笑了。他也算是看清楚了，凌玉表面看起來溫溫和和的，實則骨子裡有幾分強勢，所幸她甚有耐心哄著王氏。而王氏的性子比較軟，這些年也習慣了萬事聽長子的，長子不常在家，也樂得聽長媳的，如此一來，這婆媳二人相處得頗為融洽。

凌玉把阿牛嬸借的木盆還給她，打著馬虎眼，應付阿牛嬸明裡暗裡打探他們家這段日子做生意賺了多少錢，又逗了幾句阿牛嬸的小孫女妞妞便告辭了。

出了阿牛嬸家，忽見一個年輕男子在離他們家不遠的松樹下來回踱步，男子懷中還抱著一個用藍布包著的四四方方物件，好幾回想要往他們家大門走去，可最終也只是邁出半步又縮回腳。

凌玉有些奇怪，微眯著雙眸盯著那人，直到那人像是下定決心一般，一轉身便打算往村口方向離開，她也終於看清對方的容貌。

「小穆！是你啊？來找你程大哥是吧？怎地不進來坐？」她快步上前，笑著對神情有幾分愕然的年輕男子小穆道。

「嫂、嫂子。」小穆意外她認得自己。

「你程大哥他也是今日才回，這會兒想來在屋裡和他兄弟說著話。紹禟，小穆來找你了！」凌玉熱情地引著他進屋。

只因心中存了一樁事，小穆的神情有幾分恍惚，凌玉也沒有留意，衝著屋裡的程紹禟喊道。

程紹禟正引著小石頭走路，看著小傢伙蹬著一雙短腿已是走得頗為穩當，唇畔便含了笑意。忽聽凌玉這般一喊，怔了怔，一把抱起走累了正伸開雙臂要他抱抱的兒子，便見凌玉帶著一名身著短打的年輕人走過來，正是鏢局新來不久的鏢師小穆。

他狐疑地瞅了一眼仍未察覺不妥的凌玉，上前道：「你怎地來了？老家裡的事都處理好了？」

「處理好了。」小穆下意識地挺了挺背脊，回答。

「進屋裡坐吧！」程紹禟點點頭，想要將兒子交給凌玉，可小傢伙卻撒嬌地摟著他的脖頸不肯放手，他無奈地拍拍他的小屁股，便也由著他了。

凌玉給他們倒了茶，哄著小石頭跟她出去，將空間留給屋裡的兩人。

程紹禟啜飲了一口茶水，看著對面的小穆神情遲疑，手上始終緊緊抱著那個四四方方用藍布包著的物件，沈聲問：「可是令尊腿上的傷仍有些不妥？」

「不是不是，我爹腿上的傷已經好了，他讓我代他向你和鏢局裡的兄弟們道謝。」見他誤會，小穆連忙道。

「那你是還有什麼難言之隱？」

小穆神情複雜難辨，忽地起身往屋外探了探，似是在確定有沒有人偷聽，而後又輕手輕腳地關上門窗。

程紹禟皺眉看著他這一連串奇怪的舉動，並不出聲阻止。

小穆把懷裡抱著的東西放在桌上，深深地呼吸幾下後，像是下定決心一般道：「大哥，你且看這裡面的是什麼東西？」他一邊說，一邊把那藍布解開，裡面一個簡單的漆黑箱子便露了出來。

「這是什麼？」程紹禟不解。

「這是當日那位任忠大人交託給咱們鏢局的東西。」小穆小小聲地回答。

「什麼?!」程紹禟大驚失色。「這東西為何會在你手上？」

他想過東西或許是被總鏢頭昧了下來，卻怎麼也無法想像，這東西居然在並沒有跟他們一起出鏢的小穆手上。

「當日我看著你們簽字交接，總鏢頭卻趁著你們不備，偷偷把東西換了。」說到這裡，小穆掩飾不住滿臉的怒意。「他這樣調包，分明是要讓你們當餌，承受路上的刀光劍影！我氣不過，當晚偷偷地潛進他的房間，又把東西給換了出來。」

「我本來是想盡快把東西給你們送去，免得你們白跑一趟，可、可卻不小心走岔了路……」說到此處，他的臉上添了幾分赧意。「後來我想著，不管怎樣也得把東西送到通州任府去，免得那任大人誤會你們護鏢不力。只是當我到了通州城時，卻發現任府出了事，而你們也已經啟程返回鏢局了。」

「所以當日你也是到過通州城的？」程紹禟訝然。

「是，我去得晚了些，沒能遇上你們。任府出事，我也不知道該如何處置這箱子，唯有再帶著它回來，想著到時跟你們商量一下該如何是好？」

「如今總鏢頭不知所蹤，主顧任大人又丟了性命，據聞家人也葬身火海……」程紹禟也有些頭疼。

「大、大哥，我、我知道總鏢頭去哪兒了。」小穆臉色很難看，瞳孔縮了縮，彷彿是想到了什麼可怕之事。

「你知道？」程紹禟吃了一驚。

「他、他死了，昨夜西街那空置屋子裡燒死之人便是他！我親眼看著他抱著被我換下的箱子進了那屋，不到一刻鐘的時間，那屋裡便走出一個黑衣人，那黑衣人抱著箱了，而他卻沒有跟著出來。再後來，火便燒起來了。」說到那晚所見，小穆恐懼得渾身直打顫。

程紹禟臉色大變。「你果真親眼所見?!」

「是、是，我親眼所見。大、大哥，我覺得總鏢頭當日偷偷換下箱子，可能就是受了那人指使，否則、否則他又怎會招來此等殺身之禍？大哥，如今這東西在我手上，會不會、會不會……」小穆哭喪著臉，害怕得聲音都打著顫。「早知道方才嫂子叫的時候我就當沒聽到了，現在大哥你也知道此事，萬一那人發現，會不會也連累你？」

「你莫要慌，事情許是未到不可挽回的地步。」程紹禟心裡也亂得很，可見他這六神無主的模樣，唯有安慰道：「你偷換了東西，可總鏢頭卻仍抱著箱子去見那人，可能他根本不知道東西已經被你換了；又可能是他知道，但為免惹麻煩，故弄了個假的應付對方。最終他仍難逃一死，可見對方本就存了殺人滅口的打算。此時那人想來也發現了總鏢頭騙他，必然會繼續追尋，總鏢頭的家人……大概也遭遇不測了。」程紹禟臉色凝重。

「那、那這東西怎麼辦？」

「若任府還有倖存之人，自然該交還於他。可如今……唯有暫且將它藏起來了。」程紹禟斟酌著道。

「方才在門外時，我便想著要不還是把它埋到地下去，就當從來沒發生過此事。」

「如此也好，先尋個穩當的地方把它埋了，只待……」

「怎地門窗都關起來了？這天氣，屋裡得有多熱啊！」凌玉的聲音突然從屋外傳進來，嚇得小穆連忙把那箱子重新用藍布包好，胡亂地塞到桌底下。

「想來是風大所致。」程紹禟面不改色地撒著謊。

凌玉並沒有注意，將手上的飯菜擺到桌上，笑道：「難得來這一回，不如留下用個便飯再走？粗茶淡飯，你也莫要嫌棄。」

「多謝嫂子。」小穆驚魂未定，吶吶地回答。

「紹安和娘呢？」程紹禟問。

「他們在西屋那邊用飯呢！」凌玉隨口回答。

「爹！」小石頭一手拿著他專用的小木碗，一手拿著小木匙羹，搖搖擺擺地走進來，奶聲奶氣地喚。

凌玉一見便樂了。「你這是準備和你爹一起招呼客人呢？」

小傢伙無辜地衝她眨巴眨巴眼睛，把他的餐具直往程紹禟手上塞。

程紹禟好笑地將他抱起。「既如此，便讓他留在這兒，我來看著他，妳且去用膳吧！」

凌玉笑著應下，把那小木碗、小匙羹洗乾淨，又盛上了米糊交給程紹禟，叮囑他不要給兒子吃其他飯菜，這才出去了。

待她用過晚膳，又把吃得飽飽的幾十隻雞趕回了窩，麻利地收拾好灶房，再回到堂屋時，裡頭已經空無一人。

她把吃得乾乾淨淨的碗碟、筷子收好，用抹布擦了擦桌子，一個不小心，將一根筷子掃到地上，她連忙彎下身子去撿，竟見桌子底下放著用藍布包著的四四方方物件。

她認出這正是方才小穆之物，正想把它拿出來，身後便傳來程紹禟的制止聲。

「別碰！」

她嚇得縮回手，愣愣地看著程紹禟把那包東西拎起來，也沒有向她解釋什麼便走了出去。凌玉雖然奇怪，但也沒有太放在心上。

待夜裡夫妻二人睡下，迷迷糊糊間，忽聽程紹禟問——

「妳如何識得小穆？」

「他是你鏢局裡的兄弟，我認得他有什麼奇怪？」凌玉打了個呵欠。

「他才來鏢局不到半年，約莫三個月前便回了老家，直至前日才歸來。」

「那又——」凌玉一個激靈，頓時便清醒過來，再對上程紹禟探究的眼神，心裡「咯噔」一下。壞了！她忘了，這個時候的她應該還不認識小穆才對！可是，那也沒辦法啊！上輩子他和小穆走得最近，小穆也不時到家裡用飯，她待小穆自然也親近些。更何況，上輩子他死後的骨灰也是小穆帶回來的，連他的死因，也是小穆告訴她的。

「小玉，妳是不是有什麼事瞞著我？」程紹禟沈聲問。

自上回他押鏢歸來後，便覺得娘子有點兒奇怪，只是一時想不明白，今日她待小穆那熟絡的態度，更加加深了他的疑惑。

小穆半年前才到鏢局，三個月前家人出事，告了假歸家，便連他，真正與小穆相處見面的時間也不足一個月。

凌玉的腦子飛速轉動著，打算想個什麼緣由糊弄過去，可不知為何對上那雙幽深卻含著明顯擔憂的眼眸時，緊懸著的心一下子便落到了實處。

「如果我跟你說，我是上輩子便認識小穆的，你相信嗎？」她試探著問。

程紹禟皺眉。「妳若不願回答，我不逼妳便是，何苦說這些？」況且，常言道，今生有幸結為夫婦，都是前生修的緣分。若是說上輩子就認識，也應該是認識他吧？

「是你要問的，如今我告訴你了，你卻不信。」凌玉對他的反應絲毫不意外，輕哼一聲道。

程紹禟無奈地搖搖頭，正想要說什麼，凌玉便一股腦兒地道——

「我還活了兩輩子呢！上輩子你扔下我和小石頭早早便去了，我……」不知怎地又想到了上輩子的種種不易，她鼻子一酸，竟難得地添了幾分說不清、道不明的委屈，賭氣地道：「我就帶著小石頭和你的全部家產改嫁，從此過上了富貴無憂的幸福生活！」

程紹禟哭笑不得，輕斥道：「盡胡說！」

凌玉頓時便炸了，生氣地道：「我怎麼胡說了？難不成我不能改嫁，就得給你守著？還是說，我不能過上富貴無憂的幸福生活？」

見她氣得眸光閃閃，程紹禟忍俊不禁，生怕她更惱，連忙掩飾住，輕握著她的手想要安慰她幾句，可凌玉卻用力拂開他的手，轉過身去背對著他。

程紹禟好笑地伸手去摟她的腰，卻被她毫不留情地用力拍開，無奈地低聲道：「我答應妳，一定努力掙錢養家，必要讓妳過上富貴無憂的幸福生活。」

男人的嗓音低啞，許是夜色朦朧使人恍神，凌玉總覺得他的聲音中蘊藏著絲絲誘惑的味道，也沒有留意他跳過了關於改嫁的話，只彆扭地哼了一聲，伸手去將熟睡的小石頭摟在懷中，彷彿這樣才能讓她的心跳不至於失序。

程紹禟不見她反應，想了想，試探著去摟她，這一回凌玉只是動了動身子表示拒絕，卻沒有再拍開他的手。這便是不惱了？他低低地笑起來。

「不准笑了！」凌玉被他笑得渾身不自在，像是有人用羽毛在她心尖上輕拂，癢癢的，痲痲酥酥的。

程紹禟笑嘆著想將她摟入懷中，大掌卻觸及一個小小的身軀，怔了怔，語氣有些無奈，更有些憋悶。「這小子已經長大了，還要跟著咱們睡到什麼時候？」

凌玉在兒子的臉蛋上親了親，側過臉來衝他得意地道：「你若是不喜歡，不如自己到別的屋子睡去。」

所以，她這是要兒子不要相公了？程紹禟挑眉。可難得見她露出這般俏皮的笑容，無奈地搖搖頭，輕捏了捏她的鼻尖。「妳呀……」

他的語氣實在太溫柔，便連那雙漆黑如墨的眼眸，也似是含著兩汪能將人溺斃的春水。

可是，這個男人越是好、越是包容她，便越發讓她覺得委屈。

她已經想不起有多久沒有人用這般寵溺、這般溫柔的態度待她了。

「再過些日子便讓他跟娘一起睡……」

她的聲音很輕很輕，若非程紹禟耳力甚好，許也聽不清她的話。

再過些日子，想來她便能克服內心的恐懼，不會再害怕夜裡身邊多了一個人吧！

「好……」他低語。下一刻，又有些無奈。本來不是他欲探她的異樣之處緣由的嗎，怎地到後來話題就歪到十萬八千里了？

夜漸深，暈黃的月光透過窗櫺投入屋裡，灑下一層薄薄的銀紗，也映出床上正安眠的一家三口。

凌玉作了個夢，夢裡的她從外頭歸來，看到離家門口不遠的松樹下，有名年輕男子抱著一個以藍布包著的四四方方物件，彷彿想要從樹下走出，只邁出一步又縮了回去。

她很是不解，只又看不清那人的容貌，正想要上前問問他是不是要找人，那人卻轉身邁開大步走了。

凌玉醒來的時候，腦子還有幾分糊塗，好片刻才想起，其實那並不是夢，而是上輩子真真切切發生過的事。與上輩子不同的是，因為這輩子的她早就認得小穆，所以主動將他請進屋。她失笑地輕撫著額頭，為自己居然夢到這樣的小事而好笑不已。

身側的程紹禟不知何時已經起了，她輕輕將小石頭搭在她肚子上的小腿推開，望著睡成大字狀的小傢伙，好笑地搖搖頭。趿鞋下床，簡單地洗漱後，開始準備今日的生意。

她正揉著麵粉，王氏便進來了。婆媳二人如同往常一般合力將東西都準備好，程紹禟兄弟倆便走進來，將東西安置在雙輪推車上。

「今日妳與娘親在家中好生歇息，我與紹安去便可。」不等她解下圍裙，程紹禟便道。

凌玉有些懷疑地瞅著他。「你？行嗎？」

這個男人天生便不是愛說話之人，又素來喜歡板著一張臉，這哪是做生意的樣子？分明就是趕客嘛！

「哎，大嫂妳放心，還有我呢！」程紹安笑嘻嘻地道。

凌玉想了想，也是，對程紹安她還是比較放心的，故而乾脆地應下。「如此也好，你們路上小心些！」

相公如此體貼自己，她何必拂了他一番好意呢！

第四章

一連數日，程紹禟都是與程紹安出外擺攤，彷彿完全忘記了鏢局裡的事。

凌玉也沒有問他此回出鏢得了多少工錢。不是她不想問，只是心裡隱隱覺得這一趟鏢可能會與他日後離開鏢局有關，若是如此，必不會是什麼好事，她又何必勾起他心裡的不痛快？

鏢局遭賊的消息傳來時，程紹禟正與程紹安收拾著攤子準備歸家，聽罷，手上的動作一頓，追問：「可有遺失什麼？」

「數了數，倒不曾發現什麼東西少了。只是程大哥，也不知是不是我的錯覺，總覺得這幾日像是被什麼人盯著一般，讓我渾身不自在。」唐晉源壓低聲音道。

程紹禟若有所思，心裡有個隱隱的猜測。莫非是為了那箱東西而來？若是的話，對方想來還不知道東西是被小穆換了去，如今又落到自己的手上。想到被他埋在家中地窖下的那個箱子，他覺得，這東西真的成了一個燙火山芋，留不得，卻又扔不掉。

心有所憂，他也無心安慰唐晉源。若真是那殺何總鏢頭之人所為，看來那人是在總鏢頭家中尋不到所要的東西，又去了鏢局找，如今想來是懷疑被鏢局裡的人偷了去，故而派人去盯著吧？他這些日子一直忙著茶水攤子之事，並無心留意四周，說不定周圍也有人在暗暗盯著自己。不管怎樣，事已至此，那箱東西他不想留也得留下了。

鏢局裡沒了總鏢頭，群龍無首，眾鏢師各懷心思，也有不少人覬覦著總鏢頭之位，開始明爭暗鬥起來。

在極大的利益誘惑跟前，往日一同出生入死的情誼倒是抹淡了不少。

宋超、唐晉源、程紹禟等是前任總鏢頭培植起來的鏢師，也是在鏢局裡的時間最長久的，看著為了利益爭得面目猙獰的往日兄弟，又是憤怒、又是失望，漸漸生了離去的心思。

如今的鏢局哪還是他們曾經為之努力的鏢局？也許自當日吳總鏢頭離開後，他們便也應該另謀出路才是。

只是，讓他們意外的是，也不知是鏢局近來霉運當頭還是別的什麼緣故，竟接二連三被主顧鬧上門來，不是說他們護鏢不力致東西受損，便是說他們監守自盜，如此鬧了幾回，鏢局的聲譽直下，門可羅雀。

又過得數日，業主上門以租約到期為由，要求鏢局三日內將所欠下的租金交齊，否則便要收回宅子。眾鏢師哪有此等閒錢替這間早已風雨飄搖的鏢局交什麼租金？不到三日，鏢師們便去之七八。

程紹禟等人根本來不及反應，眼睜睜地看著鏢局落入他人之手。

這連番變故，竟不足半月，若說背後無人主使，他無論如何都不會相信。

「大哥，咱們以後要怎麼辦？」鏢局沒了，他們自然也丟了差事，不得不憂心起日後的生計問題。

宋超緊抿著雙唇，濃眉緊緊鎖著，一時也無法回答唐晉源。

程紹禟嘆了口氣，有些頭疼地揉了揉額角。

數日前他還想著掙一筆錢，將來在縣城裡租個門面繼續做點小生意，這樣娘子也不必忍受日曬雨淋。這下好了，如今不但門面租不了，他甚至連差事都去了。

「罷了，既如此，那便只能另謀出路了！大老爺們，難不成還能餓死？」宋超一拍桌面，大聲道。

「大哥說得極是。」

「不好了、不好了，有官差上門拿人！」

忽地，一陣急促的腳步聲在院內響起，程紹禟心口一緊，房門已被人從外頭用力踢開，隨即，數十名官差湧了進來，二話不說便將他們給綁了。

因本月初八便是金巧蓉十六歲生辰，程紹安便央了凌玉讓他歇息一日；凌玉如何不知他的心思？這小子是想到縣城裡給金巧蓉買生辰禮。她痛快地應下了，反正最近幾日生意有些清淡，況且程紹安也辛苦了數月，的確應該好生歇息歇息才是。

金家母女雖是在程家村落了戶，但到底也不是土生土長的本地人，加之母女二人自來了程家村後便深居簡出，除了凌玉一家，與別的村民甚少來往。

只是，村子本就不大，她們又是外來人口，加之金巧蓉又長得俊，一下子便將滿村子的大姑娘、小媳婦給比下去了，引得村裡不少後生春心萌動。

故而，村中有不少人家都在關注著她們，尤其是自得知金巧蓉還未曾定下親事後，上門提親的媒婆便不曾停過。

一家有女百家求，孫氏只得這麼一個女兒，對她的親事自然上心。其實若按她的意思，程紹安是最適合不過的女婿人選。

一來兩家有著那麼一層親戚關係，勉強算得上是知根知底，王氏又是個性子軟的，必不會揉搓兒媳婦；二來程紹安頗為上進，瞧他這數月來忙進忙出便知，他根本不是旁人所說的遊手好閒，只靠兄長養活。

最重要的是，若是兩家成了姻親，女兒嫁得近，她日後也有了依靠。

只可惜金巧蓉自來便是個極有主意的，無論她明裡暗裡如何替程紹安說好話，她都不曾給個準話，既不說好，也不說不好。

孫氏如何瞧不出她的心思？沒有直接答應便是不滿意，但又未到必然不肯的地步，不外乎是騎牛尋馬，盼著一個條件更好的出現而已。

尤其是自從上回里正家那位嫁到縣城的女兒風風光光地回了一趟娘家，金巧蓉便更加沈默了，對著刻意討她歡心的程紹安也是不怎麼願意搭理。

孫氏看在眼裡，急在心頭，勸了她好幾回，只金巧蓉每回均是敷衍幾句，說得多了便拉著她的手保證道：「娘，我日後一定會讓妳過上好日子，再不必粗茶淡飯，寄人籬下看人臉色」。

孫氏不知她為何竟會有這樣的想法，只是見她一臉堅決，知道是勸她不住了，唯有暗暗嘆氣，只盼著她不要走上和「她」一樣的路，否則，自己如何對得住「她」？

得知程紹禟被官府抓進大牢的消息時，凌玉正在替兒子繡著小肚兜，一聽來人此話，臉上血色「唰」地一下便褪了，王氏更是當場昏厥過去，嚇得正依偎著她的小石頭哇哇大哭起來。

凌玉也顧不得哄兒子，和前來報信的程大根合力將王氏扶進屋裡，又是按人中、又是搽紅花油，好不容易王氏從昏迷中緩過來，她才鬆了口氣，只來得及簡單安慰王氏幾句，便又急急跑到院裡要抱兒子，卻發現小傢伙正抽抽搭搭地被蕭杏屏抱在懷裡柔聲哄著。

「我剛好經過，聽到孩子的哭聲便進來瞧瞧。抱歉，我這便離開。」蕭杏屏見她出來，輕拍著小石頭背脊的動作一頓，有些尷尬地解釋道。

「多謝柱子嫂！煩勞柱子嫂再幫我看著這孩子，我這兒抽不得身。」凌玉還是頭一回在她那嫵媚的臉上看到這般溫柔的表情，頗為意外，但也無心多想，忙道。

蕭杏屏訝然，也不多話，點點頭。「妳若不介意，我自是無妨。」

凌玉勉強衝她笑了笑，急急忙忙跑進屋，好生勸慰正抹著眼淚的王氏。

「娘，您也莫要擔心，總得先去打探清楚，說不定是一場誤會呢！」

「紹禟向來便是循規蹈矩的，好好的怎惹上這般事端？官府大牢是個什麼地方，人進去了不死也得剝層皮啊！他若是有個什麼三長兩短，這叫我如何是好！」王氏越說越悲慟，眼淚「啪嗒啪嗒」地直往下掉。

「你可知道你紹禟哥是因了何事被抓進去的嗎？」凌玉好言勸了她片刻，直到見她眼淚漸漸止住，這才問程大根。

「這我倒不大清楚，只是遠遠看到紹禟哥和一幫人被官兵押著進了衙門，瞧著那些人像是他們鏢局的。」程大根也是一無所知。

「鏢局裡的人？難不成鏢局出事了？」凌玉吃了一驚。

上輩子可沒有這麼一齣啊！如今這又是怎麼回事？

「想來是吧。嬸子，您好生照顧自己，紹禟哥吉人自有天相，必會沒事的。嫂子，我家裡還有事，便先回去了，若有什麼需要幫忙的，妳讓紹安來喊我一聲便是。」程大根不便久留，遂告辭道。

凌玉謝過了他，目送著他出門。

「偏偏這時候紹安又不知跑哪兒去了！」王氏又急又怕。長子出了事，她整個人似是沒了主心骨，偏另一個兒子又不在家，更讓她心煩意亂，不知所措。

凌玉心裡也是慌得很，只是儘量讓自己冷靜下來，用力握著王氏的手，堅定地道：「娘，您放心，您也知道紹禟素來便是循規蹈矩的人，作奸犯科之事從來不做，故而這回他必定會安然無恙出來的。」

她握得那樣緊，語氣又是那樣篤定，王氏不知不覺便安了幾分心，只轉念一想又掉起了淚。「如今這世道，好人也未必平安，就怕那些沒天良的有心栽贓陷害。」

「這倒也無妨，從來官府便是有理無錢莫進來，咱們家這幾個月來也掙下了一筆錢，拿去疏通疏通，相信紹禟哥很快便會回來了。」凌玉想了想，又道。

「好好好，我這裡也有十幾兩銀子，妳一併拿了去！」王氏急急地去翻她存了好幾年的銀兩。

正是用錢之際，凌玉也不與她客氣，接過那包得嚴嚴實實的碎銀，低聲道：「那我這便到縣城裡打探打探。」

「快去快回！」王氏忙催促。

凌玉快步回了屋裡，把她攢下來的幾十兩一併帶上，不敢再耽誤，急急忙忙地就要到縣城裡去。走到院子裡，看到抱著小石頭的蕭杏屏，她止了腳步，捏了捏兒子哭成小花貓的臉，卻沒有抱他，只低聲道：「還要煩勞嫂子費心了。」

「不說這些，妳有事便忙去吧！」蕭杏屏哄了小石頭幾句，回答。

凌玉再次道謝，狠下心腸不再理會哭著要她抱的兒子，一轉身便大步離開了。

雖然她上輩子當過寡婦，這輩子有意無意也做了繼續當寡婦的心理準備，可不代表她真能眼睜睜地看著她的相公去死。

更何況，上輩子她的相公可是從來沒有進過官府大牢的，天知道這輩子出了什麼差錯，竟讓那人也吃了一回牢頭飯。

她的運氣不算太差，剛好遇上駕著牛車欲往縣城去的老驢頭，老驢頭想來也聽聞了程紹禟之事，知道她心裡急，將牛驅得老快，更親自將她送到縣衙前。

卻說程紹禟被關到了衙門大牢，讓他奇怪的是，官差並沒有把他與眾兄弟關在一起，他心裡隱隱有個想法，但也不敢肯定。

約莫半個時辰之後，便有獄卒帶著他去受審。

他原以為會被帶到公堂上，卻不想竟被帶往獄中私設的刑堂。為首的是一名身著黑衣的男子，見他來了，二話不說便先狠狠抽了他一鞭。

只聽「啪」的一下，他悶哼一聲，感受到身體被長鞭抽打後的一陣劇痛。

「箱子在哪兒？說！」接連抽了三鞭之後，黑衣男子終於開口問道。

程紹禟的視線被額上滾落的汗水糊住，聞言，下意識地反問：「什麼箱子？」

黑衣男子反手又是「啪」的一鞭，勁風掃到他的臉，瞬間，他的嘴便嚐到鮮血的味道。

「裝？再給我裝！我再問你，任忠交給你們的箱子在哪兒？」黑衣男子陰惻惻地又問。

「哪個箱子？我、我不知道，我看到它時，它裡面已經變成了石頭。」程紹禟總算明白這樁禍事從何而來，可事到如今，卻只有死咬著不知道。

當日何總鏢頭因此物惹來殺身之禍，今日他若是承認了箱子在自己這裡，只怕同樣難逃一死，倒不如一口咬死不知道，如此或有一線生機。

黑衣男子一聲冷笑，再度用力往他身上抽了幾鞭，直打得他皮開肉綻，險些暈死過去。

儘管如此，他仍是堅持自己什麼也不知道。

「把他扔回去，莫讓他死了，再帶下一個來！」良久，那人扔掉長鞭，坐到太師椅上，接過獄卒殷勤遞來的帕子擦了擦手，又啜飲了幾口茶水，吩咐道。

「是，大人！」

程紹禟再度被拖回大牢，直接便扔了進去。

他悶哼一聲，咬牙忍受著身上的劇痛。

再帶下一個來……可見那人並不確定東西是在自己手上。

衙門前的凌玉衝著官差討好地喚著大哥，又是毫不吝嗇地對其大誇特誇，又是代表百姓感謝他們為縣城治安做出的巨大貢獻。看著那官差本是板著的臉不知不覺地緩和下來，她立即不失時機地把一小錠銀子直往他手上塞。

那官差也是個伶俐的，裝作若無其事地把銀子收入袖中。

凌玉乘機問起了今日被捉的鏢師一事。

「妳說他們啊？實話告訴妳吧，我也不大清楚是怎麼回事，只上頭的命令下來了，不幹也得幹。只隱隱約約聽說他們監守自盜，偷了主顧什麼貴重東西。」

上頭下的命令？凌玉怔住了。

程紹禟一個普通鏢師，到底能做什麼以致讓「上頭」特意下了命令把他抓進大牢？況且，監守自盜偷了主顧的貴重物品？旁人她不清楚，只以程紹禟那個方正的性子，絕對不可能做得出這樣的事來。

「這當中想必有些誤會，我那當家的是再正直不過之人，必不會做出這樣的事……」

「誤會不誤會那也是由大人來定，不是妳一個小婦人說怎樣就怎樣的。好了好了，該講的我都跟妳講了，快走吧快走吧！」

「這位大哥，要不您行行好，讓我進去見他一面？」凌玉猶不死心地問。

「妳這婦人怎地這般煩呢？上頭親自下令要抓的人，是隨便能讓人見的嗎?!」那官差瞪了她一眼。

凌玉仍是厚著臉皮懇求了幾句。

那人似趕蟲子一般，不耐煩地朝她連連揮手，凶巴巴地威脅道：「再不走便把妳也抓進去！」

凌玉暗暗罵了聲娘，還想著再求一求，忽聽身後傳來官差唱喏聲——

「大人回府！」

「還不快走！大人回府了，再在這兒礙著大門，真把妳也抓進去！」那官差一把將她給推開。

凌玉被他推得連連退了好幾步，好不容易穩住身子，看著青布小轎在縣衙門前停下，隨即一名身著便服、約莫三十出頭的男子從轎裡頭走了出來。

「大人！大人，冤枉啊！冤枉啊！」她眼珠子骨碌一轉，一邊衝著那人大喊，一邊朝對方跑過去。眼看著就要衝到那縣老爺跟前，迅速反應過來的官差便攔住了她。

「大膽，休得驚擾大人！」

「大人，冤枉啊，冤枉啊！」凌玉急切地望著已經停下腳步，正疑惑地望過來的縣太爺，再度高聲叫起來。

「大膽刁民！」官差見她不知死活，喝斥著就想要把她拖下去。

「讓她過來。」

凌玉的胳膊被人反剪在背後，痛得她倒抽一口冷氣，虧得這時候那縣太爺終於開了尊口。

趁著官差們鬆手的機會，她飛快地跑過去，忙道：「大人，我家相公冤枉啊！」

「妳相公是誰？有何冤情？」那縣太爺摸了摸兩抹短鬚，奇道。

「我相公姓程名紹禟，今日無緣無故被抓進大牢。大人，我相公自來便是個正直仁厚之人，絕不會做——」

「大人，她的相公便是今日捉回來的那幫鏢師中的一位。」早前被她拉著打探消息的那名官差忍不住打斷她的話。

那縣太爺一聽，臉色便很難看，頗有幾分自暴自棄的意味道：「那鏢局裡的人啊？我作不了主！」說完，也不知想到什麼，居然罵了句粗話。「他大爺的，我還從來不曾判過這般莫名其妙的案子！」

凌玉懵了，不敢相信地瞪大眼睛，片刻，呆呆地問方才那官差。「他真的是你家大人？郭騏郭大人，百姓的父母官？」

那官差攏嘴佯咳一聲。「確是他沒錯，如假包換！」話音剛落，他便看到那小婦人如一陣風般往府衙裡衝，追著縣太爺而去。

「大人，您且等等！民婦還有話說……」

「我說妳這小婦人是怎麼回事？都跟妳說過了，妳家相公的案子我管不了！官大一級尚且能壓死人，這大了不知多少級，能直接把人壓成紙片，哪還能讓妳說話！」郭騏頭痛地揉了揉額角。

他從來不曾遇到過這般難纏又精明的女子，本想端起官老爺的威嚴直接讓人將她轟出去，可他才露出這麼一點意思，那婦人便悲悲戚戚地抹起眼淚來，只道「人人均道郭大人是位能為民請命的好官、清官，大人治下從無冤假錯案，小婦人相信大人必能洗雪冤情，使冤者沈冤得雪」云云，直把他說得俊臉泛紅。

好一會兒他又醒悟過來，暗道「好險，險些中了此狡猾婦人的迷魂湯」。

他清清嗓子，終於板下臉，喝道：「休要多言！再不走，本官便讓人把妳轟出去！」

凌玉察言觀色，知道他這一回是認真的，到底不敢拔虎鬚，於是裝出一副生無可戀的絕望模樣，假意地哭了幾聲。

郭騏到底心中有愧，這婦人的相公再怎麼說也是他的子民，如今他明知人家有冤情卻只能袖手旁觀，總是愧為「父母官」。

「罷了，妳便回家好生侍奉公婆，教養孩兒，這裡有五十兩，帶回去好好過日子吧！妳相公一案，本官只能盡人事，聽天命了。」

凌玉一時有些反應不過來，呆呆地望著被他塞到手上的五十兩銀子，直到走出縣衙時，她整個人還有些暈暈乎乎的。

所以，她今日花出去一兩銀子，轉頭便白賺了五十兩？這、這也太讓人高興了吧！

只是，她的嘴角尚未揚起便又垮下去。白賺五十兩自然是極高興之事，可若這是以程紹禟的性命相換的，那可真是不值得了！

良久，她緩緩地轉身，望著已經牢牢關上的縣衙大門，秀眉不知不覺地蹙起來。

比縣太爺還要大不知多少級，那到底是個什麼級別的大官？為何又要針對這幫鏢師？

此番到衙門，雖然沒能見到程紹禟，但她總算知道了一件事，那就是——程紹禟以及那幫鏢師確是無辜的，只是不知為何得罪了貴人，以致如今身受牢獄之災。

她還知道，如今這位縣太爺好像對這些鏢師也是懷有同情心的。不管他能不能出手相助，但至少應該不會落井下石才是。

「大嫂，妳真的在這裡！見到大哥了嗎？到底發生了什麼事？好好的大哥怎會被官府抓進牢裡？」程紹安也不知從何處趕了來，一見她便迫不及待地問。

「不曾見到，咱們回去再說。」凌玉低聲對他道。

回到村裡，往日相熟的、不相熟的村民遠遠見到他們，都主動地上前招呼，試探著問程紹禟之事，凌玉均打著馬虎眼應付過去。

「不會是你們前些日子只顧賺大錢，連不小心得罪了貴人也不知道吧？」程紹禟兄弟倆的堂嫂張氏陰陽怪氣地道。

若是往日，凌玉必會懟回去，可如今她心中擔憂著程紹禟，也無心理會，視若無睹地就從對方身邊走過。

樹大招風的道理她還是明白的。前段時間他們一家子生意做得紅紅火火，雖然村裡陸陸續續也有不少跟風的，但到底還是不及他們賺得多。這幾個月來，酸言酸語她已經聽了不少，只是從不理會。

如今程紹禟出事，自然也免不了幸災樂禍之人，這一點，她也絲毫不覺得意外。

倒是程紹安氣不過地瞪了張氏一眼。「妳的嘴巴這般臭，怕是賺不了錢也會得罪貴人！」

張氏氣結，衝著已經遠遠走開的叔嫂二人啐了一口。「不過賺了幾個臭錢就這般張狂，活該被抓到大牢裡！」

「都說醜人多作怪，這話可真不假，有些人啊，不但長得醜，連心都是黑的！該不會以為人家賺不了錢，這錢便會自己長翅膀往她口袋飛吧？」

一陣嬌笑聲在張氏身側響起，她回過頭去，便對上蕭杏屏充滿嘲諷的臉。

「呸！妳這騷蹄子胡說什麼？小心我撕爛妳的嘴！」

蕭杏屏又是一陣嬌笑，隨即給了她一記白眼，婀娜多姿地扭著身子走了，直氣得張氏鼻子都快歪掉了。

王氏得知兒媳婦並沒能見到牢中的長子，又是心疼、又是擔憂，再度抹起了眼淚。

凌玉與程紹安兩人好言寬慰，只道會再想想辦法，必然能將人救出來。

王氏被他們勸得久了，也漸漸地止了哭聲。

第三回受刑時，程紹禟終於撐不住昏死過去，而後又被獄卒送回牢裡。

他迷迷糊糊地醒轉過來，全身上下都是一陣陣劇痛，有人正在替他上藥。

「程大哥，你覺得怎樣？」

他忍著痛轉過臉去，便看到唐晉源猶帶著血跡卻不失關切的臉。

「你、你怎會在此？」自進來後，一直沒有見過鏢局裡的兄弟，他猜測著對方大概是想將他們這些人分開審問，逐個兒擊破。如今唐晉源出現在此處，這便說明了那人並沒有得到滿意的答案。

「怎會在此？自然是那幫狗娘養的送進來的。這藥也是他們給的，大概是怕咱們傷重撐不過去死了吧！」唐晉源呸了一聲，恨恨地道。

「宋大哥他們呢？」程紹禟掙扎著坐起來，問道。

「我們在這兒呢！」

回答他的，是從左側牢房裡傳出來的、宋超的聲音。

「真他娘的莫名其妙，也不知咱們弟兄衝撞了哪路神仙，竟招來這等橫禍！箱子？若讓老子知道當日是誰偷換了東西，老子擰斷他脖子！」宋超身上的傷並不輕，罵罵咧咧地道。

與他同一處牢房的其他鏢師也忍不住罵起來。

這些，都是當日負責押鏢的鏢師。

「如今咱們可怎麼辦？難不成真要為了那莫名其妙的箱子把命都交代在這裡？」終於，有人惶恐地問。

眾人都沈默下來。

在那日之後，凌玉又來來回回往縣城跑了數趟。錢倒是花了不少，只是，別說見程紹禟了，大牢守門的官差一見她便驅趕，就連她偷偷塞過去的銀兩也都不收了。

「我說小娘子，妳便死了這條心吧！若是別人倒也能通融，但是那鏢局裡的人……妳還是莫要為難我了。」

這日她帶著王氏給程紹禟準備的飯菜，再次到了縣衙大牢，懇求官差通融通融，好歹讓她見程紹禟一面，只毫不意外地又被拒絕了。

凌玉又氣又恨，卻是半點法子也想不出來。使強、示弱，但凡她能想到的法子都試過了，可這些人就是軟硬不吃。

「大嫂，這可怎麼辦？再見不到大哥，娘那裡怕是瞞不過去了。」程紹安白著臉，憂心忡忡地道。

為怕王氏更加擔心，叔嫂倆默契地瞞著她官府不讓人見程紹禟一事，只是每回從縣城回去，王氏都會拉著他們左問右問關於程紹禟的情況，兩人絞盡腦汁哄她，可到底心裡發虛，恐怕也瞞不了太久。

凌玉隨手從挎著的籃子裡抓出一個白麵饅頭往嘴裡塞，似是發洩一般狠狠地咬了一口；程紹安見狀也學著她的樣子同樣塞了一個，叔嫂二人就在縣衙大牢門前把那籃子飯菜吃了個乾乾淨淨。

「如今可真是求救無門，若是咱們也能認識幾個當官的就好了。」程紹安嘆了口氣，片刻後，靈機一動。「大嫂，妳爹教過那般多學生，想必認識不少富貴人家，能不能請他老人家幫幫忙？」

「如今連縣太爺都不頂用，我爹認識的那些富貴人家能有什麼用？」凌玉沒好氣地道。

這些難道她會沒有想過嗎？可她老爹只是個窮酸秀才，教過的學生當中，最出息的便是她的姊夫梁淮升了，如今也只是一個秀才。

況且，她老爹一輩子認識的最富貴人家，也不過是鎮上的大財主。至於什麼權貴之家，哪是他們此等市井小民能結識的？想到這兒，她嘆了口氣。

怎地覺得這輩子混得還不如上輩子？上輩子好歹她也算是有幸見過日後的帝后，王府也曾出入過的，哪像這輩子……咦？等等，或許有一個人能幫幫她！

腦中忽地靈光一閃，她猛地一拍掌，嚇了正耷拉著腦袋無精打采的程紹安一跳。

「大嫂，妳怎麼了？」

「紹安，你且回去，我去找人救你大哥！」凌玉哪有心思回答，把提著的籃子塞給他，匆匆扔下這麼一句話便離開了。

「大嫂！大……」程紹安下意識地抱著那只裝著空碗碟的籃子，想要去追她，跑出一段距離，已經不見她的身影。「這……去哪兒了？」他呆呆地望著街上來來往往的行人，喃喃地道。

凌玉一狠心，先到南大街那邊租了輛馬車，吩咐車夫把她送到鄰縣。

「噠噠噠」的馬蹄聲響著，她坐在馬車裡，無意識地絞著袖口。

如今唯有一個人能與各大官府有那麼一點兒交情，那便是上輩子介紹程紹禟等人到齊王府當侍衛的前任總鏢頭吳立仁。

雖然她並不想程紹禟與齊王府扯上關係，但是事到如今，還是希望可以借齊王之勢，好歹把人從牢裡撈出來。

就是不知如今的齊王是到了封地，還是仍留在京城？只盼著他此時已經到了封地，並且封地還是和上輩子一樣。

憑著記憶尋到吳總鏢頭家門前，卻被告知他兩個月前陪著娘子回了岳家，至今未歸。

難道這輩子注定還是要當他老程家的未亡人？凌玉暗暗叫苦，鋪天蓋地的絕望席捲而來，雙腿一軟，無力地癱坐在地上。

她想了很多，想上輩子程紹禟死後她過的日子，想這輩子程紹禟待她的點點滴滴，想她的掙錢大計，甚至還想過再給小石頭添個弟弟。

可所有的幻想，都定格在上輩子那罈骨灰上。

想到最後，她再也忍不住濕了眼睛。

家中有老有少，一個小叔子也不怎麼頂用，她一個婦道人家四處奔波，還要忍受村裡的閒言閒語，表面雖不顯，內心其實已經很疲累了。

「妳是何人？為何會坐在我家門口？」

突然，渾厚低沈的男子聲音在身邊響起來，她愣愣地抬頭，感覺強烈的日光照射而來，下意識地瞇起雙眸，想要看清出現在眼前的高大身影。

「您是……吳總鏢頭?!」終於，待她認出眼前之人時，當即驚喜地一骨碌從地上爬起來。

吳立仁意外她認得自己，上上下下打量她一番，腦中並沒有對眼前女子的半分印象，不解地問：「妳是何人？」

「小婦人程凌氏……」凌玉捋了捋鬢髮，想了想，又換了種說法。「拙夫姓程名紹禟。」

吳立仁恍然大悟。「原來是程家弟妹！妳怎會在此？紹禟呢？」

「相公，有話不如進屋再說吧，瞧這小娘子一身汗，也該歇息歇息才是。」始終靜靜地站在一旁的吳娘子笑道。

「對對對，娘子說得對，有話屋裡講。」

待凌玉急切地將事情的來龍去脈講清楚後，吳立仁臉色陡然一變，久久說不出話來。

「我這也是走投無路了，才前來打擾總鏢頭，只因拙夫常在家中說起總鏢頭，說您有情有義，與兄弟們肝膽相照。」凌玉打量著他的神色，斟酌著道。

吳立仁眉頭緊鎖，良久，沈聲道：「此事我先去打探打探，看到底是怎麼回事？弟妹且安心回家等待消息。妳放心，吳某人必定竭盡全力把各位兄弟救出來！」都是他親手帶出來的兄弟，若是不知則罷，知道兄弟們正遭難，他又如何能見死不救。

凌玉大喜，「撲通」一下便給他跪下。「多謝總鏢頭、多謝總鏢頭！」

雖然不敢肯定結果會是如何，但奔波了這些日子，總算有人肯出手相幫，僅憑這份恩義，凌玉便想給他立個長生牌位了。所以，雪中送炭總比錦上添花更易觸動人心。

吳氏夫婦留凌玉用了晚膳，有心留她在府上過一晚，只凌玉不放心家中親人，婉言謝絕，吳立仁又吩咐家僕駕車把她送回程家村。

待凌玉離開後，吳立仁立即四處託人打探案情。行鏢之人走南闖北，黑白雙道都接觸不少，而他這位曾經的總鏢頭，自然更會經營打點，久而久之，人脈當然廣些。

故而，不過數日時間，倒真讓他打探到了內情。

「合該你那些兄弟遭此大難！這真是閻王打架，小鬼遭殃。當日那任忠任大人所託之鏢，據聞裡頭有些對東宮那位不利的東西。你說，魯王能不想方設法去奪嗎？老實說，你那些兄弟在大牢裡倒還能保住性命，畢竟魯王一日得不到東西，便一日不會要他們的命。可若是落在東宮那位手裡，只怕是……若按我的意思，此事你最好莫要插手，便是插手怕也難救。只你既說這些兄弟與你交情匪淺……我便給你指條明路吧。你可去長洛城齊王府求齊王幕僚晏離晏先生，若晏先生能說服齊王出面，你那些兄弟自可保住性命。」

吳立仁有些遲疑，齊王真的會冒著開罪東宮太子和魯王的風險替他們說話嗎？

他有心再問個究竟，可對方言盡於此，卻是不願再多說了。

於趙奕而言，既然已經離開了京城那個是非之地，他並不願意插手太子與魯王之間的事。只是，晏離卻有不同的看法。

「殿下想來也知道，當日與那批鏢師打起來的赤川道上的山匪中，便有魯王的手下，故而，魯王也清楚這些鏢師許真的一無所知，只是以他的性子，向來便是寧可錯殺，不可放過的，這才壓著郭騏把人都給抓進大牢。如今他們用盡了大刑，卻仍得不到半句有用的，足以證明鏢師們的無辜。況且，便是他們真的知道些什麼，於魯王而言又有什麼損失呢？說不定還是好事。故而，殿下若想保他們，魯王必不會過於阻撓。再一層，殿下如今初來乍到，身邊到底缺少信得過的有用之人。吳立仁此人我還是有幾分了解的，江湖中人最是講究『忠義』二字，殿下此番若是救了他們，便是對他們有了救命之恩，自也能得到他們的忠心追隨。」

趙奕皺眉深思，緩緩地道：「先生所言甚是，只是太子……先生也知道，日前太子便已經派了人前往縣衙提人，魯王可以讓他們活，可太子是必定要他們死的！」

晏離微微一笑。「魯王能放人，太子對鏢師們的忌憚自然也會削減，旁人若是出面保人，以太子的性情，必然不許，只除了殿下……」

趙奕臉色一僵，隨即冷笑。「先生說得不錯。」

於太子趙贇而言，所有兄弟都有能與他爭奪那個位置的資格，唯獨他趙奕沒有！

卻說凌玉從吳府回去後，一直按下焦躁，耐心地等待著消息。

她並不敢肯定吳總鏢頭真有本事把人給救出來，畢竟連郭騏這位縣太爺都有心無力。

「娘！」

她正想著心事，忽聽到小石頭的叫聲，抬頭一望，便瞧見兒子委屈的小臉。

「大嫂，小石頭已經叫了妳好幾聲，可妳都不理他。」程紹安在一旁小聲提醒。

凌玉頓時內疚了，將委屈得眼淚汪汪的兒子抱到懷中，親親他的小臉，歉意地道：「是娘不好。」

自從上回受了一番驚嚇，小石頭越發黏她了，只要視線裡沒有看到她的身影，立即哇哇大哭起來，任憑誰哄也沒用，一定要凌玉出現才行。

最初幾日，凌玉根本抽不開身，皆因小傢伙無論何時都緊緊揪著她的衣角不肯放手，彷佛一放手娘親又會不見了。

她哄了小傢伙片刻，總算把他給哄高興。

周氏到來時，便看到女兒與外孫笑容滿面的模樣，總算鬆了口氣。早就聽聞女婿出了事，如今想來應該沒什麼大礙了吧？

凌玉自然也不會把實情告訴她，免得她徒增擔憂，只含含糊糊地應付過去。

「妳爹初時聽聞女婿出事，心裡甚為擔憂，後來……」周氏嘆了口氣。

「後來怎樣？」凌玉好奇地問。

「上回我跟妳提過，他有意過繼妳三爺爺的小孫兒，本來兩家都有了默契，只待擇個好日子便行過繼之事。不承想他們也不知從何聽到女婿進了大牢之事，生怕受連累，便又反悔了。為了此事，妳爹氣得不輕，只道日後再不必往來。」

「我還道什麼大事呢！我本就不同意爹過繼他們家的孩子，如今正好，省事！」凌玉冷笑。

「話雖如此，只妳不知道，早前說要過繼時，那孩子便到咱們家裡住過一陣子，妳爹在他身上花了不少心思，如今一朝反悔，妳爹明面上不說，可我瞧著他這心裡啊，不好受！」周氏嘆息道。

「與其將來長痛，倒不如這會兒短痛，爹就那個脾氣，過些日子想開便好了。」凌玉不以為然。

周氏沒好氣地戳了戳她的額頭。「你們父女倆，真真是讓人不知該說什麼好，一個、兩個都是硬脾氣！」

凌玉枕著她的肩膀，環著她的腰道：「爹娶了您，可真是不知修了多少輩子的福分。」這話可不是故意說來討周氏歡心的，只因她實實在在便是這般認為。

她的娘親，性子溫柔和順，年輕時模樣也俊，幹活更是裡裡外外一把手。倒是她那個古板爹，脾氣又臭又硬，行事霸道，除了會寫幾個字、唸幾句詩外，什麼也不會，平日在家中就是個大老爺們，只差沒有飯來張口、衣來伸手了。

「娘嫁了妳爹，才是不知修了多少輩子的福分呢！」周氏笑著搖搖頭。得，這倆是一個願打、一個願挨，她也別瞎操心了！

「紹禟他果真無事？很快便會回來了？」片刻之後，周氏還有些不放心地問。

「娘放心，他很快便會回來了。」凌玉面不改色地哄她。

周氏果然便放下心來，笑道：「我就知道他是個福大命大之人，當年你倆成親前，我便請人給他批過命，說他是個有福氣之人。」

「娘是請哪位先生批的？」凌玉問。

「鎮上的賽半仙。怎麼，難不成妳也想去算一算？」周氏隨口問。

凌玉笑了笑，並沒有回答，心中暗道：找他算一算？不去砸他場子便是老娘日行一善了！有福之人？呵！

周氏只逗留不到一個時辰便告辭了，凌玉抱著小石頭將她送到村口，一直看著她的身影漸行漸遠，慢慢地化作一個墨點消失不見，這才牽著兒子的小手往家裡走。

「娘，馬馬！」走出一段距離，身後一輛馬車從母子二人身邊駛過，小石頭興奮地指著那疾馳而去的駿馬叫了起來。

「哎呀，小石頭真聰明，能認得那是馬馬。」凌玉笑著誇他，看著他眉眼彎彎的笑臉，忍不住愛憐地捏捏那紅撲撲的小臉蛋。

「爹爹！」小傢伙奶聲奶氣地又喚了一聲。

凌玉臉上的笑意一凝，彎下身子把他抱起來。「你爹爹這回一定會沒事的，他還要和娘一起看著你長大娶親生子呢！」

小石頭不明白娘親心中的千迴百轉，只愛嬌地摟著她的脖頸，一聲聲「爹爹」喚得無比清脆響亮。

「大嫂！大嫂，大哥回來了！大哥回來了！」突然，程紹安迎面朝她們跑來，一邊跑，一邊激動地大喊著。

凌玉腳步一頓，有些不敢相信地瞪大眼睛。

雖然在周氏和王氏跟前，她總是無比堅定地告訴她們，程紹禟一定會平安歸來的，但其實這些話說得多了，她早已分不清是在安慰她們，還是安慰自己？

「爹爹！」倒是小石頭一聽便高興得拍起了小手。

「大嫂，大哥回來了，大哥他平安回來了！」不過眨眼的工夫，程紹安便跑到母子跟前，摩挲著手掌，激動得連聲音都是顫著的。

「真的？」凌玉愣愣地問。她就出來這麼一會兒工夫，程紹禟便回來了？

「真的，我不騙妳！就是方才，吳總鏢頭親自將他送回來！大嫂，快回去吧，大哥他還在等著妳呢！」程紹安見她不相信，連忙解釋道。

見他連吳總鏢頭都說了出來，凌玉總算相信了，頓時大喜，直接便將懷中的兒子塞給他。「替我抱著！」

說完，拎著裙裾，飛也似地往家裡跑去，急得她身後的程紹安和小石頭異口同聲地哇哇叫著。

「砰」的一聲，她用力撞開房門，果然便對上程紹禟那張帶著傷的臉。

「你……」牽腸掛肚了好些日子之人終於平安歸來，凌玉只覺得喉嚨被東西堵住一般，只能勉強地擠出這麼一個字。

「小玉，我回來了，抱歉，讓妳擔心了。」程紹禟眼神柔和，嗓音越發低沈。

凌玉用力一咬唇瓣，勉強壓下內心的激動，深深地吸了口氣，快步朝他走去，「呼」的一聲掀開他身上覆著的薄毯，那被裹了一層又一層白布的身體便露了出來。她倒抽一口冷氣，臉色隱隱發白。這樣的傷……全身還能有完好的地方嗎？這得遭了多少罪啊！

「妳、妳不用擔心，只是瞧著厲害些，其實都只不過是皮肉傷，吳總鏢頭已經請大夫看過了，也敷了藥，相信過不了多久便會痊癒的。」程紹禟有些不自在地奪回薄毯蓋在身上，吶吶地道。

「那些殺千刀的畜生！」凌玉磨著牙，恨恨地道。這簡直是把人往死裡打啊！

「都過去了，這回多虧了吳總鏢頭，若不是他四處為我們奔走，只怕我們弟兄幾個的性命便真的要交代在牢裡了。」程紹禟的語氣中帶著劫後餘生的慶幸。

凌玉勉強壓下怒火，此時也發現屋裡除了他們夫妻外，還有王氏及吳立仁，不禁有幾分尷尬，清清嗓子，朝吳立仁盈盈行了個福禮。「多謝總鏢頭，總鏢頭之大恩，我們夫妻倆銘記於心！」

「弟妹無須多禮，再這樣便是見外了。」吳立仁爽朗地大笑道。兄弟們都能撿回一條命便是不幸中的大幸，他也是發自內心高興。

王氏抹了抹眼淚，也感激地道：「不管怎樣說，於咱們而言，這都是一輩子不能忘記的大恩啊！」

吳立仁自又是一番客氣。

凌玉倒是想認認真真地檢查一下程紹禟身上的傷，可到底如今多有不便，遂與王氏先後退了出去，讓屋裡的兩個男人說說話。

「早前多有不便，一直不得空問問總鏢頭，此番弟兄們到底得罪了哪位貴人，又蒙哪位貴人出手相救才保住這性命？」程紹禟低聲問。

吳立仁臉色凝重，少頃，長長地嘆了口氣。「你素來比他們沈穩細心些，我也不瞞你。此番你們並不曾得罪什麼貴人，只是無意中捲入了天家之爭，這才引來這場禍事。」

程紹禟心中多少也有了猜測，如今聽他這般一說，便證明自己的推測並沒有錯，臉色都有些變了。他們不過是每日為三餐溫飽而四處奔波忙碌的尋常百姓，天家之事與他們何等遙遠，那是只會在戲文裡出現的，不承想這回竟招惹了他們。這一回，可真是死裡逃生了。

「……至於出面救了你們的，是齊王殿下。」

程紹禟沈默良久，沈聲道：「在被釋放前的三日，大牢裡曾突然出現數名身著玄色錦袍、手持令牌的神秘人，這些人與那些對我們行刑之人起了衝突。很明顯，這兩撥人馬分屬兩派。齊王殿下既保下了咱們，可見他並不屬於此兩派，那他又是為了什麼肯冒著得罪另兩派人的風險救咱們呢？」天家人的恩典，會是這般容易得的嗎？

吳立仁搖搖頭，壓低聲音道：「此番也是多虧了齊王幕僚晏離晏先生，因有他出面勸下齊王，齊王才會管了這樁閒事。你也莫要想太多，皇室貴冑，要什麼沒有，難不成還冀望著咱們這老百姓的報答？」

程紹禟又是一陣沈默，半晌，微微頷首道：「您說得是。」

凌玉覺得，只要程紹禟能保住性命平安歸來，不管過程如何艱難，那也是沒必要再多想。

只除了越發癟下去的錢袋！

此刻，她一雙秀眉緊緊地鎖著，不死心地將僅剩的銀兩數了又數，終於不得不接受這個悲慘的現實——她好不容易存起來的銀兩已去了十之五六！

「罷了，算起來我也曾白白得了縣太爺的五十兩，花的也並非全是自己辛辛苦苦掙的血汗錢。」她自言自語，頗為樂觀地安慰自己。

程紹禟靠坐在床頭，看著她愛不釋手地用乾淨的帕子，把錢箱裡的銀兩擦了又擦，直擦得閃閃發光、簡直能把人都照出來了尚且不滿意。

「這回可花了不少銀子吧？」他忽地問。

「一共花了八十四兩三百八十九文，除去郭大人給的五十兩，自己家裡的錢用了三十四兩三百八十九文。」凌玉一臉肉痛地報了串數字。

「……的確是不少。」再一想想她的話，略有幾分遲疑地問：「郭大人？縣衙裡的郭大人？他為何會給妳五十兩？」

「除了他還能是哪個？說起來，這郭大人倒也算是不錯，雖然怕死了些、慫包了些，可是這世上誰的命不珍貴？怕死又不是什麼值得羞愧之事。」提起這個「散財老爺」，凌玉便眉飛色舞起來，察覺自己好像跑題了，連忙拐了個彎轉回來繼續道：「當日你出了事，我便去了縣衙，郭大人想來是可憐我這小婦人年紀輕輕的便要喪夫……啊，呸呸呸，說錯話說錯話！總而言之，是郭大人大發善心賞了我五十兩，讓我回家好生侍奉公婆、教養兒女，我轉頭又用這五十兩賄賂官差，想求他們讓我見你一面，只可惜那些殺千刀的，錢照領，事倒不讓辦！」

程紹禟沈默良久。說出來怕也沒人相信，他進大牢這般久，竟是連縣老爺的面都不曾見過，便被抓上了刑堂好一頓用刑，真是險些把命都丟在裡頭了。

一想到自己白白花出去的不少銀兩，凌玉便心疼得不行。

「如今茶水攤子的生意越發不好做了，我瞧著紹安怕也支持不了多久，到時家裡又少了一項進項。當日娘把她存起來的十八兩給了我，昨日我便原樣還給了她，雖說當初是為了救你，可到底是長輩辛辛苦苦攢的錢，不到萬不得已都不能動用，你說是不是這個道理？」

「是這個道理，辛苦妳了。」程紹禟定定地望入她那雙似是會發光的眼睛，認認真真地回答。

凌玉本是打算向他邀邀功，順便表明一下自己是位多麼孝順、多麼通情達理不可多得的好媳婦，可這會兒見他這般真摯地向自己道謝，倒生出了幾分不好意思。

「妳放心，待我的傷再好些，我便去找份差事，把花出去的錢再掙回來。」他低低地又保證道。

「也不用這般急的，先把傷養好再說，家裡又不是窮得連藥都抓不起了。」凌玉忙道。

其實她心裡也是七上八下。雖然慶幸程紹禟平安歸來，可只要想到他這回能保住性命，也是因了齊王之故，總覺得有些不安。這輩子他不會為了報答齊王的救命之恩，又去為他出生入死吧？因有些事已經漸漸走上了不同的軌跡，她也有些抓不準了。

「好，我不急。」程紹禟又順從地應下。

他這般模樣，倒像是平日小石頭乖巧的樣子，凌玉看得只想笑，連忙忍住，匆匆扔下一句。「我先去洗洗。」

第五章

誠如凌玉所說的那般，如今生意越發不好做了，早前漸漸上了正軌時，程紹安每日至少都能賺得數百上千文錢，好的時候能賺好幾兩銀子。

可隨著競爭之人越來越多，再加上周邊一些流氓惡霸也瞄上這個地方，隔三差五便過來收保護費，一言不合便動手打人，鬧得大了，過路的行人都不敢停下來歇歇腳，小販們掙的自然也越來越少。

這日程紹安鼻青臉腫地回來，把王氏及凌玉嚇了好一大跳，便是小石頭也瞪著烏溜溜的眼睛，好奇地直往叔叔身上望。

「這是怎麼了？怎地被打成這般模樣？」王氏心疼得不行，一邊替他上藥，一邊問。

最近家裡也不知是怎麼回事，兩個兒子一個一個都傷痕累累的。

程紹安摸著傷口，又是痛、又是氣、又是委屈。「還、還不是那些惡霸欺人太甚，要收什麼保護費，我不給，便把我打成這般模樣，連東西都砸爛不少。」

「他們要收便給就是，破財擋災。」凌玉皺著眉頭接了話。

「可人家要一兩銀子！我每日累死累活才掙那麼幾個錢，憑什麼他們動動嘴巴便能拿走這般多？娘，輕點，疼！」程紹安氣急，王氏聽得心疼，一個不著手上的動作便重了些，疼得他又哇哇叫了起來。

「人家不只動嘴，還動手了。」凌玉嘆氣。

居然收到了一兩銀子，這般獅子大開口，生意還能做下去嗎？只怕到時候掙的錢都便宜了別人。

「如今這都什麼世道，咱們安安分分地過日子，怎地這禍事一場接一場地來！惡霸流氓如此欺負人，官府怎地也不管管？」王氏抹著眼淚道。

「到處都有這樣的人，官府便是想管也管不過來。況且，欺行霸市、魚肉鄉里之人，哪個背後沒有幾座靠山？」凌玉搖搖頭，又朝程紹安道：「我瞧這生意暫時也別做了，先在家裡好生養傷。」

「那怎麼行？早些日子為了大哥之事已經花出去不少銀子，這會兒連生意都不做了，豈不是只出不進？」程紹安頓時便急了。他還偷偷向金家表姑發誓，待他掙夠一百兩便向巧蓉表妹提親呢！表姑都已經默許了，如今生意若是不做，叫他怎麼湊足一百兩？

「你瞧你這般模樣，便是有客人也被你嚇跑了。」凌玉沒好氣地瞪他。右眼腫得像核桃，一張本來還算俊的臉，如今青一塊、紅一塊的，若是這個模樣走出去，非把那些對他芳心暗許的大姑娘嚇跑不可。

程紹安吶吶地不敢再多話。自己如今這副尊容，他還是清楚的。

程紹安僅是休息了幾日，待臉上的傷不再那般嚇人後，便不顧王氏反對，依然推著雙輪車去擺攤。

凌玉倒也隨他，年輕人有幹勁是好事，這也說明當初她用金巧蓉誘他的法子極其有用。她一邊隨手抹著臉，一邊暗道。

「妳這抹的是什麼東西？味道倒也清雅宜人。」程紹禟不知什麼時候慢慢地走到她的身後，隨口問。

「玉容膏，也不知真假？」

「不知真假的東西怎往臉上抹？」程紹禟滿眼盡是不贊同。

對啊，她什麼時候把這東西往臉上抹了？凌玉也反應過來了，再一想，好像也抹了不短的時間，但也沒瞧見什麼不妥啊！

對著銅鏡左看右看，也不知是不是錯覺，她甚至還覺得臉蛋比記憶中白嫩不少呢！

難道……她心思忽地一動，正想要掀開衣裳瞧瞧，忽地想起屋內還有人，胡亂地扯了一身乾淨的衣裳便往隔壁跑。

程紹禟見她突然跑開，頗為不解，緩步在床沿坐下，想到日前吳總鏢頭讓人帶來的話，眼眸幽深。

到齊王府當侍衛嗎？瞧著倒是個不錯的差事。俗話說，宰相門前七品官，王府裡的侍衛，怎麼也能有幾分體面，有這麼一層關係，紹安在外頭做生意許也能少受些欺凌。

雖然隱隱有了這樣的打算，可他卻仍未能下得了決心，思前想後，心中總是有幾分說不清、道不明的忐忑，直至凌玉「咚咚咚」的腳步聲打斷他的思緒，他抬眸，便看到凌玉一臉興奮地跑回來。

「怎麼了？有什麼好事嗎？」難得見她這般喜形於色的激動模樣，他的嘴角也不自禁地彎了彎。

「好事，這可是天大的好事！老天爺總算眷顧我一回了，竟讓我遇到位財神爺！」凌玉激動得摩拳擦掌，也來不及與他細說，飛快地從她的寶貝錢盒裡掏出幾塊碎銀塞進錢袋，再把錢盒收好，匆匆扔下一句「你且安心在家，我去去便回」，便跑了個沒影。

程紹禟啞然失笑，不知為何竟生出一種被人當作小娘子般囑咐的詭異感覺。

不知不覺地，他嘴角笑意漸斂。

如今看來，齊王府的差事還是可以應下的，身為男兒，怎能讓娘子整日為生計之事煩心。

凌玉可不管他心裡怎樣想，腳底生風似的便往縣城方向走，一想到這輩子自己居然把那價值數十兩的玉容膏拿來抹肚皮，她便是一陣心疼，暗罵一聲「真真暴殄天物」！

玉容膏啊！聽聞連宮中的娘娘也在用的好東西，有時甚至貴到上百兩都仍有不少貴族夫人、小姐爭著買。

若是這輩子她拔得頭籌……她越想越激動，足下步子越來越快。

凌玉懷著激動的心情到了縣城，卻發現自己根本不知道那楊大小姐家住在何處？

她皺眉想了想，眼睛忽地一亮。回春堂！回春堂的藥童肯定知道她住在哪裡！

待她得了回春堂藥童的指點尋到東街側巷時，又問了幾名路人，最後在後街一座小宅院前看到那楊大小姐的身影。

她一喜，加快腳步朝對方走去，走出幾步便發現楊大小姐跟前站著一個身著靛藍衣裳的男子，男子有著一張比記憶中年輕，卻也不算陌生的臉。

梁家家主梁方？她詫異，沒想到居然會在此處遇到未來的富商梁方，也正是上輩子調製出玉容膏的那人。

「姑娘若是覺得價錢不滿意，還可以再談談，我確是很有誠意想要買下妳的方子。」

「都說了不賣不賣不賣，給再多的錢都不賣！你這人怎地這般煩呢！」楊大小姐的語氣明顯相當不耐煩。

「以姑娘如今這般情況，這方子在妳手上也起不到什麼作用，倒不如賣給我。」梁方不死心。

「不賣！說了不賣就是不賣！」

「姑娘——」

「妹妹，妳怎地還在這兒？快走快走，晚了來不及了！」凌玉靜靜地看著那糾纏著的兩人片刻，輕咬了咬唇瓣，突然衝上去，拉著楊大小姐便走。

楊大小姐明顯愣了愣，但再掃了一眼還想要再勸的梁方，二話不說便跟著凌玉走了。

「姑娘！姑娘……」梁方追出幾步，眼睜睜地看著那兩人迅速地跑掉了。

凌玉拉著楊大小姐一路快跑，直到發現梁方沒有追上來，這才停了腳步。

「妳、妳是誰呀？」楊大小姐喘著氣，抹了抹額上的細汗問。

「妳不記得我了？上回在回春堂門前，妳還給了我一盒玉容膏呢！」凌玉笑道。

「噢，妳這一說我便想起來了，妳還不曾給我錢呢！」楊大小姐一聽她這般說便想起來了，畢竟那也是她唯一一盒出手的玉容膏，偏偏卻一文錢也沒有收回來，讓她一直記到現在。

「確是如此。需要多少錢？我這便給妳。」

「一兩？八百文？五百文？三百文？」楊大小姐先是報了一兩，見凌玉露出驚訝的表情，也覺得這個價格好像貴了些，又接連報了幾個價格，可對方依然是吃驚的模樣，乾脆一咬牙，狠心道：「罷了罷了！要不妳乾脆隨便給個幾十文，好歹能讓我吃頓飽飯便成，我已經兩日不曾吃過飯了！」像是要證明她沒有說謊一樣，一陣「咕嚕」的叫聲響起來，瞬間便讓她鬧了個大紅臉。

凌玉微張著嘴，眸中盡是不可思議。隨便給個幾十文？讓她能吃頓飽飯便成？若不是親身試驗過那玉容膏確是管用，她簡直不敢相信居然只要隨便給幾十文便能買下來，畢竟這東西上輩子可是曾賣到上百兩的。

其實來尋楊大小姐之前，她也不曾完全打消心中疑惑，明明上輩子這玉容膏乃梁方所調製，怎地這輩子便成了這位默默無聞的楊大小姐的？直到方才見那梁方糾纏著這姑娘，口口聲聲要買方子，她的腦子裡突然便閃現出一個可怕的猜測——

上輩子那梁方不會也是從楊大小姐手中得到的方子吧？偏偏還對外宣稱是他調製的！不過，這些與她沒什麼關係了。

再一聽楊大小姐說兩日不曾吃過飯，想到自己心中打算，她二話不說便拉著她進了最近的一間飯館，豪氣萬千地叫了滿桌飯菜，看著楊大小姐如同餓鬼投胎般，飛快地把飯菜解決掉，她險些沒驚掉下巴。

終於，楊大小姐心滿意足地放下碗筷，又灌了一碗茶，這才一抹嘴巴道：「那咱們便一筆勾銷了。」

凌玉殷勤地替她續了茶。「我叫凌玉，不知妹妹如何稱呼？」

「我叫楊素問。」吃飽喝足後，楊素問總算有了幾分姑娘家的矜持。

「素問？一聽這名字便知道是位神醫。」凌玉臉不紅、氣不喘地誇道。

楊素問被她誇得有些不好意思。「神醫倒不敢當，其實我醫術平平，只是調脂弄粉略有所成。」

「何止是略有所成，簡直是大成！自從用了妳的玉容膏，我這臉也白嫩，皮膚也光滑了！妳瞧妳瞧……」

「真的？我瞧瞧！姊姊，妳臉上皮膚相當不錯喔，白嫩嫩、滑溜溜的！當真是用了我那玉容膏之效？」頭一回得到別人肯定，楊素問精神一振，立即湊過來捧著凌玉的臉蛋左看右看，似是在驗證成果般。

「這是自然，我還能騙妳不成？所以我才說妹妹妳當真了不得！」凌玉用力點頭。

二人互相吹捧一番後，凌玉終於道明來意。「其實今日我來尋妹妹，是想與妳談談合作之事。」

「合作？」楊素問臉色一變，當即便警覺起來。「難不成妳也與那個姓梁的一般，想打我的方子的主意？」

「不不不，妳誤會了、誤會了！我對妳的方子半點興趣也沒有，只是想與妳合作。妳呢，繼續研究調製玉容膏或其他什麼，我就專門負責把東西賣掉，掙的錢咱們再分，妳覺著如何？」凌玉連忙擺手。

楊素問擰著眉頭仔細打量她半晌，片刻後，一拍大腿。「好，我同意了！」

什麼？這便同意了？不再細問問？便是不打探自己的十八代祖宗，好歹也要問清楚她的身分來頭吧？凌玉難得地呆了呆，想了想，突然語重心長地勸道：「我說楊家妹妹，妳這樣子可真不行啊！怎能這般輕易便相信人？好歹也要打探清楚對方是什麼人、有什麼目的吧？」這般缺心眼，難怪上輩子到最後還是被人搶走了方子。

楊素問咯咯地笑起來。「姊姊妳真有意思，妳又不是要我的方子，而且方才妳還請我吃了頓飽飯，一瞧便像是好人，我幹麼還要浪費唇舌問些有的沒的？」

凌玉心想：好像有點道理……姊姊就總說我長著一張欺騙世人的臉。不過……太簡單便達成目的，她又有些不真實的感覺。

「不過，玉姊姊，我如今身無分文，連材料都買不起，玉容膏也調製不了了。」楊素問攤攤手，聳聳肩道。

「不妨事、不妨事，妳出技術我出錢！」凌玉擺擺手，豪氣地回答。

「姊姊妳真的太好了，可真是我的大恩人！」楊素問抓住她的手，努力擠出幾點淚花感激地道。

凌玉突然生出一種中了套的奇怪感覺。這姑娘真的是調製出玉容膏的那位，她沒有找錯吧？

楊素問乃回春堂前任東家楊大夫之女，自幼喪母，自回春堂易主後，楊大夫不久也一病而去，家中便只得楊素問和一個老僕誠伯。

凌玉便跟著楊素問到了她家中，和她細細商議合作之事。許是因為自己分文未出，楊素問有些心虛地，把她這些年來研究的各式方子一股腦兒地取出來，什麼淡疤生肌、活膚養顏、美白祛斑的，居然還不算少。

凌玉震驚得久久說不出話來。有玉容膏在前，她對楊素問的能力自是信得過；若是這些方子同樣管用，那日後帶來的暴利，她簡直不敢想像！一想到那財源滾滾來的盛況，她渾身上下便充滿幹勁。

兩人討論再三，最終決定先租個店面，店的名字都想好了，就叫「留芳堂」，而留芳堂的鎮店商品便是玉容膏。

只是，當楊素問看到凌玉擬定的玉容膏價格時，遲疑良久才道：「五兩會不會太貴了？」

「妳不懂，只要能證明玉容膏的功效，讓她們一擲千金都願意，妳可千萬不能小瞧了女子的愛美之心。況且，這人麼，還有一個通病，便宜沒好貨，好貨不便宜，最貴的永遠是最好的。」凌玉自信滿滿。若讓她說，五兩還太便宜了呢！

「妳安心調製玉容膏便好，其餘諸事我來想辦法。還有，這段日子妳不要輕易外出，避著些那姓梁的。」凌玉不放心地叮囑。

「妳放心，我又不傻。況且，他也不過是路過此處，說不定哪天就走了。」

凌玉離開前，把身上的銀兩都給了楊素問，懷著激動的心情匆匆往家裡趕。

此番與楊素問合作，自然不能只有她們兩個女流之輩，畢竟有許多事她們不便出面。除此之外，她還打算在縣城裡尋個靠山，至少要保證日後無人敢輕易把主意打到她們頭上來。

不過目前最重要的，還是把店面租下來。

在凌玉離家不久，吳立仁也帶著宋超、唐晉源到了程家村，還帶來了治傷的良藥。

此時，吳立仁、宋超、唐晉源正勸著程紹禟與他們一起投奔齊王。

「咱們都想好了，這回大難不死全靠了齊王殿下，救命之恩沒齒難忘，反正咱們也丟了差事，如今蒙齊王不棄，何不投奔他去？一來可以報答他的恩德，二來也是得了餬口的差事，何樂而不為？」宋超坦然道。

「宋大哥此話不假，我也是這般打算的。程大哥，不如你也一起吧？這樣一來，咱們兄弟又可以一起共事了，豈不妙哉？」唐晉源也勸道。

「紹禟，你的意思呢？這些傷藥都是晏先生命人送來的，對你們身上的傷頗有奇效，他二人便是用了此藥，這才好得比你快。晏先生的意思，若是咱們有意投奔齊王殿下，他願替咱們引薦。」見程紹禟一直沈默著不開口，吳立仁終於緩緩道。「此番也是因為齊王離京就藩，身邊帶的人手不多，故而才會從民間招募侍衛，若是以往，能進得了王府當侍衛的，個個都是從皇宮裡精挑細選，哪裡輪得到咱們？再者，雖說你們並非有意，可到底與另兩位貴人有了不愉快，進了齊王府，何嘗不是一個安身立命的機會？況且，齊王仁義寬厚，品行貴重，實乃明主之選。良禽擇木而棲，如此天賜良機，你還有什麼好猶豫的？」吳立仁低聲又勸。

程紹禟濃眉緊緊地皺著，對著眼前三張同樣充滿期待地等著他答案的臉，良久，才嘆息一聲道：「你們所言，我都明白，只是此番經受一場無妄之災，對天家貴人之事著實起了懼意。然而，齊王殿下於咱們有大恩，如今他正是缺人之時，我若推搪，到底非大丈夫所為。既如此，我便與三位——」

「慢著！」

正想應下之話還未來得及出口，便被人急急打斷。

四人抬眸一望，看到凌玉急匆匆地走進來。

「弟妹？」

「小玉？」

「嫂子？」

凌玉深深地吸了口氣，勉強壓下心中慌亂，朝那三人行了個福禮，這才道：「你們方才所說之話我都聽到了，我有一言，不知當說不當說？」當然，這也是客套話，不管當說不當說，她都一定要說的。故而，也不等那四人開口，她便接著道：「俗語常說，雞蛋不能放在一個籃子裡。吳總鏢頭方才說得對，不管你們是否出於本意，都已經與另兩位天家貴人鬧了不愉快，此番若是齊齊投奔了齊王，萬一那兩位生了報復之心，豈不是一鍋端嗎？」

「小玉！」聽她言語中對另兩位天家貴人有不敬之意，程紹禟忙制止。

可凌玉卻不理他，還欲再說。

宋超打斷了她的話。「婦道人家頭髮長，見識短，若按妳之意，難不成大丈夫有恩便不報了？況且，大丈夫行走江湖，豈能貪生怕死！」

凌玉自然認得他便是那位「兄弟如手足，女子如衣服」的仁兄，又聽他這般說，不由得在心中暗罵幾聲。你不怕死自去便是，何苦還要拖著我家男人！

程紹禟此刻也皺起了眉。「妳先去忙其他事，有什麼話改日再說。」

改日再說？凌玉急了。她還不懂自家男人的性子嗎？今日若是讓他應了那三人，那便絕無改變的可能，她又豈能眼睜睜地看著他走上上輩子的老路？

這一急，腦子便有些亂，一時半刻竟想不出什麼理由能說服眼前之人。

「弟妹，妳也莫要擔心，此番兄弟們既然能從大牢裡平安出來，便說明此事已然過去，貴人事忙，哪會時時記得住咱們這些無足輕重之人？」吳立仁似是看出她心中所憂，安慰道。

「小石頭方才還在鬧著找娘，可娘去了金家表姑處，紹安一個人怕是哄他不住，不如妳先去瞧瞧？」程紹禟有些不解她這般奇怪的反應，只諸位兄弟在場，也不便細問，唯有耐著性子道。

凌玉何嘗不知他想要把自己支開？用力一咬唇瓣，她深深地吸了口氣，勉強讓自己冷靜下來，腦子飛快運轉，想著適合的說詞，好一會兒才沈聲道：「吳總鏢頭說得極是，貴人事忙，自然不會記得住咱們這些升斗小民，可對齊王殿下呢？曾與他們鬧了不愉快的升斗小民齊齊進了齊王府，他們難不成便不會對齊王另有想法？」

「妳這是何意？」吳立仁心中一凜，不自禁地直起身子。

見他似是把自己的話聽進去了，凌玉定了定神，又掃了一眼臉色同樣有幾分凝重的另外三人，清清嗓子，壓低聲音繼續道：「你們且想想，齊王殿下當日既能把人從牢裡撈出來，必然是向另兩位撇開了與大夥兒的關係，以第三方身分出面。如今人撈出來後，個個都成了他齊王府之人，豈不是讓另兩位懷疑他當日出面的居心？不定還會誤會你們早就背地裡替齊王辦事，當日之事齊王也有參與。如此一來，齊王殿下豈不是白白擔了這罪名？」

吳立仁等人面面相覷。這一層，他們倒不曾想過。

「若按嫂子這般說，這齊王府豈不是不能去？」唐晉源忍不住問。

「也不是不能去，只是不能所有人都去。終歸齊王殿下出面保住了你們，江湖中人最是講究義氣，明明受了恩惠，卻人人都不去，倒有些此地無銀三百兩了。」凌玉徹底鎮定下來，一臉真誠地回答。

程紹禟輕撫著下頷，若有所思地望著她。

「弟妹此番話確是有些道理，是我們思慮不周。這樣吧，待我問過晏先生的意思再打算，你們幾位意下如何？」許久之後，吳立仁才道。

「聽大哥的便是。」他既然這般說，宋超等人自然沒有不應之理，程紹禟亦然。

雖然未能徹底打消他們的念頭，可至少爭取了勸服程紹禟的時間，凌玉也算是暫且鬆了口氣。至於那什麼晏先生的意見……凌玉嗤笑。齊王府又不是什麼收容站，隨便阿貓阿狗都能進，必也是從這些鏢師中挑選些武藝尚佳的，那晏先生的答案是怎樣還猜不到嗎？

旁人愛去便去，她管不著，只是她的男人……不管使什麼法子，她都不能讓他去！

「時候不早，我們也該走了，你好生養傷，改日咱們再聚。」吳立仁起身告辭。

「不如吃頓便飯再走？」程紹禟忙挽留。

「不了，咱們兄弟也不必客套，這便走了。」

目送著那三人離開，凌玉又開始想著如何才能讓程紹禟打消進齊王府的念頭？剛一轉身，便對上程紹禟打量的眼神。

「妳不想讓我進齊王府，為何？」

凌玉被他嚇了一跳，再一聽他這話，乾脆迎上他的目光，相當坦然大方地道：「是啊，我不想你去齊王府當什麼侍衛。前些年你護鏢，如今又打算去護別人，為何就不能護護家裡人？」

程紹禟被她這番說詞說得怔了怔，再想了想，忽地覺得好像也挺是那麼一回事的。「此事我已經答應了幾位兄弟，大丈夫一言九鼎，豈能出爾反爾？」程紹禟的眉頭又不自禁地擰起來。

「你答應了嗎？我怎地記得你分明還不曾答應。」

「若不是妳突然出聲阻止，我已經……」

「那便是尚未答應，不算不算。」凌玉狡黠地道。

「雖然未把話說完，只是我話裡的意思，弟兄們都已經明白，說完與否，又有——」程紹禟解釋。

「官府簽字畫押，不曾簽完的字都不算；同理，你這話都不曾說完，怎地就成了要九鼎了？這便是說破天去也是沒理。」凌玉理直氣壯。

「妳、妳這豈不是強詞奪理？」程紹禟何曾見過她這般胡攪蠻纏的模樣，頓時有些哭笑不得。

「反正我就是不同意你去！你若堅持要去，那、那便乾脆休了我吧！」凌玉賭氣地道。

「胡說！看來我平日便是太縱著妳了，讓妳說話越發沒了個顧忌！」程紹禟的臉色當即便沈下來，喝道。

凌玉與他當了兩輩子的夫妻，從來不曾見過他這般嚴厲的模樣，那張平日雖然沒有什麼表情的臉，此刻陰沈得彷彿能滴出墨來。

她下意識地縮了縮脖子，可不知怎的又想到上輩子他死後，自己帶著兒子和婆母的不易，偏偏這輩子此人卻還要一頭栽進齊王府那個沼澤裡自尋死路，當下便也生氣了，用力跺了跺腳。「我就說，我偏要說！有本事你便休了我！」

「凌玉！」程紹禟見她居然還不怕死地繼續嚷嚷，臉色更加難看了，偏又說不出什麼狠話，唯有恨恨地瞪著她。

可凌玉正在氣頭上，哪還會懼他？嚷得更大聲了。「瞪什麼瞪？比誰眼睛大是不是？整日和你那幫結義兄弟混，學得一身江湖習氣，動不動便忠義忠義掛嘴邊。自來忠義之士死得早，你這是存心不讓我安生！既如此，這日子也不用過了，我們娘兒倆乾脆離了你得了！」

說完，一陣風似的跑回屋，胡亂收拾了幾套衣裳塞進包袱裡，再「咻」地跑到堂屋，將坐在小凳子上、正被程紹安逗得咯咯直笑的小石頭一把抱起，又是一陣風似的衝出門，瞬間便不見了蹤影。

程紹安呆呆地望著空空如也的小凳子，好半天反應不過來。

「你大嫂呢？」凌玉的動作太快，程紹禟只不過遲了片刻工夫，再出來時，不但娘子不見，連兒子也不見了。

「剛抱著小石頭出去了。」程紹安指了指門口，見兄長臉色瞬間又難看了幾分，有些不怕死地問：「大哥，你是不是和大嫂吵架，把大嫂氣走了？」

「胡說什麼！」程紹禟訓斥。他哪裡和娘子吵架了？分明是她無理取鬧！

休妻這樣的話是能輕易說的嗎？他心中一陣氣悶。

雖然如此，他還是急步出了門，打算去尋「無理取鬧」並且拐走兒子的娘子。

程紹禟好歹是習武之人，又走南闖北多年，雖然如今身上還帶著傷，可腳力也不是尋常人等所能相比；加之凌玉不但是個女子，身邊還帶著一個孩童，走出不過數里路，程紹禟便已經尋著母子二人的身影了。

他正想加快腳步追上那對母子，可想了想，又不禁放緩下來，不遠不近地跟著。看著凌玉一手抱著兒子，一手拎著包袱，明明出門前還是氣呼呼的，可這會兒遇到相熟的村民問話，卻是笑靨如花。

「對，有些日子不曾回過娘家了，難得今日得空，便帶著兒子去見見他阿公、阿婆。」

「他本是想來，只我不放心，硬是讓他留在家中繼續養傷。」

「可不是嗎？準備了一大堆吃的、用的讓我帶回去，可我哪來那般大的力氣？故而只挑了些輕便的。都是自家人，有那份心便成了，禮物不禮物的倒不值什麼。」

……

程紹禟有點想笑，怕被人發現，連忙躲進一旁的小樹林，待路上的村民走過後，這才繞了出來，繼續跟著妻兒。

這一路上，看著凌玉睜著眼睛說瞎話，把人哄得一愣一愣，便連他這個明明氣得她要回娘家的相公，在她口中也成了體貼入微、孝順有加的女婿。

他從來不知道他的小娘子居然還有這樣的一面，有種撓得人心尖癢癢的趣致。

他就這樣不遠不近地跟著，一直看到凌玉母子到了娘家，被前來開門的周氏迎進去。

程紹禟倒是不便進去，一來他如今身上帶傷有礙觀感，二來兩手空空也不好上門，因此略思忖片刻便原路折返了。

反正娘子與兒子都平安到了岳父家中，他也沒有什麼放心不下的。這段日子家裡發生這般多事，讓她擔驚受怕四處奔波這般久，倒不如趁此機會讓她在娘家好生歇息歇息。

周氏沒有想到女兒會突然帶著外孫回來，滿腹疑問在看到越發可愛的小石頭時便拋到了九霄雲外，只摟著小傢伙疼愛地直哄。

「爹呢？」凌玉其實並不怕娘親問，就是心裡有些忖老爹，四處看看不見他的人，不禁鬆了口氣。

「到妳三叔家去了。」周氏回答。

「娘，早前您說大春哥的東家有間店鋪想賣出去，如今可找到買家了？」

凌大春是凌玉的隔房堂兄，如今在縣城裡的財主家幫傭。凌玉從楊素問家離開後便想到了此事，這回回娘家，除了確實生程紹禟的氣外，也有想要打探鋪子的意思。

「昨日還聽他提了提，說那店鋪沒什麼賺頭，地段也不算好，到現在仍無人問津。妳問這做什麼？」周氏狐疑地問。

凌玉不答反回。「大春哥這會兒在家嗎？」

「方才還見到他，想必還在。」

「我去找他！」凌玉扔下這麼一句，急匆匆地出了門。

凌大春得知堂妹的來意後有些意外。「妳想租下那店鋪？」

「是的，大春哥，煩你幫忙問一問，看能不能租下來？反正那鋪子一時半會兒的也賣不出去，倒不如租給我，也總好過閒置著。」

凌大春想了想，點頭應下。「妳說得有理，東家老爺過世後，幾位少爺都忙著爭那十幾間掙錢的鋪子，這間誰也不想要。不過，我建議妳還是湊一湊買下來的好，這鋪子他們急於出手，價錢必定好商量。」

凌玉在心裡合算一番。「若是租金與買下來的價格相差不遠，自然是買下來的好。」待將來生意做起來了，便是轉手賣出去也能提高價格。

「那好，我便替妳與幾位少爺談談。」凌大春滿口應下。

這麼多堂兄弟裡頭，凌玉自小便與這位堂兄比較談得來。

說起來凌大春也是個命苦的，生母早早便去了，生父凌老六續娶了一房，又生了兩個兒子。俗話說，有後娘便有後爹，在凌大春十三歲那年，凌老六便分給他一間破茅屋，讓他自個兒過了。

這事凌老六做得不厚道，沒少被族裡之人指指點點，可他家婆娘卻是個豁得出去的潑辣貨，誰敢當面說她不是，當場又是指天罵地、又是撒潑打滾，只嚷嚷人家欺負她一個二嫁的，久而久之，縱是心中鄙棄，也無人再敢說什麼了。而凌大春便開始獨自生活至今。

周氏是個心腸軟的，沒少招呼凌大春到家裡用飯，故而凌大春與凌秀才這一房人關係倒是更親近些。

見他問也不問她買鋪子做什麼便應下，凌玉倒是有幾分不好意思，想了想，乾脆便將她打算與楊素問合夥開間專賣胭脂水粉的店鋪一事，原原本本告訴了他。

凌大春聽罷皺起了眉。「妳們兩個女子開店多有不便。此事妳可曾跟紹禟說過？他的意思呢？」

凌玉咕噥。她倒是想說，可不是剛回家便被氣著了嗎？哪有機會讓她說。

「此事我自會跟他說的。」

凌大春這才滿意，想了想，道：「妳既親自試用過，確是有效果，那看來這生意做得過。我明日便回府替妳向幾位少爺說去，此事我覺得有六、七成把握。」

凌玉謝過了他，忽地靈光一閃。凌大春自十三歲起便四處打工養活自己，什麼髒的、累的活兒都幹過，三教九流之人也識得不少，況且又是她的兄長，最是信任不過，不拉他入夥簡直可惜了！「大春哥，要不你也合一份，怎樣？」

凌大春一愣，隨即一拍掌。「好！」早在聽了凌玉的話後，他便起了心思，只是想到這是堂妹與人家姑娘的生意，他一個外男不好插手，如今凌玉主動相邀，他又怎會捨得拒絕？「既如此，買鋪子的錢我便出一半，妳且等等。」

凌玉看著他急急忙忙進屋，不過片刻工夫便抱著一個封得密密實實的罈子走出來。

「小玉，妳且看看。」他一邊說，一邊除去罈子的封口，把裡面的東西全部倒在桌上。

喝！好傢伙，居然全部是銀子！凌玉瞪大眼睛，把桌上那零零碎碎的銀子一一掂了掂，初步估計至少有一百多兩！

「你哪來這般多銀子？」

「這些年攢下來的。」凌大春有些得意，又補充一句。「他們都不知道，妳是第一個知道的。」

這個「他們」，指的自然是他的親爹凌老六那家子。

「你行啊，我真是有眼不識財神爺了！若知道你有這麼一大筆錢，不知有多少人家爭著把姑娘嫁給你，我也早早便有了大春嫂了。」凌玉戲謔地道。

凌大春不以為然。「若是衝著這些來的，也不會是什麼好人家，不要也罷！」

雖然在楊素問面前大包大攬，但凌玉其實也為銀兩之事頭疼。她剩下的銀子只有幾十兩，確實有些捉襟見肘，如今有了凌大春加入，她算是解了燃眉之急。

「這總共有多少錢？」

「兩百一十二兩六百文。」凌大春準確地報了一個數字。

「大春哥，我以後跟你混了！」凌玉一本正經地道。

凌大春一拍胸膛，豪氣地道：「好，哥准了！」

兄妹二人再忍不住笑出聲來。

邀凌大春入夥，凌玉也是有她的小心思。

一來開留芳堂一事自然不可能瞞著夫家人，到時不定程紹安也會摻和一腳。對程紹安，她始終保留著一絲防備，卻又不好在明面上表露出來，倒不如讓凌大春加入制衡於他。

二來也是為了父母著想。上輩子戰亂，凌秀才的嗣子跟著親生父母跑了，是凌大春護著他與周氏逃難，一直給他們養老送終。這輩子若有機會，她自會拉凌大春一把，算是報答上輩子他的恩情。

當然，她還會想法子讓老爹將凌大春過繼。這兩人，一個沒有兒子，一個有爹等於沒爹，湊到一起再好不過了！

卻說王氏從孫氏母女處回來後，發現不見了兒媳婦和孫兒，又聽程紹安說是「大哥把大嫂氣跑，大嫂順便把小石頭也帶走了」，當下又急又惱，一見程紹禟回來，兜頭兜臉便罵道：「你倒是長本事了，出去沒幾年便學會大老爺的作派，回到家裡打罵媳婦！呸，你也不想想，當初你出了事，是誰為了你四處奔波？這家裡裡外外，又是誰為你操持著？天殺的沒良心，我真是白生養了你！」王氏越說越氣，再也忍不住，掄起巴掌便往他身上招呼過去。

程紹禟也不敢躲，老老實實地站著任由她打。農家婦人力氣不算小，程紹禟身上又帶著傷，王氏的巴掌偶爾落到他的傷口處，痛得他忍不住倒抽一口氣，可卻硬是忍住了。

「娘，大哥身上還有傷呢！若是打壞了，大嫂回來了可如何是好？」程紹安眼尖，察覺兄長的異樣，連忙上前勸住王氏。

王氏到底也是心疼兒子，一聽他這話便停下來。再看看長子有幾分發白的臉色，就忍不住一陣心疼，可一想到被氣跑的兒媳婦，又硬著心腸啐了程紹禟一口。「活該！你若不把他們母子帶回來，我跟你沒完！」

程紹禟苦笑，看著她氣哼哼離開的身影嘆了口氣。

「大哥，瞧吧瞧吧，都不知道誰才是她親生的！」程紹安湊過來，小小聲地道。「大哥，你到底是怎樣把大嫂氣跑的？大嫂那性子，往日只有她氣人的分兒，沒想到如今也有被人氣到的時候。」須臾，他又好奇地問。

程紹禟沒好氣地橫了他一眼。「你與金家表妹是怎麼回事？我彷彿聽說娘和表姑打算為你們定下親事？」

一聽他提起此事，程紹安不禁有些得意，又有些害羞地道：「也沒什麼，就是上回村裡那二癩子欲行不軌，我恰好經過便英雄救美了一把。」

也是因為此事，孫氏受了驚嚇，再也不任由金巧蓉吊著程紹安，轉頭便尋了王氏，打算將兩人的親事定下，也當是了了一樁心事。金巧蓉雖然不怎麼樂意，但也說不出什麼反對的話，只是心裡到底還是覺得有幾分委屈。

不過這些程紹安也不知道便是了，如今他滿心眼裡都是即將抱得美人歸的喜悅。村裡最好看的姑娘，很快便要和他訂親了！

「定了親事，日後便再不能胡作非為，要擔起為人夫之責——」程紹禟習慣性地要教育他一番，卻被程紹安一把打斷。

「知道啦知道啦！大哥你還是想想什麼時候把大嫂和小石頭接回來吧，我瞧著娘這回怕是氣得不輕。」

程紹禟又是一陣嘆氣，有些頭痛地揉揉額角。平心而論，他並不願意再與天家人接觸，亦清楚齊王府不是個好去處，可到底齊王於他有大恩，結義弟兄們又誠心相邀，他不好拒絕。只是，若她堅持不同意，此事便作罷，好生與弟兄們解釋一番並無不可，都是出生入死的兄弟，相信也不會怪罪便是。

待夜裡獨自一人躺在空空的床上時，他便覺得相當不習慣，心裡空落落的，似是遺失了什麼。

這個時辰，若是小玉在家，必是哄著小石頭沐浴，小傢伙初時必是不肯，待他娘親虎起臉，自然會委委屈屈、一步三回頭地坐到他專用的木盆裡。

再隔得小片刻，小傢伙就會興奮地拍著水，把他娘親渾身上下潑得濕透，然後屁股便會挨上一巴掌，再接著，他便會嚎上幾聲。

想到幾乎每日都會上演的那一幕，他的嘴角便不知不覺地帶上笑容。

「明日，明日便去把他們母子接回來……」他自言自語，可下一刻卻又改了主意。「還是先跟吳大哥他們說清楚，齊王府我便不去了……」

凌玉在娘家的日子其實也不見得多輕鬆，周氏倒也罷，雖然奇怪她突然回來，可輕易便被她三言兩語地哄過去，但凌秀才那裡便不怎麼容易過了。

「荒唐！夫君在家中養傷，妳身為人妻，不但不好生侍奉照顧夫君，反倒帶著孩兒賭氣離家，往日為父教妳的禮義道德竟全都忘了個一乾二淨不成？」凌秀才板著臉，厲聲斥責。

凌玉鼓著腮幫子，倔強地迎上他的視線，卻是半句反駁的話都沒有。

「明日一早便帶著程磊回去！」凌秀才直接下了命令。

「我不回去！這裡是我的家，憑什麼我就不能留下！」凌玉終於沒忍住地反駁。

「出嫁從夫的道理難不成還要為父再教妳一回?!」凌秀才喝道。

「你、你問都不問我是不是受了委屈，便要把我趕走，天底下哪有你這般當爹的！」凌玉也生氣了。

凌秀才冷笑。「紹禟性情寬厚，親家母又是個和善的性子，誰能讓妳受委屈？必是妳無理取鬧，才鬧出這樣一齣回娘家的把戲來！」

雖然他的話也並非全錯，可凌玉還是被氣哭了，一跺腳。「我就知道，你一定嫌棄我是個姑娘家，不能給你傳宗接代！」

「妳若是個兒子，這會兒我便打斷妳的腿！」

「好了好了，父女倆有什麼話不能好好說，這般臉紅脖子粗的像什麼？」見父女二人鬧得著實厲害，周氏連忙過來打圓場。

「都是妳教的好女兒！」凌秀才瞪她。

「是是是，都是我教的好女兒，都是我教的。」周氏習慣性地應下，又轉過身去拉凌玉。「小石頭一個人在屋裡必會害怕，妳快去陪陪他。」

凌玉到底也放心不下兒子，胡亂地抹了抹眼淚，一轉身便跑開了。

「妳瞧瞧、妳瞧瞧！這像什麼樣子？一點兒姑娘家應有的禮節儀態都沒有！」凌秀才更生氣了，指著女兒消失的方向，衝著周氏怒道。

「她早不是姑娘家，是人家的媳婦了。」周氏好脾氣地糾正。

凌秀才被她噎住了，好一會兒才脹紅著臉，氣哼哼地道：「我就說，生女兒有個什麼用，養到那般大全是別人家的，回頭回到家裡還專會氣我！」

「對對對，生女兒沒用，不如生個兒子好。」周氏順著他的話又道。

「一派胡言！女兒怎沒用了？女兒是爹娘的貼心小棉襖，咱們家這位，再怎麼不行也算是一件小馬褂！」凌秀才又瞪她。

「是是是，你說的都是，女兒是小馬褂、小馬褂。」周氏慣會順著捋毛。反正只要能滅火，他便是說太陽是方的，她也會點頭稱是。

勸下了相公後，周氏又到了凌玉屋裡，見凌玉正抱著小石頭給他講故事，那溫柔耐心的神情與方才的模樣大相逕庭，她忍不住笑了。這對父女，讓她操碎了心，也讓她從不必操心。說起來有些矛盾，但事實確確實實便是如此。

凌玉把兒子哄睡了過去，一回頭便看到周氏含笑地站在門口處，不由得噘起嘴。「娘您站在那兒做什麼？」

「不惱了？」周氏笑著問。

「爹又不在，我惱給誰看？沒地把自己給氣壞了。」凌玉輕哼一聲。

「妳啊！」周氏又是好笑、又是愛憐地在她額上戳了戳，壓低聲音又道：「都已經是當娘的人了，怎地比小石頭還要孩子氣？妳爹就是嘴硬，其實心裡最是疼妳，我和妳姊也得往後退一退。」

凌玉卻不以為然。母女三人，打小就是她老挨罵，還最疼呢，哄小石頭他也不信！

周氏也沒想過讓她相信，反正這父女倆都是死要面子、脾氣硬的，誰也別嫌誰。

「真和紹禟吵架了？」她問起了正事。

「……沒吵。」雖然心裡還惱著程紹禟，可凌玉卻又不能昧著良心說他和自己吵架，唯有心不甘情不願地回答。

「沒吵怎地一聲不吭便帶著小石頭回家？妳的脾氣我還不知道？想必是女婿做了什麼惹妳不高興，偏他嘴又拙，不會哄人，這才把妳給氣跑了不是？」周氏了然。

凌玉的嘴巴拉得更長了。「怎地聽起來還像是我的不是？你們個個都幫著他！」

周氏輕笑。「難道妳不應該覺得高興嗎？妳選的相公已經得到妳爹的肯定。」

「我兒子都生了，還稀罕他的肯定不肯定！」凌玉又是一聲輕哼，嘴角弧度卻不知不覺地彎了彎。

周氏哪會看不出她的嘴硬？笑嘆著搖搖頭。

凌玉自小學得最多的便是厚臉皮，小時候每每挨罵，生氣地衝出家時，凌秀才都會追在她身後嚷一句「有本事妳就別回來用飯」，可每每一到了飯點，她還偏就慢悠悠地回家，死賴在膳桌上，頂著凌秀才恨恨的目光把自己餵得飽飽的。

故而這一回對凌秀才讓她次日帶著兒子回去之話，她也是左耳進、右耳出，翌日一大早便起來，與周氏一起把家中收拾一遍，又親自做好了早膳。

凌秀才想來對女兒的厚臉皮也已經習慣，只瞪了她一眼，便抱了小石頭在懷中教他唸《三字經》。可不到兩歲的娃娃哪是能坐得住的？偏凌秀才唸得又死板，全然不似凌玉往日給他講故事那般柔和可親，因此不到一刻鐘，小石頭便掙扎著想要從阿公懷裡出來。

「人不學，不知禮。你如今雖尚且年幼，可讀書知禮卻也不能落下，待日後……」凌秀才察覺外孫不專心，將他按坐在跟前的太師椅上，板著臉教訓道。

小石頭掙扎不得，又被他一通念叨，終於「哇」的一聲哭出來。

「男兒有淚不輕彈，你雖……好了好了，莫要哭了，聖人有云……好好好，不哭不哭……」

不遠處的凌玉看著這對祖孫的相處，笑彎了腰，死死拉著周氏的手，不讓她上前解救被外孫鬧得手足無措的凌秀才，存心想要看老爹的笑話。

終於，久久等不到娘子前來救場的秀才老爺急了。「小玉她娘，妳倒是快來啊！」

凌玉笑得險些透不過氣來，好一會兒才從周氏懷裡接過委屈的兒子，狠狠地在小傢伙臉上親了一口，讚許地道：「真是娘的好兒子！」

待到晌午過後，凌大春便給凌玉帶來好消息——東家那邊同意先以租借的方式把鋪子租給她們，待她們日後手頭寬裕再以議定的價格進行買賣。

「這般好？」凌玉不敢相信。

「當然，他們也是有條件的，便是要求咱們把店鋪裡的貨物同時盤下。我算了算，盤下這些布的價格再加上三個月的租金，也比一下子買下鋪子要便宜。況且，這批布是東家老爺生前採購回來的，品質也算是相當不錯，盤下來再賣出去也不虧，不知妳意下如何？」

凌玉詳細地問過布疋的質地、數量、價格，再三斟酌後，這才拍板。「好！」

「那我便將這意思跟幾位少爺說，同時準備好合同。還有，咱們與那楊姑娘合夥的合同也要擬好，在商言商，凡事還是清楚分明些好。倒不是說不信任對方，只是給彼此多添一分保證，妳覺得怎樣？」凌大春打鐵趁熱。

凌玉點頭。「你說得極是。」

凌大春也是個做事索利之人，當即便去了縣城，準備合同之事。

第六章

待店鋪及合同之事都辦妥後，已經過了數日。盤下布疋與租下店鋪的錢暫且由凌大春全部出，畢竟凌玉當初從程家出來時，只是帶了幾身衣裳，銀兩卻是一文也沒有帶上。

這期間，凌玉一直沒有等來程紹禟的身影。倒是程紹安來送了幾回東西，說是大哥和娘親讓送的，凌玉也不知真假。

雖然這些日她都在忙著店鋪之事，並沒有時間胡思亂想，可閒下來一想，自己離家數日，身為相公的居然連個人影都沒見著，心裡那股委屈卻是怎麼也掩飾不住。

她拍拍臉，不讓自己再去想那個沒良心的，把兒子交給周氏，便與凌大春一起到縣城去找楊素問。

這也是她的意思，如今店鋪算是有了著落，可開張前得先把口碑打下來，凌大春不明白，待聽了她的解釋後便大讚「妙」。

「還有，大春哥，咱們是做臉皮生意的，自己的這張臉便是最好的活招牌，等會兒讓素問也給你弄點東西搽搽臉，把自己搽得白白淨淨的，旁人一問，你便乘機把咱們留芳堂的玉容膏推銷出去。」凌玉耳提面命。

凌大春的臉色有些變了，略微扭捏地道：「不要吧？我一個大男人，學什麼娘兒們搽臉……」

「錢你還想不想掙？」凌玉沈下臉。

「罷了罷了，隨妳怎樣便怎樣吧！」凌大春嘆了口氣，前期都花出去大半積蓄了，再怎麼也不能虧本不是？

凌玉滿意地頷首。

這回她帶著凌大春去尋楊素問，除了把他們三人的合同敲定外，還有便是打算從楊素問處拿些玉容膏送出去，待試用之人真真切切地感受到它的效用，這口碑自然便打下了，不愁開張時沒有生意。

雖然生意是凌玉最先開始提的，但前期凌大春卻是耗了最多心思，況且凌玉也覺得日後他要付出的時間與精力，必定會比她們兩個女流之輩要多，故而這合同便按四三三分成，凌大春占大頭。

楊素問自然沒有二話，反正對她來說，只管調製東西便好，其他的半點也不用她費心。

凌大春推辭不得，便乾脆應下了，自此在留芳堂下的心思自不必說。

「你們東家少爺平日應該沒少出入怡香院吧？」凌玉忽地問。

凌大春不明白她的意思，只也老實回答。「確實。」

「那好，這幾盒玉容膏給你，你想個法子把它們送給怡香院的姑娘用，最好挑那些頗為受捧，但最近卻在美貌上有點小煩惱之人，比如臉上長了痘子什麼的。」

「什、什麼？妳、妳讓我去那種地方？」凌大春張口結舌，懷疑自己是不是聽錯了？

「我問你，咱們縣裡，什麼地方的女子最多，且最有那個能力往臉上使勁砸錢？」

「我知道，怡香院！」楊素問興奮地回答。

凌玉給了她一記讚許的目光。

「這幾盒，你再想個法子，把它們送給你們東家的夫人、小姐們用。」不待凌大春反應，凌玉又將另幾盒玉容膏推到他跟前。

凌大春吁了口氣。這個還好，透過幾位少爺便能完成任務。

「好了，剩下的便交給我，我另外送人。」凌玉將剩下的幾盒收入懷中。

「那玉姊姊，我做什麼？」楊素問見她都分好工了，卻沒有自己的分兒，忙問。

「妳安心調製玉容膏，儘量多做些出來，其餘之事便不用理會。」

「……好吧。」

「妳不是說藥材不夠了嗎？趁著這會兒得空，咱們便一起去買些吧！」凌玉又道。

「好，那咱們走吧！」

凌大春悶悶地帶著十來盒玉容膏，跟在那吱吱喳喳、彷彿有說不完話的兩人身後，尋思著要想個什麼法子把它們都送出去？忽地前方一陣驚叫，待他回神望去時，卻見幾名陌生男子抬著昏迷的凌玉與楊素問塞進馬車，不等他反應，馬車便揚長而去，不過瞬間便消失在他的眼前。

「你們做什麼?!快把人放下！」他大驚失色，拔腿便朝著馬車消失的方向狂追而去，一邊追一邊喊。「擄人了、擄人了！前面馬車有惡賊擄人了！快攔下他！攔下他！」

可是那輛馬車駛得太快，縱是有好心人想要幫他攔下，卻畏懼於狂奔著的馬匹，到底不敢多事。

此刻的程紹禟正在宋超的家中，屋內聚集了不少當日與他一起進了大牢的難兄難弟，待他將自己不打算進齊王府的意思道來時，唐晉源一副「果然如此」的模樣，其餘眾人有的覺得意外，有的覺得遺憾，也有的高興他與自己一般想法，唯有宋超一副恨鐵不成鋼的表情。

「咱們兄弟幾個一起出生入死這些年，我倒不知你還有這般英雄氣短的時候！不過是婦道人家說了幾句話，你倒還真的不打算去了？」

程紹禟笑了笑。「大哥誤會了，此事是我的決定，與他人無關。只不過是過了這些年踩在刀尖上的日子，想有所改變，換一種方式嘗試嘗試。」

宋超搖搖頭。「你既已經有了決定，旁人再多說也無用，便也隨你。」頓了頓，他又豪氣地道：「今日我略備薄酒，與兄弟們痛飲一杯，日後大家各奔前程，不管未來如何，你們仍是我宋某人的好兄弟！」他拎起酒罈給自己倒了滿滿一碗酒。「我先乾為敬！」言畢，仰首一下子便把碗中酒喝了個精光。

「好，我們也敬宋大哥一杯！」眾人心中頓時湧起萬丈豪情，同樣滿上了酒一飲而盡。

程紹禟自然也不例外。

他們這一批共計十餘人的鏢師，都是從前的總鏢頭吳立仁帶出來的，自鏢局初成立便在一起共事，如今各奔前程，有如宋超、唐晉源一般投奔齊王府當侍衛的，有返回原籍另擇差事的，也有奔往其他鏢局繼續當鏢師的。

當然，也有不少如程紹禟這般，差事暫且未有著落的。

人各有志，雖然遺憾好兄弟們再不能一起共事，不日便會各自離去，只青山不改，綠水長流，總也會有再相見的時候。

從宋超家中離開，眾人彼此告別，看著兄弟們朝四面八方而去，程紹禟心中難免有些許失落之感。今日一別，卻是不知何時才能再見了。

他低低地嘆了口氣，抬頭望望天色，見天色尚早，想到離家多日的妻兒，乾脆便轉了個方向，打算往老泰山府上將妻兒接回來。

走過一條街，忽聽前方不遠處有人大喊「擄人了、擄人了」，他怔了怔，只覺得這聲音有些耳熟，卻一時半刻又想不起來。正在此時，那邊大喊、邊狂奔著的男子離他越來越近，他陡然睜大眼睛，總算認出此人是誰了。

「大春兄，發生了何事？何人被擄了？」他急步上前，伸手拉住險些從他身邊衝過去的凌大春。

凌大春又驚又怕又恨，瘋了一般，追著那輛早已經不見蹤影的馬車，突然被人拉住胳膊阻了去路，他想也不想就朝對方揮出一拳。「滾開！」

程紹禟臉一側便避開他的拳頭，在他下一拳又要揮出前連忙道：「大春兄，是我，程紹禟！」

凌大春此時也認出了他，又驚又喜，一把拉住他，急得眼睛都紅了。「紹禟，快隨我去救人，小玉被人擄走了！」

「什麼?!」程紹禟大驚。

他的娘子不是應該好好地在老泰山家中的嗎，為何會被人給擄走了？又是什麼人擄的她？

凌大春沒有耐心向他解釋，一把扯著他的袖口又往前飛奔。

程紹禟也無心多問，只大概問明白了擄人的馬車離去的方向，撇下凌大春，提氣一路疾馳，直奔出十餘里，人已經到了城郊，可入目是空無一人的官道，哪還有什麼馬車的蹤跡？

他勉強壓下心中驚怒，深深呼吸幾下，原路折返尋上了凌大春。

「到底發生了什麼事？小玉好好的怎會被人給擄去？」

「我、我也不知、不知是怎麼回事，就、就那麼一眨眼工夫，小、小玉和楊姑娘就被人擄上馬車。」凌大春喘著粗氣回答，心裡卻是鋪天蓋地的悔恨和自責。小玉和楊姑娘就在他的眼前被人擄走，他身為男子，連兩個弱質女子都保護不了，教他有何顏面見二伯和二伯娘！「都是我的錯！我怎麼就那般沒用、我怎麼就那般沒用！」他用力地抽了自己一巴掌，雙腿一軟，整個人便癱坐在地上，便是當年被生父趕出家門，也不曾落過一滴眼淚的倔強男子，這會兒眼中卻蘊滿了悔恨的淚水。

程紹禟心中的驚懼絕不亞於他，只是強迫自己冷靜下來。若連他都亂了陣腳，小玉又該怎麼辦？

「你且細細將事情經過與我道來。」

凌大春胡亂抹了抹眼淚，不敢耽擱，哽著聲音將今日他與凌玉進城尋楊素問之事一五一十地告訴他。

程紹禟也無心追問自家娘子何時竟與他們合夥做了生意，皺著眉頭冷靜地開始分析。他的娘子人際交往最是簡單不過，連進縣城的次數也不多，更不曾得罪過什麼人，此回突遭賊人所擄，著實難以置信。

他又想到與凌玉一起被擄的「楊姑娘」，忽地生出一個想法——會不會對方的目標是那位楊姑娘，而他的娘子不過是遭了池魚之禍？

「那楊姑娘是何人？」心裡有了想法，他又問起了楊素問。

「聽小玉說，楊姑娘是回春堂前任東家楊大夫的女兒。」

楊大夫的女兒……看來也是身家清白的姑娘。程紹禟的濃眉皺得更緊。

「紹禟，咱們還是報官吧！」片刻之後，凌大春遲疑地建議。

「你帶我去她們被擄的地方。」程紹禟彷彿沒有聽到他的話，吩咐道。

凌大春有幾分氣悶，只是也不好再多說什麼，勉強壓著那隱隱生出的惱怒，又帶著他到了出事的地方。

看著程紹禟彎著身子在四周不知尋找什麼，半晌，又若有所思地輕撫著下頷，凌大春心中暗暗下了決定——等一會兒，不管程紹禟答不答應，他都要去報官！總不能因為他的顧忌而置小玉與楊姑娘的生死於不顧。

凌玉迷迷糊糊地睜開眼睛，只覺得腦袋昏昏沈沈的，好一會兒才發現自己身處一間空蕩蕩的陌生屋子裡，屋裡的門窗都緊緊地關著，偶爾有幾道陽光從門縫處透過來。而她的身側，則躺著依然昏迷不醒的楊素問。

她一個激靈，當即便清醒過來，用力推了推楊素問。「素問，快醒醒、快醒醒！」好片刻仍不見楊素問醒來，她急得直接伸手在她腰間嫩肉上狠狠地一擰。

「啊……」

在楊素問痛呼出聲前，她又眼明手快地摀住她的嘴。「莫要出聲！」

楊素問眸中盡是驚慌，不停地點頭，直到凌玉鬆開了摀著她的手，這才看看身處之地，害怕得直往凌玉身邊縮去，顫著嗓子問：「玉姊姊，咱們這是在哪兒啊？」

「別說話，聽外頭。」凌玉朝她做了個噤聲的動作，豎起耳朵聽著外頭的說話聲。

「……我只讓你們抓楊素問一個，你這抓了兩個是什麼意思？另一個是什麼人？」

「當時她倆就在一塊兒，只抓一個可比抓兩個要費功夫，倒不如一起抓來，算是買一送一了！」

「買一送一？你們有沒有腦子！楊素問身邊已無親人，抓了她不會有什麼麻煩，可另一人呢？連她的身分都不知道，若萬一……你們這是要誤了我大事！」

「怎麼，難道你還想反悔，不付剩下的那筆錢不成？你也不到外頭打聽打聽老子是什麼人，是能被賴帳的嗎？」

說話聲越來越遠，漸漸便再也聽不到。凌玉蹙起了眉，望了望害怕得直打哆嗦的楊素問，終於沒忍住，低聲問：「妳到底得罪了什麼人？」

「沒、沒有啊！」楊素問哭喪著臉。她平日不是在家裡研究方子，便是到外頭推銷她的玉容膏，哪有什麼機會得罪人？最多也不過是與回春堂的藥童吵兩句，那也不過是氣不過對方總是陰陽怪氣地叫她「楊大小姐」而已啊！

凌玉也覺得這話白問了，雖然認識這姑娘的日子不長，可對她還算是有幾分了解，雖說偶爾說話直了些、惱人了些，卻沒什麼惡意，更沒有什麼壞心眼，哪會得罪什麼人，以致對方竟然要請了幫手把她給擄來。請幫手……難道會是那個人？她心中一凜，下意識地望望楊素問煞白的小臉，眉間憂色漸深。

上輩子玉容膏揚名京城，可楊素問此人卻從來沒有人提起，玉容膏之主也變成了梁方，而她在梁府幫傭的日子裡，亦從來不曾聽說過梁府有姓楊的夫人或姨娘。

一個大膽的猜測在她腦子裡形成——會不會上輩子楊素問早就被梁方所殺，方子也被對方奪走？這樣一來，就能解釋方才外頭那人那句「楊素問身邊已無親人，抓了她不會有什麼麻煩」。一個孤女，最容易被無聲無息地滅口……她打了個冷顫。若是如此，此番恐怕凶多吉少。

木門突然「吱呀」一聲被人從外面推開來，楊素問嚇得更往凌玉身邊縮，凌玉心裡也是怕得緊，無意識地攥緊了手。

下一刻，三名蒙著面的男子便出現在她們眼前，當中個子最高的那人問：「是哪個？」

身形最瘦削的那人視線往凌玉身上一掃，不待她反應，抬手指向楊素問。「是她，把她帶出來。」

話音剛落，另兩人便邁開大步朝她們走過來，二話不說就伸手去抓楊素問。

凌玉想要伸手去拉住她，卻被當中一名男子毫不留情地踢開。「滾開！」

楊素問嚇得尖叫起來，又抓又踢。「放開我、放開我！你們要做什麼？我沒有錢，一文錢也沒有，你們抓我是沒有用的！」

她掙扎得厲害，那兩人竟一時奈何她不得。

瘦削男子見他們久久無法把人給抓出去，不耐煩地喝道：「怎麼搞的？一個姑娘家都搞不定！」

「是你！我認得你的聲音，你是那個姓梁的！你抓我來做什麼？」

出乎瘦削男子意料的，正極力掙扎著的楊素問居然認出他的聲音。

凌玉心中一個「咯噔」，暗道不好。這回怕是要被這缺心眼的蠢丫頭害死了！

對方蒙著面出現，就說明不想讓她們認出來，至少是不希望被她認出。把楊素問拉出去，是為了不讓自己知道得太多，準確來說，也是不想再多殺她一個滅口。

畢竟，在沒有把握可以永無後患地殺了她之前，對方必然不希望多費功夫，自找麻煩。

可如今楊素問一語道破他的身分，也將他逼到了不得不滅口的地步。

凌玉白著臉，果然便見那瘦削男人示意那兩人停下來，頓時心生絕望，知道自己的猜測全然中了。

好了，不必再分開她們了，這說明什麼？說明她們的結果會是一樣的。

楊素問連滾帶爬地回到她身邊，死死地抱著她的胳膊，抖著嗓子虛張聲勢。「你們、你們快、快把我們放了，要不、要不等官差來了，必、必不會讓你們好看！尤其是你，我認得你，你是梁方，就是那個死纏爛打要買我方子的梁方！」

凌玉有氣無力地道：「閉嘴吧，傻丫頭！」

「楊姑娘果然好耳力，如此看來，倒是梁某多此一舉了。」瘦削男人緩緩地解開覆在臉上的黑布，待那張臉全部露了出來，正正便是梁方。

事情到了如今地步，凌玉知道自己已經沒了退路，今日她與楊素問便是同一條繩上的螞蚱，她生她也生，她死她亦死。

「你要做什麼？是不是為了我那方子？我說過的，方子誰也不賣！」楊素問氣憤地瞪著他。

「姑娘難道還不曾看清自己的處境？如今已經不是妳肯不肯的問題了。」梁方冷笑。

「你——」

「你想要她那玉容膏的方子？這容易，只要你放了我們，我一定讓她把方子交出來！」凌玉打斷了楊素問的話，不讓她再說。

「玉……」楊素問不滿，想要再說什麼，凌玉卻突然衝她罵起來。

「妳想死自己便去死好了，我可不陪妳！一個什麼破方子，難不成還比性命更重要？」

楊素問被她罵得懵了懵，卻又有些委屈。

凌玉可不理她，繼續罵罵咧咧地道：「早知道那什麼破方子能救命，當日我便是跳進河裡也要把它給撈起來！」

「妳這話什麼意思？方子毀了?!」梁方又驚又怒。

楊素問也不是蠢人，很快便明白了凌玉的用意，立即裝出一副氣惱的表情瞪她。「妳還好意思說！」

「這可不能全怪我，誰知道妳會忘了把方子拿出來？我是好心替妳洗衣裳，不承想……」凌玉像是被他們給嚇到，身子縮了縮，好片刻才結結巴巴又道：「不、不過，方子沒了有什麼關係，調製方子的人還在不就成了？」

一直站在一旁不作聲的高個兒男子此時也不耐煩地道：「這小娘們說得沒錯，方子沒了，可人卻還在，讓她把方子重新再寫出來不就成了？」

「你懂什麼？」梁方心中懊惱，低聲斥道。

就算是製造者本人，也未必能分毫不差地把方子記下。況且，若是那楊素問記不齊全，他也沒有那麼多時間讓她慢慢想、慢慢寫。

高個兒男子冷笑。「如今你想怎樣？人我已經給你帶來了，至於東西要怎樣拿到，這便不關我們的事，你把錢結了，咱們便一拍兩散！」

「事情還沒辦完你們就想拿錢，哪有這般好的事！」梁方壓著怒氣，只到底怕得罪他們，又緩了緩語氣道：「你們先去找紙筆，事情成了，我再加一成，如何？」

「三成！」

「你別獅子大開口！」

「最低兩成。」

「……好！」

凌玉定定地看著他們爭執，若有所思。看來這夥人的關係不是那麼牢靠……梁方居然這般輕易便相信了她的話，以為方子果真毀了，那只有一個可能，便是他曾經到楊家盜取而不可得。她斜睨了身邊人一眼，忍不住一陣頭疼。

這蠢丫頭究竟缺心眼到什麼程度，竟連家中曾遭不速之客都不知道？也不知她是怎樣平平安安地活至今時今日的？不過再一想到她上輩子可能的結局，又不禁有幾分心疼。

房門再度被人鎖上，屋裡重又回歸安靜。

良久，楊素問低低的聲音打斷了凌玉的沈思。

「對不住，玉姊姊，這回是我連累妳了。」

凌玉嘆了口氣，輕輕摟住她。「說什麼呢？又不是妳願意的。」

「玉姊姊，若這回我難逃一死，妳便把我家裡的東西都賣掉，把錢給誠伯。他照顧了我這般久，我卻沒能讓他過上好日子。」楊素問啞聲道。

「別說傻話，咱們都會平安的。」凌玉覺得喉嚨有些堵，輕聲安慰她。

楊素問低著頭，沒有再說話。

也不知過了多久，凌玉才聽到她低聲嘆息道：「只可惜這輩子沒辦法把回春堂贖回來了……」

「兩個手無縛雞之力的小娘們，哪需要咱們兩人守著！老三，你便留在這兒，我到前面方便方便。」

「去吧去吧！」

外屋的說話聲傳進來，凌玉心思一動，片刻，對著楊素問如此這般耳語一番。

「姊姊！姊姊妳怎麼了？妳不要嚇我！快來人哪！」

朱老三百無聊賴地靠坐在門口，忽聽屋內傳出女子的驚呼，他當即起身，衝著屋裡喝道：「吵什麼呢？」

「快來人救救我姊姊！」裡頭的女子哭叫著。

朱老三不耐煩地掏出鑰匙開門，一邊推門而入，一邊罵道：「他娘的——」

話未曾說完，後腦一陣劇痛，悶哼一聲，「咚」的一下便倒在地上。

「快走！」機不可失，凌玉當即拉著楊素問就往外衝。

兩人慌不擇路，根本認不清身處之地，只知道周圍是一片樹林，而身後遠遠已經傳來男人的叫罵聲，那叫罵聲越來越近，嚇得她們越發拚命逃。

「分開跑，能活一個算一個！」忽見前方有一條三岔道，凌玉當機立斷。

「好！」楊素問應下，兩人一左一右分別跑開。

凌玉咬緊牙關，使出吃奶的力氣便逃，遠遠的，彷彿傳來楊素問的尖叫聲，可她根本不敢回頭，腳步更是越來越快，哪怕視線已經有些模糊，腦子裡仍只得一個念頭——逃！

腳下被東西勾住，她一個不穩，整個人便從小山坡上滾下去，直到後腰撞上石塊，痛得她飆起冷汗，可仍死死地咬著牙關，掙扎著起來，邁開步子又繼續往前跑。

「我讓妳跑！」

身後有男子聲響起，她臉上血色褪了幾分，緊接著雙腿被木棍打中，她整個人再也站立不穩，仆倒在地。

「跑啊，妳再給我跑啊！他娘的！」男人有幾分扭曲的臉出現在她的眼前，她掙扎著想要爬起來，那人見她居然還不死心，再想到被砸破腦袋的兄弟，頓時惡從膽邊生，一個箭步上前，抽出身上匕首就往她心口刺去！

寒光閃起，凌玉的腦子只閃過一個念頭——他娘的，老娘這輩子居然比上輩子還要短命！

眼看著那匕首就要插到她的身上，千鈞一髮間，一陣凌厲的破空聲響起，凌玉只聽到抓著她的男人發出一聲悶哼，接著禁錮著她身體的力度陡然卸去，那人抓著匕首的手一鬆，匕首便直直掉落下來。

她臉色大變，奮力就地打了個滾，險險地避過那道寒光，卻又觸動了後腰處的傷，痛得她直冒冷汗。

下一刻，一雙有力的大手驟然把她拉住，狠狠地拉著她撞入一個厚實的胸膛。

凌玉本就忍受著痛楚，如今又這般一撞，直撞得她七葷八素，眼冒金星。

「幸好幸好，幸好妳沒事，幸好沒事……」

隨即，耳畔響著男人顫抖的聲音。

程紹禟不敢想像，若是他再來晚一刻，他的娘子將會遭遇什麼？失而復得的後怕與喜悅齊齊湧上心頭，也讓他抱著懷中人的手臂不知不覺收得更緊。

凌玉只覺得骨頭都快要被人折斷，尤其是後腰處傳來的痛楚，一陣比一陣猛烈。她很想張口大罵抱著她的男人，可不知為何，卻再也使不出半分力氣。

「程壯士，你再不放開尊夫人，尊夫人只怕就要死在你手上了。」終於，有人瞧不過去了，清了清嗓子，沈聲提醒。

程紹禟一聽，連忙鬆了力氣，低頭望向懷裡的娘子，果然發覺她滿臉痛苦，一張俏臉煞白得嚇人。「妳怎麼了？哪裡受了傷？」他大驚失色，急切地在她身上打量著。

凌玉深深地呼吸好幾下，待覺得腰上的痛楚稍稍緩解幾分後，才恨恨地瞪著他，咬牙切齒道：「你是不是想弄死我，好再續娶一個年輕貌美的?!」

程紹禟還沒有回答，方才出聲的那男人便笑起來。「程壯士，尊夫人中氣如此充足，想來應無大礙，此處便交給你們，我去追另外的賊人。」

凌玉這才發現，周遭除了程紹禟和躺在地上不知生死的賊人外，還有四名作捕快打扮的男人。為首的那一位低聲吩咐幾句，然後朝程紹禟點點頭，便帶著其中兩名捕快朝東邊方向飛奔而去；剩下的兩名捕快則一人一邊，把躺在地上的那人架起來。凌玉此時才看見，那人後背竟然插著一枝利箭！

「是你射的他？」凌玉驚訝地問，語氣有幾分掩飾不住的憂慮。

程紹禟點點頭，又彷彿明白她心中所憂，解釋道：「放心吧，我已經避開他的要害，死不了的，不過是受點皮肉之苦。」

凌玉鬆了口氣。那就好，畢竟打死人和打傷人可是完全不同，哪怕對方是惡貫滿盈之徒，也不該由一個平民百姓出手取他性命。況且，膽敢光天化日之下駕著馬車擄人，如此猖狂，說不定背後還有什麼靠山。「你報的官嗎？」她又問。

程紹禟小心翼翼地將她橫抱起來，不答反道：「有什麼話回去再說。」

「……也好。」劫後餘生，凌玉整個人都似是虛脫一般，有氣無力地回答，可緊接著，她又想到了如今下落不明的楊素問，焦急地道：「不行，還有素問！素問她……」

「放心，張捕頭已經帶人去救她了，相信很快便會把人給救回來。」程紹禟耐心地安慰道。

「不行，我不能就這樣拋下她……」說到「拋下」二字時，她的語氣頓了頓，臉上閃過一絲複雜，最終還是低聲道：「咱們尋個安全的地方等等他們好不好？」

程紹禟雖然想盡快離開此處，也好讓他檢查她身上的傷，但見她憂心忡忡的模樣，知道她必定不會安心跟自己離開，唯有頷首應下。「好。」

凌玉被他一路抱著到了十里長亭，竟意外地看到一身便服的縣太爺郭騏。

對這個「財神爺」大人，她還是有些好感的，示意程紹禟將自己放下，微微笑著向郭騏行禮。「民婦程凌氏見過郭大人！」

「很好、很好。程夫人受驚了，還有一位楊姑娘呢？」郭騏捋了捋兩抹短鬚，一副安慰的模樣。

「回大人，張捕頭已經帶人去救楊姑娘了，相信過不了多久便能把人給救回來。」程紹禟回答道。

郭騏一聲冷笑。「如此甚好。程夫人放心，本官必定會還妳們一個公道！」

「此番被擄，幕後主謀是一名叫梁方的男子。此人乃綿安城富商，這回擄人主要是為了楊姑娘手上一張玉容膏的方子。在此之前，他曾三番四次糾纏楊姑娘，欲買楊姑娘的方子，只楊姑娘始終不允。」凌玉想了想，還是把自己所知道之事一五一十地告訴郭騏。

「綿安城的商人竟敢到本官轄內作惡，本官絕不輕饒！」郭騏一臉正氣。

凌玉暗暗鬆了口氣。

眾人便在十里長亭處等候消息，也不知過了多久，遠處終於出現了張捕頭等人的身影。

「大人，幸不辱命！」

「素問！」

「玉姊姊！」

凌玉乍一見楊素問，頓時大喜，連身上的傷也顧不得了，一把推開扶著她的程紹禟，朝她快步而去。

楊素問直接小跑著撲進她的懷裡，又哭又笑道：「嚇死我了、嚇死我了，還以為這回肯定活不成了！」

「都過去了，咱們都好好的，將來必能長命百歲。」凌玉柔聲安慰著她。

「梁方跑了?!」

郭騏惱怒的聲音在兩人身後響著，也讓兩人瞬間便噤了聲。

「玉姊姊，妳說他還會不會再回來報復咱們？」楊素問有些害怕地問。

「想來不會，這時候他都自身難保了，哪還能回來報復咱們。」凌玉其實心裡也沒有譜，可還是勉強安慰道。

只不管怎樣，抓捕梁方和處置幫凶之事便歸官府處理，她們不便多言。

程紹禟護送她們回城，剛進了城門便看到凌大春。

凌大春一見她們平安歸來，居然雙腿一軟坐到了地上，口中喃喃不止。「菩薩保佑、菩薩保佑……」

凌玉忍不住好笑，輕輕踢了他一腳。「大春哥，起了，該回去了！」

到了城中，因彼此不同路，程紹禟鄭重謝過了郭騏等人。

郭騏不以為然地擺擺手。「這是本官應該做的。」略頓了頓，他又不死心地問：「你真的不考慮考慮本官的提議嗎？」

程紹禟沈默不言。

「罷了罷了，什麼時候你想明白了來尋本官便是。」郭騏也不在意。

凌玉等人暫且回了楊素問家中，凌大春又急急請了大夫替她們治傷。

凌玉除了後腰處傷得比較重外，身上其他處都只是一些小擦傷；楊素問的情況比她又更好一些，只是手臂有一處擦傷得比較厲害。

自被擄後足足過了一日一夜，雖然凌大春已經尋了理由應付過了凌秀才夫婦，可凌玉仍舊放心不下，待上了傷藥後便要告辭歸家。

「玉姊姊，你、你們不能留下來嗎？誠伯回了老家，如今家中只有我一個人……」楊素問拉著她的手不肯放，軟聲懇求。

凌玉也有些放不下她，想了想便道：「不如妳隨我到家中住一陣子？」這個「家」指的自然是凌家，畢竟程家裡有個未曾成婚的程紹安，楊素問這麼一個非親非故的未出閣姑娘住進去倒是不大方便。

「可以嗎？會不會太打擾了？」楊素問驚喜地問。

「不會，我家裡平日只爹娘二人，妳若能去，他們必然歡迎。」

「好，那我便隨妳去！」楊素問高興地回了屋，兩三下便收拾好了行李。

母女連心，女兒去了鎮上一夜未歸，雖然次日一早凌大春前來報過平安，但周氏心裡卻總有些七上八下，便是抱著小石頭在懷中也有些心不在焉。

凌秀才自然又是一通發惱，只道女兒毫無責任心。

待凌玉終於歸來，周氏才算是徹底鬆了口氣，又見女婿把女兒一夜未歸的責任歸於自己，她才總算放下心來，便是凌秀才也不好再說什麼。

至於凌玉身上的傷，程紹禟同樣尋了個適當的理由糊弄過去。也不知是他忠厚的形象太深入人心，還是他真的有睜眼說瞎話的本事，凌秀才和周氏居然沒有半點懷疑。

「那車夫也真是的，趕車也不好好地趕，虧得只是受了些傷，若是把人都摔沒了，那可怎麼了得！」周氏心疼地拉著凌玉，又望望乖巧地坐在一旁的楊素問，憐愛地問：「可摔疼了？可憐見的。」

「上藥之後已經不疼了。」楊素問輕聲回答。

周氏見她與女兒年紀相當，又聽聞她父母雙亡，不禁心疼了幾分，拉著她自是好一番關懷，倒把凌玉這個正牌女兒給拋一邊了。

凌玉也不在意，拉著程紹禟到另一邊，壓低聲音問：「那縣老爺提議你做什麼？」

程紹禟抿了抿薄唇，遲疑片刻，還是如實回答。「他想請我到縣衙裡當捕快。」

凌玉意外極了。「好端端的他怎會想請你當捕快？」不等他回答，她又接著問：「我聽大春哥說，是你親自到縣衙求見郭大人，請郭大人帶官差去救人？」

「確是如此。」

「如今報官都是這般直接上門找到縣太爺跟前的嗎？」凌玉有些糊塗了。

程紹禟嘴角彎了彎，憐愛地替她捋了捋鬢角。「自然不是。只是我不願堂前擊鼓鬧得人盡皆知，卻又需要官府助我一臂之力，唯有直接尋上門去。」自然，他也是費了不少功夫才讓郭大人點頭同意。

凌玉呆了呆，好一會兒才明白他的憂慮，輕咬了咬唇瓣。「你是怕報官揚開後，即使我被救回來，從此也會被人指指點點？」

程紹禟點點頭。「我不希望妳日後陷入那等閒言碎語中。雖然清者自清，只人言可畏、三人成虎，那樣的局面能避免則避免。」

凌玉定定地望著他良久，終於微笑道：「你顧慮得極是。」

臨睡前，凌玉特意到楊素問暫住的屋裡，就見她靠坐在床上，也不知在想什麼？

「玉姊姊，妳娘真好，我還是頭一回感受到有娘的滋味。」兩人並肩坐著，楊素問靠著她，喟嘆般道。

「妳不曾見過妳娘？」

「見過的，只是那時候太小，已經沒什麼印象了。常聽我爹說，我娘是個很溫柔和善的女子，我想，大概便如妳娘這般模樣吧。」楊素問低低地道。緊接著，她又望著凌玉，真誠地道：「玉姊姊，妳也很好，若不是妳，今日我必定連命都保不住了。想來必是我爹在天有靈，才讓我遇到妳這樣好的人。」

凌玉臉上的笑意一僵，有幾分狼狽地避開她的視線，半晌，才啞聲道：「不，妳錯了，我不是什麼好人。」既然已經開了頭，她也覺得接下來的話沒什麼說不出口的了。「素問，我是個自私之人，並不是妳口中的好人。妳以為我提議分開跑是為了什麼？是因為我自私。我知道妳才是他們最大的目標，拋開了妳，我才有逃脫的更大可能。我甚至還聽到妳被他們捉到時的驚叫聲，可我逃跑的腳步卻是半分停滯都沒有，相反地，還跑得更快。妳知道嗎？在妳我只能有一個活下來的情況下，縱然我會有那麼一瞬間的猶豫和不忍，但最後必定會拋下妳，選擇獨自逃生的。」上輩子幾度瀕臨死亡，再沒人能似她這般怕死，這般愛惜自己的性命了。在生命跟前，所有的一切都是那樣無足輕重。「所以，我不是什麼好人。」

楊素問愣愣地望著她。

凌玉被她那雙清澈的眼眸看得狼狽不堪，可還是硬著頭皮迎著她的視線，更不錯過她臉上的每一絲表情，只等待著在她臉上看到厭惡的神情。

夜風輕敲著窗，透過窗櫺吹進屋來，拂動床帳。

也不知過了多久，凌玉看到眼前之人突然綻放笑容，頓時愕然。

「玉姊姊，那妳可知道，若真有妳我只能一人活下來的情況，而妳犧牲自己成全了我，那我一定會恨死妳的。」楊素問輕捋著長髮，微微一笑。「生命是很寶貴，只是，若活下來的代價是承受別人的性命，倒還不如死了乾脆。」

凌玉沒有想到她會說出這樣的話，一時竟不知該作何反應？只是靜靜地看著她，半晌，才低低地笑出聲來。

「妳笑什麼？難道我說得不對嗎？」楊素問不滿地噘著嘴。

「笑妳傻得厲害。」

楊素問嘀咕一句，她沒有聽清楚，只是也沒有放在心上，問出了她一直想不明白的問題。「妳可是曾經賣過玉容膏給那梁方？」

「這個當然沒有，我做了那麼多玉容膏，也就『賣』出去一盒，就是當日妳的那盒。」楊素問肯定地回答。說起來她也很無奈呀，怎地那些姑娘就是不肯相信她呢？

「那他又是如何纏上妳的？」凌玉接著問。

「是他自己找上門的，說是我爹的故交，前來拜訪我爹，也不知真假？我爹生前也沒有向我提過他有這麼一位故交，而他死了這麼多年也不曾見有人來尋，他這般尋來，我還真是意外極了。」楊素問小小地打了個呵欠，已是有幾分倦意。

「他自稱是妳爹的故交？」凌玉這下倒是意外了。原以為梁方不過是偶然的機會得到玉容膏，繼而發現隱藏的極大商機，這才尋到楊素問頭上來的，原來竟不是嗎？「素問，我問妳，這玉容膏果真是妳一人獨自調製出來的嗎？」她輕輕推了推昏昏欲睡的楊素問，不死心地又問。

「是我自己調製出來的，騙妳做什麼？還花了我好些功夫呢！幸虧最終的效果達到預期，也不算是辜負了爹當年的一番心思。」楊素問腦袋一點一點的，還是勉強打起精神回答。

凌玉敏感地抓住她話裡的意思。「妳是說，妳爹生前也曾在調配玉容膏一事上提點過妳？」

「嗯，初時的方子他曾給過我意見，有許多藥材我也是問過他的意思，最終才決定是否要使用的。」楊素問只覺得眼皮重得快要掀不開了，軟聲懇求道：「玉姊姊，我很睏了，有什麼話明日再問好不好？」

「好，妳先睡吧。」凌玉在她肩上輕按了按，看著她終於合上眼眸，不到片刻的工夫便發出一陣均勻的呼吸聲。

真是個心大的姑娘！她有些無奈地搖搖頭，也不知這性子是好還是不好了？

隨即，她又不自禁地皺起了眉。

看來那梁方根本就是有備而來，會不會他來之前是打算尋楊大夫的？可不承想楊大夫早已經過世，他去了楊家發現楊素問調配的玉容膏，覺得這將會是一個極大的商機……不對不對，她自己是因為親自試用過才能確定玉容膏的功效，那梁方呢？難道他僅憑看一看、聞一聞便知道它是否中用，甚至不惜發展到買凶擄人逼迫的地步？這著實說不過去啊！

不知怎地又想到楊素問臨睡前那番話，她心思一動。

原來這玉容膏配製所需的藥材，還是楊大夫生前替女兒定下的，會不會他曾經也配製過相差無幾的香膏？這個時候梁方的家族生意想必已經不怎麼如意了，故而他必定要再尋求新的商機，自然便想到了「故交」楊大夫。當然，他是否真的是楊大夫生前的「故交」仍值得懷疑，但能夠肯定的是，他一定認識楊大夫，否則不會千里迢迢從綿安城跑到這裡來。

「怎不進屋？」程紹禟從凌秀才處歸來，見她站在門口一動也不動，也不知在想些什麼，不解地問。

「好，這便進去。」凌玉回過神來，連忙推門進屋。

「把衣裳脫了。」

待她小心翼翼地躺到床上時，便見程紹禟不知什麼時候站到了床邊，正朝著她道。

「你要做什麼？我、我都已經傷成這般模樣了，難不成你想要……」她略帶驚慌地道。

「瞎說什麼呢，我替妳上藥！」程紹禟無奈地輕斥。他又不是禽獸，明知道娘子身上有傷還想要亂來。不過看到凌玉臉上的防備時，他仍是覺得心口有幾分堵便是了。

凌玉卻不知他所想，鬆了口氣，只又覺得有些不自在，緊緊地揪著被子道：「不、不必了，待明日我讓娘幫我便可以了。」

「此等小事何必麻煩岳母？聽話，把衣裳脫了，上了藥再睡。」程紹禟皺眉。

「藥味這般重，熏到你無法入睡可如何是好？還是明日再搽吧！」凌玉還想垂死掙扎一番，可對著他那「妳再不動作我便親自動手」的表情，終於還是洩氣了，慢吞吞地抬手去解中衣扣子。

一個，一個，又一個，待白色中衣最後的扣子被解開時，她突然有幾分羞赧，對著靜靜站在一旁的男人小聲道：「你去把燈挑暗些。」好半天不見程紹禟動作，她抬眸，瞬間撞入一雙幽深的眼眸裡。男人的視線既專注又熱切，明明還是往日那一本正經的模樣，卻忽地讓她生出一種他想要幹壞事的念頭。她舔了舔有幾分乾燥的唇瓣，不承想男人的眼神又黯了幾分，便是她自己也突然覺得有些熱。「你去把燈光挑暗些，燈太亮了……」連她也沒有發覺自己的語氣竟是帶了些嬌蠻的意味。

程紹禟卻是發現了，勉強壓下心中的躁動，沈聲應下。「好。」

趁著他轉身去挑燈芯的機會，凌玉飛快地脫掉中衣伏在床上，待程紹禟轉過身來時，便只看到床上的女子半露著潔白的背脊，那張俏臉已經埋入被子裡。

「你快些，上完藥我便要睡了。」凌玉心跳得厲害，卻又暗暗唾棄自己。

都是兩輩子的老夫老妻，連兒子都已經生了，不過是在相公跟前露個背脊，有什麼好害羞的？真是矯情！

程紹禟的情況比她好不到哪裡去，抹著藥的手觸及那白淨光滑的背脊，觸感嫩滑如絲，讓他的呼吸也不禁厚重幾分。說起來，他已經許久不曾與她行過房了，彷彿是從那一回押鏢回來之後……不，應該再遠些，從那趟出門之前。

只是，當他看到那白淨膚色間一片又一片的紅腫，那絲旖旎心思當即便消褪了，上藥的手輕輕在那傷口上摩挲，臉上盡是懊惱和心疼。

說到底都是他的錯，是他沒有保護好她，才致使她遭了這般大的罪。

再一想到至今未抓捕的梁方，他的眸中不禁溢滿惱怒，臉色也不知不覺地沈下來，心中暗暗有了決定。

「你好了嗎？」凌玉感覺他的手不知什麼時候停下來，根本不曾動過，忍不住紅著臉蛋問。下一刻，她卻感覺被人憐愛地環住肩膀，男人濕熱的呼吸噴在她的耳畔，她的臉越發紅得厲害了。「你做什麼？還不好好上藥！」凌玉嗔道。

「小玉，我想接受郭大人的提議，到縣衙裡當捕快，妳的意思呢？」她聽到男人低啞的聲音。

「你先放下我，你這樣子我要怎麼說話呀！」凌玉的耳尖也泛起了紅。那本就是她最敏感的地方，如今如何受得住？

程紹禟低低地笑起來，也想到了這層，卻是突然起了壞心眼，輕輕含住那小巧的耳垂。

凌玉只覺得渾身上下像是突然被抽走力氣，一股酥酥麻麻的感覺迅速從耳垂向四肢百骸傳開去，臉蛋更是騰地一下紅了個徹底。

「你、你怎地這樣？壞、壞透了！」這樣的感覺於她這個「守寡」多年之人而言已經相當陌生，她羞惱難當，卻又蘊了些許說不清、道不明的委屈。

程紹禟使了壞，意外地看到小娘子難得嬌俏可人的模樣，心尖癢癢的，又憐又愛。

似是故意一般，他又重重在她的耳後親了一口，親得凌玉居然打了個冷顫，皮膚上的雞皮疙瘩都冒出來了。

「你再這般我就要惱了！」她側過臉想生氣地瞪他，剛轉過去，唇瓣便被一陣溫熱堵住。

程紹禟本只不過是想逗逗她，見機不可失，立即含住那陣柔軟，輾轉纏綿。

凌玉只覺得腦子一片空白，身體緊緊地綳著，只是，不知從什麼時候開始，整個人漸漸變得軟綿綿的，半分力氣也使不出來，甚至連呼吸都覺得困難。

程紹禟知道自己該停下來了，畢竟她如今身上還帶著傷，萬一碰到傷口，心疼的還不是他？不知過了多久，他才鬆開她，也終於察覺她的異樣，沒忍住地笑了。

凌玉大口大口地喘著氣，好不容易緩過來，見到他臉上的笑意，當即又羞又惱，用力推開他，再恨恨地瞪他一眼。

她自以為眼神凶狠，可在程紹禟看來卻是媚眼如絲得勾人，勾得他又是一陣蠢蠢欲動。他搗嘴清咳一聲，怕自己再穩不住，連忙說起正事。「我想到縣衙當捕快，妳意下如何？」

凌玉搗了搗熱臉蛋，聽他這般問，連忙裝作若無其事地鬆手，暗地思忖。

雖說不過是小小的捕快，但好歹也算是公門中人，待過些日子他們的留芳堂開起來，也算是和官府有了聯繫。聽他的說法，彷彿那郭大人對他也頗為賞識，說不定她還可以順勢將玉容膏推往官夫人中。再者，當捕快雖然也不算安穩，卻算是徹底扭轉了他上輩子的路。

心裡有了主意後，她果斷地回答。「我覺著這主意甚是不錯。」

見她如此痛快地應下，程紹禟微微鬆了口氣，又想到那日從凌大春口中聽到之話，不禁皺起了眉。「妳何時竟與大春兄、楊姑娘他們合夥做起了生意？」

也不知是不是他的錯覺，總覺得自家娘子如今對做生意頗有興趣，早前背地裡慫恿二弟出面開了個茶水攤子，如今茶水攤子的生意不行了，轉頭又有了別的主意。

凌玉頓時有幾分心虛。留芳堂前期的種種已經投入進去，連店鋪一事都有了著落，合同也簽好了，如今她才想起來，她居然還不曾與相公提過此事。不過轉念一想，她又覺得理直氣壯了。

「那日回到家中我本來是想與你商量，誰讓你好好的偏要氣人，這不就沒有機會說了嗎？」

程紹禟正想反問她，自己何曾氣過她？可一想到那日她發怒抱著兒子回娘家，話又一下子給嚥了下去。罷了罷了，何苦再提那些不愉快之事，沒地又惹惱了她。

見他不說話，凌玉有些許不安，猜不準他是不是要反對，語氣遂刻意柔和幾分，解釋道：「有大春哥在呢，有什麼事都是他出面。」

程紹禟確實不怎麼樂意，只是事已至此，便是反對也沒用，況且凌大春確是位能幹的，有他在，自己也算是能放得下心。

再一層，待日後他真的成了縣衙的捕快，凡事也能多照應幾分。

見他臉色漸漸緩和，凌玉便知道他這是同意了，眼珠子骨碌碌地轉動著，突然輕輕抓著他的袖口，撒嬌道：「我們這都是小打小鬧，若是賠了，你可不許惱我。」

程紹禟好笑。「既然害怕會賠，那為何還要去做？」

「因為我有你呀！反正不管怎樣，我還有你養呢！」凌玉眨巴眨巴著眼睛，一張仍泛著桃花的俏臉盡是信任與依賴，就這般瞅著他。

儘管知道她這話有刻意討好的意思，可程紹禟還是覺得甚是受用，嘴角也不知不覺地翹起來。這種被娘子明明白白依賴的感覺著實太讓人滿足了。

凌玉察言觀色，知道自己這招奏效了，暗自偷笑。

男人啊！呵，真是……果然柔能克剛！

第七章

次日一早用過早膳後，程紹禟又替她上了藥。

「這渾身藥味，連小石頭都嫌棄我了。」她緩緩地穿好衣裳，想到今早小石頭避著她直往程紹禟懷裡撲，有些悶悶地道。緊接著，又覺得不甘，恨恨地道：「那個沒良心的壞小子！」

程紹禟好笑地搖搖頭，明智地只當沒有聽到。反正這個時候他若是學著她的樣子罵兒子，下一刻被罵的必然會是他。

周氏和楊素問進來的時候，屋裡便只有凌玉一人。

楊素問知道她要回去，不捨地拉著她的手。「玉姊姊，妳怎地這般快便要走了？不能多留幾日陪陪我嗎？」

「我已經回來好幾日了，再不回去，只怕婆母那裡不好交代。」凌玉笑著反握她的手。

「小玉說得對，已經是人家的媳婦，哪能回娘家這般久？若讓人知道了，不定會說出些什麼難聽之話來。」周氏也道。

「回自己家還要怕別人說閒話？這嫁人可真是一點兒也不好。」楊素問瞪大了眼睛。

「小姑娘盡瞎說！」周氏瞋了她一眼。

楊素問嘻嘻地傻笑幾聲應付過去。

凌玉也忍不住笑了。「總有妳的時候！」

「可不是？待伯母好生留意著，必要替咱們素問擇一個好人家。」周氏笑著又道。饒是向來性子有幾分大大剌剌的楊大小姐，這會兒也被這母女倆鬧了個大紅臉。

「咱們家三兒可是族裡最聰明的孩子，只我與他娘都是大字不識一個的，沒地將來埋沒了孩子，才忍痛同意把他過繼給你。」

外頭突然傳來有些陌生的男人說話聲，凌玉怔了怔，猛地記起了說話之人是誰。這不就是上輩子她那個「弟弟」的親生父親凌老四嗎？

上回娘親不是說凌老四反悔了嗎，怎地又來這裡提起此事？難道他又改變主意了？她蹙起了眉。

這輩子凌老四出爾反爾過一回，老爹應該不會同意過繼那孩子了吧？她暗暗思忖，只是也放心不下，遂問周氏。「娘，過繼之事，爹心裡是怎樣想的？四叔他是不是又改變主意了？」

凌老四若不是又改變主意，必然不會再上門來提什麼過繼之事，就是不知她老爹有什麼打算？

周氏嘆了口氣。「三兒那孩子確是個聰明的，讀書、認字比族裡其他孩子都要快，妳爹向來愛惜他這份聰明，早前也花了不少心思教他。只是上回終究還是被他一家人傷了心，雖然仍是不捨得那孩子，只怕不會再同意了。」

「如此我便放心了。」凌玉笑道。

周氏沒好氣地戳了戳她的額頭。「你們父女倆，自來便合不到一處去，他說東，妳偏要往西。三兒哪裡不好了，怎地妳偏不喜歡他？」

「我何曾說過不喜歡他？一個小孩子，我犯得著針對嗎？只是覺得他不適合到咱們家來，還是跟著他親生父母比較好。畢竟這般聰明的孩子，四叔、四嬸還要留著他光宗耀祖呢！」凌玉不以為然道。

對凌老四那個小兒子，上輩子她的「弟弟」，她說不上討厭，但也絕對稱不上喜歡便是了。況且，這哪是什麼過繼？分明是讓自己的爹娘替他們養孩子！畢竟，若真的有心過繼，哪會背地裡跟孩子說，不是親生爹娘不要他，而是因為不敢得罪他現在的「爹」，迫不得已才把他過繼出去的？明明是你情我願之事，到頭來卻成了她老爹仗勢欺人奪人親子。

而她那個「弟弟」也是個極孝順的，但凡家中有什麼好東西，必然要往他親生父母那裡搬。她覺得，這樣孝順的孩子，還是適合留在他親生父母身邊。

周氏搖搖頭，又聽凌玉問——

「娘，若說過繼，我覺得大春哥便很好，怎麼說他也是您和爹看著長大的，這些年與咱們家也親近，對您和爹孝敬，待我和姊姊也好，怎地爹從來不曾想過把他過繼來呢？若是爹願意，六叔、六嬸怕是恨不得立刻同意才是。」

周氏無奈地道：「早前妳爹是不曾起過過繼的念頭，後來有這想法了，便一心想培養出一個讀書人；大春雖好，只是打小便不愛讀書，你爹自然也沒有想到他身上去。」

「娘，若要過繼，便過繼大春哥，其他人不管是誰，我都不認。」

「我覺得凌大哥人挺好的，若過繼過來成了玉姊姊的哥哥，豈不是更好？」一直靜靜地聽她們說話的楊素問忍不住插嘴。

周氏有些遲疑。「這還得看妳爹的意思。還有，大春如今已經長成，能幹活、會掙錢，妳六叔他們未必會願意。」

凌玉微微一笑。「娘，您忘了大春哥仍未娶親嗎？若要娶親，便要一筆不小的開銷。若是將來分家，他還要帶走一部分家產，您說以六嬸的性子，她會捨得嗎？」

一個連自己都險些養不活的廢物繼子，要她出錢替他娶媳婦，將來還要讓他帶走一部分家產，以凌六嬸的性子會肯才有鬼呢！

可若是置之不理，村裡的唾沫都能把她淹死，日後她的兒女也別想抬頭做人了。

周氏怔了怔。「這……這本是為人父母應盡之責，捨不捨得也得去辦呀！」

「伯母您是厚道人，自然覺得這是應盡之責，可您不知道，這世上人心險惡，早前我還聽說過不少後娘虐待前頭生的孩子之事呢！」楊素問一臉嚴肅地道。

凌玉瞥了她一眼。原來這丫頭也知道人心險惡啊？真真是難得！

「如今爹被四叔一家子傷了心、下了面子，對過繼一事想必有些心灰意冷，娘您好生在旁勸說，爹未必不肯應下。到時候大春哥成了哥哥，我和姊姊也算是多了一分依靠，您說是不是這個道理？」凌玉小聲勸道。

周氏原本仍是遲疑，可一聽那句「我和姊姊也算是多了一分依靠」，頓時一個激靈。

對啊，她怎忘了？年紀小的孩子雖然容易教養，可自己兩口子都有了年紀，若是將來去得早些，這孩子又小，如何給兩個女兒依靠？

凌玉察言觀色，知道自己這番勸說奏效了。

只要涉及到她和姊姊，娘親必然會慎重考慮，若是娘親堅持，老爹便是初時不肯，被磨得久了，必然也會同意。反正柔能克剛，老實人執著起來，硬骨頭也得服軟。

一家三口辭別凌秀才夫婦和楊素問，因凌玉身上帶著傷，程紹禟還特地借來驢車，載著母子倆歸家去。

誠如凌玉所說的那般，凌老四自反悔後，凌秀才對過繼一事便心灰意冷，再不曾提起。他本就是有幾分書生氣之人，一直相信命裡有時終須有，命裡無時莫強求，既然上天注定他命中無子，那他又何須執著？

所謂生前不知身後事，難不成死後便知人間事？什麼香火供奉，著實無須執著於心。

偏周氏卻一心一意想著給女兒尋個依靠，往日最是溫順的婦人，如今執拗起來，便是凌秀才也有些招架不住了。

板起臉喝斥吧，又於心不忍，這婦人雖然目不識丁，可到底侍奉了他這麼多年，還給他生了兩個女兒。

假裝忙碌不理她吧，那婦人卻見縫插針、不停念叨，嗡嗡嗡的似隻蟲子那般煩人，著實令人忍受不住。

終於，在勉強抵擋了幾日後，秀才老爺已經有些擋不住，語氣也開始鬆了。

楊素問在與凌大春商量著店鋪修繕一事時，想到凌玉對她的囑咐，眼珠子轉了轉，便去問起他關於過繼的意思。

凌大春早就將凌秀才夫婦視如父母般孝順著，又哪有不肯之理？只是想到生父和繼母那性子，又有些猶豫。

他一個人倒也無所謂，若是日後生父一家藉此賴上二伯一家，那豈不是他的罪過？

「這有什麼？我有個法子，保管日後他們沒臉來尋你。」楊素問得知他的憂慮，不甚在意地道。

「是什麼法子？」凌大春急問。

楊素問對他如此這般地說了一通，末了還道：「若是他們肯幫你，說明他們待你還有幾分骨肉之情，過繼一事便作罷；若是他們恨不得把你拋開，這樣的親人，你也不用再多想了。不過此事還得瞞著伯父、伯母，若讓他們知道了，這戲也就演不下去了。」

凌大春沈默了。如此也好，便讓他試試，將來也好死心。

凌老六哼著不知名的小調回到家，進了門便看到自家婆娘指著女兒罵。

「吃吃吃，整日便知道吃，家裡的活兒怎不見妳多幹些？好吃懶做，真是白生養了妳！」

凌招弟被她罵得又是委屈、又是生氣，卻半句話也不敢反駁。

「你這死鬼，又跑去哪兒吃酒了！」孟氏聞到他身上的酒氣，登時大怒。

「老張頭請喝了幾杯，又不花錢。」凌老六打著酒嗝。

聽到不花錢，孟氏的臉色才好看幾分，再一看低著頭站在一旁的凌招弟，又罵道：「還站在這兒幹什麼？還不趕緊去割豬草！」

「老六、老六！不好了、不好了，你們家大春出事了！」有人急急前來報信。

「出啥事了？死了沒？沒死便是沒事，嚷得像叫魂似的！」孟氏罵了句。

雖然不聞不問多年，但到底是自己的親兒子，凌老六忙問：「他出啥事了？」

「摔斷腿了！哎喲，傷得可厲害了，大夫說只怕這輩子許也只能躺在床上了。」

「那不就徹底成了廢人？哎喲，那還活著做什麼？不是白白拖累人嘛！」孟氏尖聲叫著。

「我去瞧瞧他！」凌老六扔下話，急匆匆便跑了出去，急得孟氏在後面直罵。

凌大春神情木然，彷彿完全聽不到外頭的話。

「說得倒輕巧，十兩銀子哪，倒不如去搶！再說，大夫都說了，他這輩子別想站得起來，那就是一個廢人！既是廢人，還治什麼治？浪費錢！」這是孟氏尖銳的聲音。

「老六，你是怎麼想的？大春終究是你的兒子，你真的要對他置之不理？」凌秀才壓抑著怒氣問。

「他娘說得也對，十兩銀子太貴了，況且大夫都說了情況不樂觀……」

「你們還有沒有良心？大夫明明說了情況雖不樂觀，但也不是毫無辦法，怎地到了你們嘴裡，就是治不了了？不過是不想出這十兩銀子，這才故意要咒孩子啊！」向來好性子的周氏憤怒地指責。

「不過是十兩銀子？說得這般容易，怎不見你們出？若是十兩治不好，還不得十兩？十兩又十兩，這可是個無底洞哪！」孟氏不滿地道。

「你們、你們簡直是不配為人父母！」凌秀才大怒。

「就是，太過分了！大夫都說了有很大希望，到了你們嘴裡就是不行了，是廢人！當年你們便把孩子趕出來，孩子都是一個人過日子，這會兒孩子有難，你們仍推諉，簡直太過了！」越聚越多的村民中也有人說起了公道話。

「可不是？當初若不是凌秀才兩口子心善，大春說不定還活不到如今哪！」

「都說有後娘就有後爹，凌老六，你也不怕大春娘半夜回來找你！」

「你們夠了！他兩口子若真這般好心，怎不見他們把這銀子出了！」凌老六憋紅著臉吼道。

「又不是他的兒子！人家做到這分上，也是仁至義盡了，你倒好意思？」有人當即嗆回去。

「他要就過繼給他！」凌老六嚷道，話音剛落，卻覺得這法子相當不錯。若凌大春不再是他的兒子，他也不用出那貴死人的診金藥錢，反正這兒子那般沒用，都十九歲了連一兩銀子都掙不下來。

孟氏眼神一亮。對哪！她怎沒想到？「對對對，你們家又沒兒子，大春打小便與你們親近，合該給你們當兒子。不如把他過繼給你們，也是讓你們家有後了。」

凌秀才氣得渾身顫抖。他的確是打算找個時間和凌老六談談過繼一事，可卻沒有想到是在這樣的情況下，被他當眾提出。這分明是生怕大春拖累他們，把他當包袱般扔掉，這讓那孩子日後如何自處！

「方才說得那般好聽，這會兒又不肯應下，我瞧你們平日就是充好人，假仁假義！」見凌秀才不順勢應下，孟氏又尖聲嚷起來。

「二哥呀，我也是為了你著想，兄弟幾個，就你沒個兒子繼承香火，將來誰給你們養老送終？大春怎麼說也是你看著長大的，和你們兩口子素來又親近，把他過繼給你確是最適合不過了。」凌老六假惺惺地勸道。

「凌老六，你們兩口子也算是缺德了！大春好端端的沒見你們提過繼，這會兒大春躺在床上不能動了就說過繼？還養老送終呢，到時還不知是誰養誰！」圍觀的村民一陣譁然。見過不要臉的，卻不曾見過這般不要臉的！

孟氏哪是好惹的，當即又是撒潑、又是嚎哭，只道後娘不易，人人都欺負她是個二嫁的，現場頓時便亂作一團。

「夠了！大春你們不要，我要！從今以後，他便是我凌德的兒子，與你們不相干！」凌秀才一聲怒吼，成功地讓眾人安靜下來。

「好好好，以後他便是你的兒子，咱這便去找二叔公改族譜！」凌老六大喜，生怕他反悔，一把拉住他便要去改族譜。

「對對對，改族譜、改族譜！」孟氏一骨碌地從地上爬起來。

「過繼這般重要之事，就這般隨便改個族譜便行了？你不是想讓人家幫你養兒子，將來大春好了，你又擺出生父的譜，讓人家奉養你吧？」人群中有年輕女子的聲音響起，頓時便如激起千層浪。

「以這兩口子的無恥，這樣的事真做得出來，凌秀才你還是要慎重啊！」

「就是這個理！倘若將來大春好了、出息了，這兩口子必定纏上去！」

「呸！老娘有兩個兒子，需要他凌大春養？別說他一輩子都這般廢物，便是當真出息了，老娘也不稀罕！」孟氏怒道。

「過繼了就不是我凌老六的兒子，他將來是好是歹與老子絕不相干，老子也不稀罕！」凌老六也憋著臉大聲嚷著。

外頭的聲音漸漸遠去，很快便歸於平靜，楊素問同情地望著面無表情的凌大春，好一會兒才嘆了口氣，拍拍他的肩。「也別想太多，至少伯父、伯母是真關心你、愛護你的。」

「我知道。」凌大春苦澀地道。

雖然這結果他也曾預料到，但真的發生了，到底讓他心底發寒。

凌玉收到周氏讓人送來給小石頭的東西，毫無意外地看到裡頭夾雜著楊素問給她的信。她大略看了一遍，微微笑了笑。果然一切如她所料，分毫不差。

「大嫂、大嫂！快來把你兒子抱開！哎喲，乖姪兒，別扯別扯，疼死小叔叔了！大嫂，救命啊！」外頭傳來程紹安的求救聲，凌玉順手把信放在桌上便走出去。

待她虎著臉把兒子教訓一頓再回屋時，卻見程紹禟臉色難看地拿著那封信。

「當日大春過繼一事，是妳的手筆？」

「有什麼問題？」凌玉奇怪地反問。

「有什麼問題？妳竟然覺得這樣沒錯？妳這是逼著他當眾與生身父親斷絕關係，也是在眾目睽睽之下，讓他成了被生父拋棄之人！」程紹禟壓著怒氣。「凌六叔縱有不是，到底是他生身之父，生養之恩大於天，父子何來隔夜仇？如今一鬧，父子緣斷，妳讓他日後如何自處！」

被他一頓指責，凌玉也怒了。「難不成是我讓六叔拋棄他的？這些年他過的什麼日子，別人不知道，難道你也不清楚？六叔不念父子之情在前，翻臉無情在後，如此不慈，難道還要讓大春哥給他當孝順兒子？」

「血脈親情豈能說斷就斷？更何況還以這般不堪的方式斷絕！凌六叔確有諸多不是，可他難道不曾有過慈愛之時？嬌兒呱呱墜地，稚子慢慢長成，他難道不曾真心疼愛過？」程紹禟的臉色越發難看。

「難道大春哥不曾有過孺慕之時，不曾真心孝順過六叔？可他換來的是什麼？常言道，父慈子孝，如今父不慈，子還要愚孝？」凌玉毫不相讓。

「妳敢說妳此番作為不曾有私心？妳不過是瞧上了大春兄精明能幹、知恩圖報。倘若他一文不值，妳又怎會想出如此方法切斷他們父子間的情誼，也好讓他從此一心一意留在岳父、岳母身邊。」

「對，我是有私心！可那又怎樣？倘若他狼心狗肺、吃裡扒外、好逸惡勞、不思進取，我招他回去當活祖宗連累爹娘不成？我是吃飽了撐著，還是嫌日子過得太舒心！」凌玉被他氣得臉都紅了，不待他再說，便又更加響亮地反駁回去。「我已經給了六叔選擇的機會，但凡他仍顧及半分父子情分，過繼一事便不再提。可他呢？他顧及了嗎？既然他不念父子之情，大春哥一心一意給我爹娘當兒子又有什麼不可以?!」

「妳簡直強詞奪理！」程紹禟臉色鐵青，不願再與她爭吵，一拂袖便轉身走了出去。

凌玉在他身後叫道：「你才是無理取鬧、莫名其妙！我瞧你就是腦子糊了！」

不遠處，程紹安抱著小石頭目瞪口呆，再一見兄長滿面怒容，嚇得打了個哆嗦。

乖乖，大嫂就是大嫂，能把大哥氣成這般模樣也著實是了不起。

小石頭卻不懂大人間的暗湧，瞧見爹爹走過來，在程紹安懷裡掙了掙，張開雙臂，軟糯地衝著程紹禟喚：「爹爹，抱抱！」

程紹禟正在氣頭上，並沒有注意到他們的存在，大步流星地從他們身邊走過。

小石頭見爹爹不理自己，委委屈屈地癟了癟嘴。

「好了，你爹不抱你，小叔叔抱！」程紹安生怕這小祖宗又哭起來，連忙抱著他掂了掂，還不時衝他扮鬼臉，直把小傢伙逗得咯咯直笑。

不管過程如何，結果都是凌大春正式過繼給了凌秀才。只是因為他腿「受傷」，一時半刻不能走動，店鋪之事便只能由淩玉和楊素問二人出面了。

正好淩玉因與程紹禟吵了一架，心情正是不佳，亦不想在家中再看到那個惹她生氣之人，因此只要得了空，便約上楊素問到縣城，親自佈置店鋪。

「大春哥打算什麼時候才『痊癒』呀？」她整理著一同盤下來的布疋，隨口問楊素問。

「再過幾日我便讓他可以下床走幾步，若要『恢復如初』，只怕還是要兩、三個月，反正這些日子讓他學著一拐一拐走路便是了。」楊素問拍了拍布疋上落滿的灰塵，又抱怨道：「玉姊姊，這些布放了這般久，真的能賣出去嗎？」若是賣不出去，那還不是要虧死？

「雖是放了久些，只是保存得卻是很好，而且這品質也相當不錯，不愁賣不出去。」淩玉仔仔細細地檢查這些布，暗暗思忖著該如何處理它們？

這店鋪的生意在前任東家手裡便已是不大好，不可能換到他們手上便能大賺特賺，在玉容膏的口碑還未曾打出來之前，若再沿著前任東家的做法，這些布只怕也只能落得個吃灰塵的下場，到那時，才是真正虧死了。

「玉姊姊，妳瞧我穿這顏色好不好看？上回在街上看到一位姑娘，也是穿著與這顏色差不多的裙子，可真真是好看極了。」楊素問抱著一疋水紅色的布在身上比劃，喜孜孜地問。

「好看，妳若喜歡，便也做上一件。」淩玉笑著回答。

話音剛落，她忽地靈光一閃，頓時便有了主意。

單是賣布，只怕未必能掙幾個錢，若是做成成衣賣出去，轉手掙的便能翻幾番。況且，她可是知道日後流行的款式，略微修改，想來不愁賣不出去。

再者，她身邊還有一位針黹功夫相當了不得之人，那便是她未來的弟妹、程紹安未過門的妻子金巧蓉。

當然，也不能一下子全部拿去做成衣，先嘗試著做上十來件看看效果，待玉容膏的口碑打出去，她順勢把這些成衣推出去，想來也能掙上一筆。

她自來便是個急性子，如今既有了主意，自然想要抓緊去辦，遂把這個意思跟楊素問說了。

楊素問自然沒有二話，興致勃勃地問：「若是有好看的，我能不能拿一件回去穿？這樣我也有新衣了。」

凌玉笑道：「敢情妳已經許久沒有新衣了？」

「這還真的是。自從爹不在了之後，我連一日三餐都無法保證，哪還有那個閒錢添置新衣。」楊素問不好意思地笑了笑。

「行，待做好了，我便讓妳挑一件最好看的。」凌玉有些心疼，這丫頭也是個命苦的。

辭別楊素問回到家中，卻在門口遇上那個讓她大為生氣之人，她視若無睹地從他身邊經過。

程紹禟今日其實也到了縣城。既然已經打算接受郭騏的邀請，他自然不會拖延時間。

郭騏得知他的來意後大喜。如今正值用人之時，能有如此武藝高強之人助他一臂之力，這日後辦事也就添了幾分保障。

「你來得正好，前些日張捕頭追捕那梁方受傷，如今正在家中養傷，你這一來，正好填了他的空缺。」

「敢問大人，那梁方不過一個不懂武藝、正如驚弓之鳥般的商人，而張捕頭武藝高強，難不成竟是在他手上受的傷？」程紹禟驚訝地問。

郭騏冷笑。「區區一個梁方如何能傷得了張捕頭？只是他若得了杜霸天的庇護，一切便不一樣了。」

程紹禟皺眉。「難道當日那幾名幫凶竟是杜霸天手下之人？」

這一說，他又覺得合該如此，除了連官府都不怕的城中一霸，誰人敢光天化日之下當街擄人？那梁方得了他的庇護，著實是難辦。

「正是！」郭騏壓著怒氣。「那杜匹夫著實可恨，無法無天，胡作非為，從不曾將官府放在眼裡，本官若是不除去這顆毒瘤，這頂烏紗帽不要也罷！」

程紹禟沈默片刻，緩緩道：「大人可知這杜霸天背後的靠山是如今的通州知府徐復？」

這對他們這些曾四處打點官府的行鏢之人來說，並不是什麼了不得的秘密。

郭騏又是一陣冷笑。「原來是他，我還道是哪位呢！官匪勾結，為禍百姓，難怪那杜霸天有恃無恐。」這七品知縣當得著實憋屈，上回被那魯王壓著辦了件糊塗案倒也罷了，畢竟這天下是他趙家的，他也不好多說什麼。可如今區區一個城中一霸也敢拿知府壓他？還真是把他當病貓了不成？

程紹禟一直暗暗留意他的表情，見他神色間並不曾有半分畏懼退縮，這才略略放下心來。

梁方當日傷及他的娘子，這筆帳他必是要算的，若是郭騏姑息那杜霸天，致那梁方得以逍遙，這捕快不當也罷。

郭騏又喚來另一位崔捕頭帶著他在縣衙裡四處走走看看，領了捕快的腰牌和衣服，再與縣衙裡其他捕快見過。

上回為了請郭騏出面救人，程紹禟曾與官差們比試過武藝，後來也與他們一起前去營救凌玉和楊素問，故而眾人對他印象深刻。

「大人的意思，是希望你能盡快前來當差，最好明日便來，畢竟如今正是人手不足，不知你意下如何？」臨離開前，崔捕頭便問及他的意見。

程紹禟只略想了想便應下來。

如今他身上的傷早已經好得七七八八，左右如今也沒有其他事在身，倒不如早日當差。

回到家門前，見到同樣外出歸來的凌玉，他本是想將今日之事告訴她，可看到她冷著臉，一副「我不想與你說話」的表情時，又嚥了回去。

自從上回爭吵過後，夫妻二人便陷入冷戰中。

凌玉對著誰都是有說有笑，唯獨一見到他便冷下臉，讓本已經有心求和的他氣悶不已。

夜裡夫妻二人同睡一床，可兩人間卻隔著一個小石頭，小石頭頭一回睡在爹娘中間，一會兒側過頭看看爹爹，一會兒又側過頭去看看娘親，笑得眉眼彎彎，好不開心。

凌玉輕輕拍著他的背脊，如同往常那般給他講故事，哄他入睡。

輕輕柔柔的聲音在身邊響著，程紹禟的神情也漸漸緩和下來。想到自己堂堂男子漢，居然與弱質女子置起氣來，還一惱便是好些天，他又覺得好笑不已。

輕柔的女子聲音不知什麼時候停下來，側過頭一看，身側的兒子已經沈沈睡去，而兒子他娘則如同這些日的每一晚那般，背對著自己睡去。

他有心求和，探出手去輕輕扯了扯她的袖口，對方卻用力抽回去。

這怒氣原來還不曾消下半分……他有些無奈。

「小玉，我有話要與妳說。」他壓低聲音道。

凌玉卻沒有半點反應。

他又耐著性子喚了幾聲，對方依然不理他。

他想了想，翻身趿鞋下地，靜靜地望著一動也不動的凌玉片刻，忽地一笑，越過兒子伸出手去，將裡頭的女子凌空抱起來。

身體突然懸空，凌玉嚇得叫出聲來，待整個人落到一個溫暖厚實的懷抱，她才驚魂未定地用力在那胸膛上捶了一記。「你要嚇死我了！」

「怎麼，終於肯和我說話了？」程紹禟挑了挑眉。

「放開我！」凌玉氣鼓鼓地瞪他，生怕吵醒兒子，低聲惱道。

小石頭越長越大，已經不再似前些日子那般一睡便到天亮、讓人極為省心的時候了。

「不放！放開了妳便又不理人。」程紹禟反而將她抱得更緊，語氣甚至帶著幾分抱怨。

凌玉用力掙扎幾下，卻又怕他把自己摔著，到底不敢太過，唯有繼續瞪他。「你到底要說什麼？」

程紹禟卻有些得寸進尺。「妳答應了不再生氣，我便告訴妳。」

「不說拉倒，我還不願意聽呢！」凌玉輕哼一聲。

大夜裡的，吵得人家不能睡，這會兒又不肯說，這誰慣的破毛病。

程紹禟被她噎了一把，也不惱，無奈地笑了笑，低頭再看看懷中娘子氣呼呼的生動表情，卻是覺得越看越歡喜。

成婚至此，聚少離多，他險些忘了她當年在田地裡插腰怒罵二流子的那一幕。分明是個俏生生、嬌滴滴的姑娘，罵起人來卻半點不含糊，俏臉泛紅，柳眉倒豎，一雙烏溜溜的眼睛裡泛著盈盈水光。

他一直覺得當眾罵人是女子最醜陋的時候，可偏偏卻覺得，這個正罵著人的姑娘怎麼看怎麼讓人歡喜。

心中突然湧現一股柔情，他忍不住低下頭去，在那雙美目上親了親；見凌玉被他親得似是懵了懵，大為得意，乾脆便趁她回過神之前，再度低下頭去，含著那如花唇瓣流連纏綿，不捨離去。末了，還親暱地摩挲著那已有幾分紅腫的丹唇，唇齒間流轉著那一聲聲似討好、似求饒，甚至還似是撒嬌的「小玉」。

凌玉喘著氣，聽著那一聲聲的「小玉」，心裡那股氣怎麼也發洩不出來了，只到底又有些不甘心，唯有橫了他一眼。「叫魂呢！」

程紹禟低低地笑起來，察覺她的語氣已經不再似方才那般惱了。

「還不把我放下來？這成什麼樣子？你也不怕累！」凌玉又往他胸膛上捶了一記。

「原來娘子是擔心我會受累，放心，我好歹也是習武之人，若連自己娘子都抱不動，那也著實沒用了些。」他調笑道。話雖如此，他仍是順從地將她放下去。

雙腳落到實地，凌玉才鬆了口氣，又瞪他。「誰擔心你累不累了？美的你！」說完發現腰間仍舊橫著那人的雙臂，用力掙脫幾下皆不可得，不禁羞惱道：「放開呀！」

「不能放，若是放開妳便跑了可如何是好？」

凌玉被他的無賴氣到了。「家裡就這般大，又是大夜裡的，我能跑到哪裡去？」

「好好好，是我的錯，別惱，我真有事要與妳說。」程紹禟連忙哄她，只又覺得自己這般曲意討好的模樣著實是英雄氣短，若是讓弟兄們知道了，只怕又有好一頓取笑。不過轉念一想，這便當是閨房之樂了，誰讓懷裡這小娘子他動不得呢！

「要說快說，再不說我便要去睡了。」凌玉也不願再與他置氣。再這般磨磨嘰嘰的便要天亮了。

「我明日便要到縣衙當差。」

「這般快？」凌玉這下倒是真的意外了，彷彿不久前才聽程紹禟說打算接受郭騏的提議，到縣衙當捕快，不承想明日居然便要去了？

「縣衙裡正缺人手，郭大人希望我能早些去，明日一早我便要走了，若是差事不忙，大概晚上能回來；若是忙，怕是要歇在衙裡。只不論是哪一樣，你們都不必等我。」

凌玉雙眉微蹙。「可是為了抓捕那梁方之事？」

程紹禟意外她的敏感，只是也沒有瞞她，點點頭。「確是。妳放心，郭大人不會輕易放過他的，必要將他抓捕歸案。」

「那你多加小心。」除了這般叮囑他外，凌玉不知還能說什麼？

程紹禟微微一笑，額頭抵著她的，低低地道：「不惱了？」

「惱！自然是惱的！誰讓你那般凶地罵人！」他這般一問，凌玉便又憶起當日他怒聲質問自己的情形，又是委屈、又是生氣，想要用力推開他，可對方卻是紋絲不動。

程紹禟連忙將她抱得更緊，不理會她的掙扎，在她臉蛋上親了親，哄道：「那日是我的語氣重了些，莫要惱了。」

凌玉只想對他翻個白眼。這男人真是，連哄人都這般硬邦邦的，方才一聲聲地喚「小玉」的時候不就挺好的嗎？

「總而言之，不管你是怎樣想的，我就是不認為自己做錯了。爹娘上了年紀，身邊一定要有人照顧，大春哥打小便與他們親近，而六叔自有了新六嬸，對他也是不聞不問，父子之情淡薄，大春哥到我家去，總比他一個人過那種有爹等於沒爹的日子好。」凌玉堅持道。

程紹禟的眉頭不知不覺地皺起來，有心想要分辯幾句，卻怕再度惹惱她，到時只怕又要冷戰，那種被她無視的感覺著實太難受堵心，他可不想再經歷一回。只是，若是要他違背本意贊同她這番話，他著實又說不出，唯有含含糊糊幾句話對付過去。

凌玉如何看不出他根本還是不認同自己的做法？心中一陣氣苦，又連連在他胸膛上捶了幾下，見他連眉頭都不皺一下，一時又暗悔。
當日做什麼要選個體格健壯的，硬邦邦，壯得像座山一般，若是惹了他，他惱起來，只怕一根手指頭也能把她壓死，到時豈不是有苦也說不出？
只不過再轉念一想，這男人明明還是不認同自己的做法，可卻再不反駁，也不用臉子，還肯主動退讓，如此看來，她的眼光好像也不算太差。
反正兩個人過日子，總會有些磨擦，如今他既肯主動讓步，她何必再執著？畢竟人是她挑的，路是她自己選的。想到這兒，她便也息了那股惱意。
程紹禟自然也察覺到她的變化，總算鬆了口氣，忽又覺得，自己的小娘子當真是位知情達理，並不胡攪蠻纏之人，只到底年紀尚小，一時行為有差著也是人之常情，總歸日後他留在家中的日子漸多，好生教導便是。
夫妻二人都有了揭過之意，自然氣氛便好了。
程紹禟摟著這溫香軟玉，不知不覺間便起了些旖旎心思；加上又刻意想要討她歡心，也好徹底讓那些不愉快過去，忍不住便又將她擁緊幾分，在凌玉開口之前立即堵上她的嘴，親了又親，怎麼也不捨得放開。
凌玉氣結。男人果然是會得寸進尺。
不知什麼時候開始，男人的親吻越來越凶，並且漸漸下移，凌玉衣衫的前襟被扯開，曲線若隱若現，越發讓程紹禟的動作粗魯起來。
凌玉卻嚇得渾身僵硬，臉色煞白，尤其當她看到燈光映出來的地上交疊在一起的人影時，整個身體都忍不住哆嗦起來。

程紹禟便是再遲鈍也察覺她的異樣，連忙停下動作，輕輕哄著她。「別怕、別怕……」

只是心裡到底有些苦悶。難道是自己早前的不知節制嚇壞了她？若是如此，這可真是得不償失了。

凌玉靠著他，慢慢地讓自己平復下來，想到上輩子所經歷的那事，餘悸猶存地往他懷裡縮去。

「別怕，我不會再碰妳了。」程紹禟暗暗嘆了口氣，真是滿腹鬱悶不知向誰訴？能怪誰呢？還不是當日臨出門前那一晚，他自己不知節制，把她翻來覆去地折騰，明明她已經求饒了一回又一回，可他偏偏只是嘴上哄著「最後一回、最後一回」，動作卻半點也不停。這不，把人給嚇著了，這陰影還一留便留到了如今。

他無奈地伸出手去，把她身上半解開的衣衫重新攏上，再一見她仍舊發白的小臉，不禁又悔又憐，輕輕在她額上親了親。「別怕……」

凌玉正不知該如何為自己的反常找理由，可見他這般模樣，彷彿已經在心裡找著了原因，一時不解，只是到底不便細問。

待她打算躺回床上時，卻發現程紹禟不知何時把小石頭抱到最裡頭的位置，正衝著她溫柔地道：「娘子，夜深了，該歇息了。」

她抿抿唇，半晌，一言不發地躺下去，任由那人心滿意足地摟著自己。

滿室黑暗，她睜著眼睛，靠著身邊的男人，想到了上輩子的那一晚。

那也是個黑得伸手不見五指的一晚，她睡得正沈，半夜卻被人壓得透不過氣，待她猛然驚醒，竟不知屋裡何時闖進一名陌生的男人。
那男人正壓著她，粗魯地扯著她身上的衣裳，臭哄哄的嘴巴往她臉上、脖頸處啃。
那一刻，她嚇得魂飛魄散，死命掙扎，好不容易逃脫，又被對方扯著頭髮拉回去。
最後，掙扎中她也不知摸著了什麼，用力往那人頭上砸去……
那人死了嗎？她不知道。因為當晚她便帶著婆母、金巧蓉和兒子逃了。
也是自那晚起，她習慣在枕頭底下放一把匕首。

次日一早，程紹安便驚訝地看到兄嫂已經和好如初，心中納悶。
倒是王氏像是沒有察覺半分不妥。哪對夫妻不是床頭打架床尾和的，又有什麼好大驚小怪？再說，以長子那性子，也惱不了太久。
過繼之事已經定下來，凌玉也算是了了一樁心事，便將全副身心投入留芳堂。
王氏知道她與人合夥做生意後有些意外，也有幾分不贊同，但聽聞合夥之人是她娘家兄長，和縣裡回春堂以前楊大夫的女兒，加之程紹禟也已經應允，倒也沒有多說什麼。
倒是程紹安聽聞後，興致勃勃地想要加入一份。如今茶水攤的生意越來越差，收保護費、場地占用費等各種名目費用的流氓、地痞、惡霸越來越多，入不敷出的局面漸漸成為常態，縱然凌玉已經不再從他的收益中抽取部分，可他能掙的錢依然不多，只有以前的零頭。
凌玉早就預料過他的反應，正想說話，那廂程紹禟已經搖頭。

「此事不妥。若是自家人的生意倒也罷，可這當中還牽扯了楊姑娘。況且，店鋪之事能成，全靠了大春兄，若是咱們家中再加入一人，倒是有占便宜之嫌了。」

「你大哥說得對，此事便罷了。你若是想，待巧蓉進門後再做些其他小生意，若是錢不夠，娘這裡還有些。」王氏隨即勸次子。親家那頭的生意，自己家中有兒媳婦這一房加入便足夠了，再加次子這房成了什麼？

程紹安有些失望，但兄長與娘親都不同意，他也不能再說什麼，唯有悶悶地應下。「那好吧！」

凌玉有幾分感動。捫心自問，她確確實實是不想程紹安摻和進來，但是以她的身分，又不適宜拒絕，由程紹禟和王氏出面是最好不過了。

當然，也是因為這母子二人是實在人，在利益跟前亦不為所動。

「其實大春哥還盤下店裡前任東家留下來的一批布疋，我想著表妹做的一手好針線，想請她幫忙製成成衣，若是賣得不錯，紹安日後也可以沿著這路子做些生意。畢竟留芳堂只是做胭脂水粉和香膏的生意，並不打算涉足衣料、布疋一行。」凌玉將她的思量道來。

那母子三人想了想，均覺得這倒是個不錯的主意，反正布疋放著也是放著，倒不如用來試試水，效果好的話投點本錢進去開間小店，專賣布疋、成衣也是個不錯的賺頭。

程紹安立即大喜。「多謝大嫂提點！」

凌玉微微一笑。其實這是兩全其美的法子，那批布是一定要處理的，而程紹安這一房也不能置之不理。自來父母都有幾分劫富濟貧的想法，縱然如今婆母公平地對待兩個兒子，可若將來兩房人貧富差距太大，矛盾自然也就多了。這是個很無奈，也是很讓人憋悶的現實。好在，至少目前看來，程紹安好像比他上輩子要長進許多。至於將來他會如何，與金巧蓉又能走到何種地步，她也不願多想。

能做的她已經做了，上輩子之事她也儘量不去計較，只想好好經營這輩子的日子；可不計較不代表著接受，更不代表著她便真的要「長嫂如母」，去操心他們能不能過得好。

一切事漸漸上了正軌，程紹禟開始到衙門當差，店鋪也重新修整妥當。因誠伯也從老家回來，楊素問便也回到縣城她的家中，全心調製第一批準備售賣的玉容膏。

程紹禟成了公門之人，凌玉自然也不會放過這個天大的好機會，硬是塞給他幾盒玉容膏，讓他想法子送給郭大人府上的夫人和小姐。

程紹禟聽罷，臉色都變了，不可思議地瞪著她。「荒唐！這豈不是成了私相授受？妳置我於何地?!」

「你怎地就這般笨！」凌玉跺了跺腳，恨恨地道：「難不成你不會尋個機會交給郭大人？」

「這又有何區別？更何況，我一堂堂男子，通過人家夫君送東西給他的夫人，這成何體統！」程紹禟的臉色仍舊不好看。哪有男子隨便送東西給家眷外的女子？簡直荒唐！

「算是我送的，這樣總可以了吧？便當是多謝上回郭大人的救命之恩。」凌玉快要被他的榆木腦袋氣壞了。

程紹禟濃眉緊皺，還想要說什麼反對的話，可凌玉已經直接把東西往他手上塞。

凌玉威脅道：「你若是不幫我送出去，日後便自己睡柴房去！」

「妳！」程紹禟氣結，簡直不敢相信她居然這樣威脅自己，可不管怎樣，他也不得不承認，這個威脅確實奏效。「僅此一回！」他板起了臉。

凌玉一見便知道他這是應下了，當即眉開眼笑，連連點頭道：「這是自然、這是自然！」心裡卻想，真當她開善堂呢！送這麼多出去她也心疼啊，也就免費派送這一回，待留芳堂開張後，任憑是誰再想要，也得捧著真金白銀來才行。

當日從楊素問處拿的幾盒玉容膏早就在被擄逃跑時給丟了，如今的這幾盒是在娘家的時候，楊素問給她的，她留下了四盒，自己留一盒，給了王氏一盒，打算過些日子給她姊姊凌碧送一盒，餘下的這一盒自然要給未來弟妹金巧蓉。

恰好她也想與金巧蓉說說縫製成衣之事，故而便帶著那玉容膏到了金家。

孫氏前來開門，見是她，笑著將她迎進去。

「表姑最近都在忙什麼？我瞧著倒像是清減了不少。」凌玉跟著她進屋，笑著問。

「閒來做些針線換幾個錢罷了。來，嚐嚐我這紅棗茶，看味道可能入口？」

凌玉接過啜了一口，有點紅棗的香甜，但又帶著茶葉的甘醇，二者結合一起，倒也有幾分獨有的風味。她毫不吝嗇地表示讚美，把孫氏高興得合不攏嘴。

凌玉還記得婆母曾經提起，這個表姑曾經在大戶人家府上當過侍女，故而儘管如今家境不怎麼好，但吃穿用度卻也頗為講究，再簡單平凡的東西也能弄得賞心悅目。

凌玉其實挺敬佩這樣的人，無論身處何種境地，總不會讓自己過得狼狽。

上輩子這位表姑在金巧蓉出嫁後兩年便過世了，並不曾經歷過那種戰亂，這或許也勉強算是一種幸運吧！

「巧蓉表妹呢？怎不見她？」

「她在東屋呢，妳先過去，我收拾收拾便來與妳們說說話。」孫氏笑道。

金巧蓉正在屋裡繡嫁妝。雖然對這門親事並不十分滿意，但程紹安對她的用心她還是很受用的，再者畢竟是自己的終身大事，故而這嫁妝她還是用足了心思去準備。

凌玉進去的時候，她正繡著嫁衣，看著嫁衣上栩栩如生的牡丹，凌玉不由得一陣驚嘆。

「表妹當真好手藝！這功夫，別說在村裡，便是放眼整個縣城也挑不出一個來。」這話她說得確是真心實意，並非客套。

再看看白淨嬌美得不似農家女子的金巧蓉，秀眉彎彎似柳葉，明眸似是蘊著盈盈秋水，瓊鼻丹唇，說是大戶人家的千金小姐她也相信。這樣的美姑娘，難怪程紹安對她一見傾心，為了她拚死拚活地掙錢。只是不知上輩子他又為何那般狠心地拋下她？凌玉想不明、猜不透，便也放開了。

「表嫂說笑了，快請坐。」金巧蓉嘴上客氣著，心裡卻甚為得意。對自己的繡工，她向來自信得很。

凌玉誇了她幾句，又與她說了會兒閒話，這才道明來意。凌玉並不瞞她，如實說明那些布是自己與旁人合夥盤下來的，如今若是請她來做成衣，工錢大概只比市面上多出兩成。

其實凌大春的意思是只多一成便好，只凌玉是知道金巧蓉的本事，覺得能添至二成，凌大春見她如此看好對方，便也隨她了。

金巧蓉聽罷笑意微斂，垂著眼眸片刻，正想說話，不知什麼時候走進來的孫氏已連聲喚好。

「如此便太好了！左右這嫁妝也快繡好了，倒不如再藉此機會多個進項。」孫氏滿懷歡喜。

「娘說得是。」金巧蓉輕聲細語地應下了。

見她同意，凌玉便也乾脆地道：「既如此，改日我便把那布疋和款式給妳送來。」

「有勞表嫂了。」

三人又說了會兒話，凌玉把帶來的玉容膏給了金巧蓉便離開了。

待她走後，金巧蓉臉上的笑容終於徹底斂了下來，有些生氣地甩開仍未完成的嫁衣。

「妳這是怎麼了，好好的生什麼氣？誰又惹妳了？」孫氏正慶幸凌玉送來一場及時雨，能讓女兒的嫁妝再厚上幾分，見女兒這般發惱的模樣頗為不解。

「除了剛走的那位還能有誰？」金巧蓉噘著嘴。

「她怎麼惹妳了？不是還給妳帶了一樁好生意嗎？」孫氏奇道。

「店鋪她有份，布料亦然，若她真有心，為何不讓程紹安也加入一份？如今還要把我尋去替她幹活！」金巧蓉早已從程紹安口中得知凌玉與人合夥生意之事，故而心裡始終不怎麼痛快。

孫氏搖搖頭，好言相勸。「雖說是兄弟，只到底各有各的日子要過，哪能時時湊在一起？倒不如分得清楚些，日後也能少些磨擦，兄弟妯娌間也好來往。」

金巧蓉還是覺得有些委屈。

孫氏嘆了口氣，輕撫著她的長髮道：「妳也莫想太多，將來嫁過去，只與紹安好生過日子便是，其餘諸事不必多加理會。妳表舅母的性子是極好的，必不會揉搓人；那凌氏瞧著也是個爽快人，相信不會太難以相處。」

金巧蓉知道事已至此，再怎麼委屈也得嫁過去，好在程紹安待她好，程家如今的日子比起村裡大部分人家也是好的。

第八章

卻說程紹禟自進了縣衙，便全心全意開始抓捕梁方，也因此見識了那城中一霸杜霸天的囂張，竟連官府也是不怕的。

明知道那梁方就藏在杜府，可杜霸天攔著，一大幫狗腿子圍著，大有一副與官差大戰一場的架勢。

「郭大人，若是我沒有記錯，吏部考核快要開始了吧？大人還是要小心些，免得到時候連烏紗帽都保不住了，若如此，就算想回家種紅薯，這一路不太平，保不定就遇到個攔路搶劫的土匪，家財丟了事小，怕是連一家子的性命也保不住呢！」此刻，雙方劍拔弩張之際，杜霸天陰惻惻地道，語氣裡飽含著威脅。

郭騏冷笑。「本官的考核便不勞杜員外操心了，員外還是識時務些，把梁方給交出來！」

「從來沒有人能在我杜某人手上把人帶走的，大人也不例外。」杜霸天說完，他手下那些狗腿子立即挽起袖子，又有另一批狗腿子拿著兵器趕過來，將郭騏與眾官差團團圍住。

程紹禟皺了皺眉。若是此番混戰起來，死傷難免，可人還未必能抓得到。想到這兒，他低聲勸郭騏。「大人，不如回府從長計議？」

郭騏滿腹怒氣，但也知道此刻並不是硬拚之時。

待眾人回到縣衙後，郭騏仍是怒氣難消。

便是崔捕頭亦氣得臉色鐵青。「大人，何不給那廝一點顏色瞧瞧，看看到底誰的拳頭硬！」

「要抓梁方，必要先拿下杜霸天。大人這些年想來也沒少搜集杜霸天的罪證，只是差一個適合的機會將其一網打盡。屬下若沒有記錯，杜霸天與長風寨的土匪多年來一直暗中勾結，去年恆昌縣有過路富翁被劫殺，便是長風寨所為，而長風寨也是他另一個有力的依仗。」程紹禟緩緩道。

「此事我略有所聞，此等狗賊若不除去，著實難消心頭之恨！」崔捕頭握著拳頭。

「依屬下之見，若要拿下杜霸天，可行離間之計。」

郭騏心思一動。「如何離間？」

程紹禟對他一陣耳語。

「此計甚妙！既如此，你與崔捕頭二人便小心行事。」

崔、程二人應下。

程紹禟躬身退下之前，忽地想起凌玉交代他的事，遲疑一陣，還是走了回去。

「可還有其他事？」見他去而復返，郭騏奇道。

程紹禟將一直藏於懷中的那幾盒玉容膏遞給他。「大人，這是拙荊特為感謝大人上回出手相助，得以從惡賊手上逃脫的謝禮。」

「這不是女子用的香膏嗎？」郭騏接過一看，哭笑不得。

程紹禟也覺得有幾分尷尬，清清嗓子道：「拙荊之意，大人為一方父母官，想來也沒什麼缺的。此香膏名玉容膏，乃留芳堂所出，據聞對活膚養肌有奇效……」後面之話他便有些說不出口了，只能望著郭騏，期盼著他能明白。

郭騏哈哈一笑。「本官明白了，本官沒有什麼缺的，但閨房和美卻是從來不會嫌的，你這位小娘子倒是有些意思。留芳堂所出的玉容膏是吧？本官記住了，自會讓夫人試用一番。」

見他聞弦歌而知雅意，程紹禟鬆了口氣，又有幾分汗顏，吶吶地道：「她就是、就是主意多了些，倒也不會騙人。此膏是由前回春堂楊大夫的千金所調製，拙荊親自試用過，確有良效，才敢送予夫人。」

郭騏又是一陣大笑。

凌玉此時也漸漸空閒下來。留芳堂開張之事已準備得七七八八了，前些日子她通過凌大春的關係，又與鎮上一家作坊簽了協議，由他們專門製造玉容膏的盒子，盒子的款式是她與楊素問共同商議定下的。

而楊素問調製的第一批玉容膏也完成了。

那廂的金巧蓉也按照凌玉要求的款式開始縫製成衣。

一切都上了軌道，凌玉算是鬆了口氣，只等待著留芳堂開張的日子。

「紹禟這段日子在忙些什麼？已經許久不曾回來過了。」一日間婆媳閒聊時，王氏便抱怨道。

「想來是縣衙裡事情多，他一時走不開身，待過些日子便好了。」凌玉解釋道。

因這輩子程紹禟走上了和上輩子不一樣的路，對他的將來，凌玉心裡已經沒數了。

其實她還打著一個主意，若是程紹禟能越發得郭騏賞識，待後年郭騏調任，她是打算讓程紹禟追隨而去的。如此一來，她也能有個理由勸下家人一起搬離此處，再想個法子把留芳堂的生意轉移，也好避過四年後的戰亂。

她一個尋常百姓，自然也不清楚這場仗是怎樣打起來的，只是在逃難的路上聽聞是魯王不忿齊王被冊為太子，故而起兵作亂，真真假假也無從得知。

反正不管怎樣，就是天家兄弟相爭，百姓遭殃。

程紹禟離家將近一月，凌玉曾到縣衙給他送了幾回衣物及吃食，只是一直沒有見到人，都是別的官差替她轉交的。她明裡暗裡地打探他的行蹤，均被官差顧左右而言他。

她覺得奇怪，但也明白公門中人自有一套行事保密的方式，故而也不敢再打探，耐著性子等他歸來。

到了第二個月，留芳堂正式開店門做生意，半個時辰不到，架上數十盒玉容膏便被一掃而空，嚇得凌大春和楊素問目瞪口呆。

便是凌玉自己也久久反應不過來。

「玉、玉姊姊，都、都賣光了？」楊素問眼睛閃閃發亮，激動得連聲音都顫了起來。

五兩銀子一盒的玉容膏，居然一下子便賣光了？她還是頭一回知道，原來縣城裡有這麼多有錢人！也莫怪她如此，畢竟早前她可是連一盒都賣不出去的。

「好像是這樣沒錯。」凌玉看著錢箱裡那一錠錠的銀子，臉上的笑容怎麼也止不住。那邊的凌大春已經拿起算盤「啪啪」地敲了起來，半晌，咂舌不已。乖乖，就這麼半個時辰不到，他們便把前期投入的本錢給賺回來了！

口耳相傳的效力是很驚人的，今日來得最早的那批顧客，便是怡香院的姑娘，她們幾乎捲走了大半的玉容膏。他不得不向凌玉寫個服字，果然女子最多，還最捨得往臉上砸錢的，就是怡香院。

「大嫂、大嫂，快隨我去縣衙，大哥受了傷！」程紹安急急地跑進來，衝著凌玉便叫。凌玉臉上的笑容還來不及收去便僵住了。

待凌玉與程紹安趕到縣衙時，看到胸前纏著布條的程紹禟，布上還印出點點血跡。

「怎又傷成這般模樣？」凌玉已經不知該說什麼好了，好像離他上一回受傷才過沒多久呢！

「娘要是知道了，又要抹眼淚了。」程紹安皺眉道。

「弟妹，著實對不住，此回紹禟兄弟是代我受了罪。」崔捕頭一臉愧疚地對她道。

凌玉還沒有說什麼，程紹禟便不在意地擺擺手。「崔大哥言重了，不過是刀槍無眼，防不勝防。況且自家兄弟，自是應該守望相助。」

「程大哥，你放心回去養傷吧，剩下之事便交給我們。」另一名高高瘦瘦的捕快亦道。

「不過是些小傷，不妨……」程紹禟話未曾說完，便接收到凌玉狠狠的一記瞪視。

凌玉根本不讓他再開口，便笑容滿面地向眾捕快們道謝。「多謝多謝，那接下來之事便拜託諸位差大哥了。下回，下回我請大夥兒吃酒！」

「嫂子無須客氣！」

「弟妹無須客氣！」

崔捕頭親自駕馬車欲送他們三人回程家村。

臨上車前，凌玉吩咐程紹安。「我就這般急急忙忙地跑出來，大春哥和素問必會著急，你到留芳堂跟他們說一聲，若是你沒有其他事，便留下來幫幫忙，也免得他倆一時忙不過來。」

「大兄弟，你便聽你嫂子的吧，你大哥和嫂子，我必會平平安安地送回去。」崔捕頭也道。

程紹安也沒有不允的，痛快地下了車。

果然，待夫妻二人回到家中，王氏一見兒子又是負傷而歸，當場便心疼得掉下眼淚，倒越發讓崔捕頭心感愧疚了。

「真的不過是小傷，不礙事。郭大人命人請了大夫仔細診治過，又上了藥，不用多久便可以痊癒了。」程紹禟靠坐在床頭，看著凌玉擔心得眉頭都擰到一處，無奈地安慰道。

「紹禟啊，崔捕頭給了包東西，說是郭大人給的。」王氏拎著一個包袱進來。

「想來是給我用的藥。」程紹禟回答，示意凌玉接過。

凌玉接過打開一看，見裡面果然是內服和外用的各種藥，除此之外還有兩錠十兩的銀子和幾塊碎銀。「這是你的？」她轉身問。

程紹禟疑惑。「並不是我的。」

凌玉的眼睛骨碌碌地轉，將它收起來。「你此番因公受傷，必是郭大人賞下來的。」

「只是小傷，就算賞也不會這般多，大概還有崔大哥給的。小玉，這些錢我們不能要，妳趕緊拿去還給崔大哥。」程紹禟不肯收。

「他這會兒已經駕著馬車走了，我如何追得上？」凌玉無奈地道。

「明日妳再進一回縣城，親自把銀兩還給崔大哥。」

「可這些錢也未必全是他的呀！」凌玉有些不樂意。

「不管是不是，妳都要親自交給他。」程紹禟語氣堅決。

「若這裡頭有郭大人賞的，便是對有功之士的體恤，你轉頭把它送人，豈不是辜負了大人的一番心意？況且，若是諸位差大哥誤會了郭大人，以為他不體恤、愛護下屬，連下屬因公受傷也不理會，他豈不是白白受委屈？」凌玉不服氣。「再說，縱有崔捕頭給的，他也是因為心裡過意不去，才給些錢讓你好生調養，也是一番好意，你若拒絕了，他豈不是更加過意不去，愧疚更深了？」

「小玉所言也有幾分道理，便且聽她的吧！若你覺得受之有愧，改日娘親自下廚做頓好吃的，再溫兩壺上好的酒給他送去。」王氏在一旁聽著他們的話，也忍不住道。

「娘這樣便很好，如此一來，全了大家的面子，崔捕頭心裡也好受。」

婆媳倆妳一言、我一語，程紹禟卻是不為所動。

「崔大哥家境也不算好，這些銀子想必攢了不少時日，咱們不能收。」

見他堅持己見，凌玉惱了，將那二十幾兩銀子往他手上一塞，賭氣道：「要送你送去！我一個婦道人家給外男送東西，這豈不是私相授受？」剛說完便覺得這話有些熟悉，再一想，竟是與當日程紹禟拒絕為她送玉容膏所言大同小異。

程紹禟皺眉。「既如此，待紹安回來，我讓他送去。」

王氏見他執意如此，搖搖頭也不再勸，轉身出去。

凌玉生了一會兒悶氣，到底心裡不痛快，遂不陰不陽地又道：「程兄弟、紹禟哥，朝廷不給你頒一道嘉獎旨意實在是可惜了。」

程紹禟如何不知她是在諷刺自己？語氣無奈地道：「當時情況危急，若我不替他擋去這一劍，只怕崔大哥的性命便保不住了。」

「對呀，人家都是瓷器豆腐，一碰便碎，就你程捕快是銅牆鐵壁、刀槍不入，你不去擋劍誰去？」凌玉越說越氣，想著人要作死，別人真的是拉也拉不住。

本以為離了齊王府，不去當那什麼狗屁侍衛，好歹這性命便算是保住了。可不承想他轉頭去當了捕快，一樣有「忠義」的機會！

程紹禟解釋道：「兄弟有難，我若貪生怕死、見死不救，倒成了什麼人？當時情況著實危急，容不得我多思考，只是我也儘量避開要害……」

「我這是讓你見死不救嗎？我是讓你好歹顧一顧自己的性命，想一想我們母子倆！儘量避開要害？你都說了是儘量，萬一避不開呢？你豈不是要代他去死！」凌玉拔高音量。

程紹禟薄唇一抿，耐著性子又道：「兄弟、朋友相交，自來講個『義』字，此番雖是我救了他，焉知日後他不會同樣在我命懸一線之時相救於我？」

「說來說去，你不就是講義氣、念忠心嘛！忠義當頭，性命都可以不顧，家人也不必多想。」凌玉冷笑。

見她仍舊說不通，程紹禟乾脆嘴巴一閉，眼睛一合，一副「任由妳隨便說」的模樣。

凌玉被他氣炸了，手指指著他「你你你」了老半天卻再也說不出半個字來。「算你狠！」最後，她才從牙關裡擠出這麼一句，然後一轉身，頭也不回地跑出去。

算你狠？程紹禟啞然失笑，聽著那重重的腳步聲越來越遠，終於笑嘆一聲。

到第二日，程紹禟果然便命程紹安把那包銀兩給崔捕頭送去。程紹安不明所以，詢問般地望向冷漠地給大哥換藥的大嫂，卻得不到對方半點回應，唯有撓撓後腦勺，應了下來。

聽著程紹安的腳步聲漸漸遠去，凌玉實在沒忍住，在那傷口上用力按了一下，成功地聽到跟前的男人一聲悶哼，總算出了一口惡氣。

「會痛啊？我還當真以為你是鐵打的呢，原來竟也是會痛啊！」

程紹禟苦笑，明白她是心裡那股氣還沒有下去，只是看著她動作輕柔地綁著傷布，臉上更帶著一絲根本掩飾不住的心疼和懊惱，又忍不住好笑。他的小娘子，當真是口硬心軟。心裡頓時湧起一片柔情，他忍不住伸出臂去，輕輕環住那纖細的腰肢，柔聲道：「莫要再惱了可好？我何曾會是那種不將妻兒放在心上之人？」

凌玉掙扎了一下沒掙開，又怕太用力會碰到他的傷口，到底不敢再動，聽著他這話又是輕哼一聲。「沒事的時候，自然是把妻兒放在心上；若是有什麼事，只怕仍是忠義當頭，妻兒卻不知被擠到何處？說到底，還是兄弟如手足，妻子如衣服。」

「休要說些氣話，我何曾這般想過？妻子是要相伴一生之人，豈能輕易言棄？」程紹禟惱她曲解自己心意，在她腰間撓了撓，癢得凌玉險些蹦起來。

「你若再撓，我便更惱了！」凌玉生怕他再動手，嬌斥一聲。

程紹禟微微一笑，只覺得小娘子怕癢這一點著實太好了。於是，他又故意地撓了幾下，癢得凌玉又笑又跳。

「快住手！快住手，我真的惱了！」凌玉在他懷裡縮，可哪裡又避得開他的魔爪？掙扎間，手不經意地拍到程紹禟的傷口。

程紹禟倒抽一口涼氣，終於也停下動作。

凌玉連忙從他懷裡掙出，微微喘著氣瞪他。「活該，誰讓你使壞！」

程紹禟苦笑。「小玉，這回傷口怕是真的裂開了。」

凌玉怔了怔，見他不似作偽，又看剛綁好的傷布已經滲出一片紅，頓時一驚，連忙上前解開傷布，檢查傷口，果然便見原本已經止血的傷口又開始滲血。

「都怪你！」她又急又怕，手上卻動作飛快地替他止血換藥，折騰了好片刻才止了血，重新把傷口包紮好。「你若再亂動，我便把你綁起來！」捧著那盆嚇人的血水出去前，她放了狠話。

程紹禟老老實實地點頭。「不敢了。」

過得小半個月，凌大春「一拐一拐」地前來探望受傷的程紹禟。

不承想剛問起程紹禟，便見凌玉賭氣地道：「繼續去當他的忠義之士了！」

就在數日前，程紹禟不顧勸阻，又執意回了縣衙繼續當差，一去至如今仍不曾歸來。

凌大春有些頭疼，連忙說起生意上的事以轉移她的注意力。

「這幾日店裡的生意極好，沒有買到玉容膏的顧客也提前預訂了，只我覺得素問一個人怕是忙不過來，故而這預訂的數量便設了限制，妳覺得如何？」

「這樣很好，雖然如此一來賺得少了些，但無形中卻又提高了玉容膏和留芳堂的名氣。有了名氣，店裡其他商品的銷量也能隨之提高。」凌玉對他的做法表示贊同。

「我還想著，待本錢夠了、名氣響了，咱們可以進一些高檔的胭脂水粉。對了，上回妳送來那十來件成衣賣得也很好，無論款式、質地還是繡工都讓人無可挑剔，已經有不少客人在詢問還有沒有貨了。」凌大春難掩興奮。

凌玉對此也沒有太過意外，只笑道：「暫時還沒有。這日夜趕工，總得讓人家也休息休息才是。」

「若能早些出貨，這工錢還能再加一成！」凌大春豪氣地道。

凌玉「噗哧」一下笑了，搖搖頭。「再多的錢也不行啊！縱然我肯了，我婆母和小叔子必也是不肯的，把人累壞了，他們不得撕了我。」

凌大春愕然，只一想便明白了。「是妳那位未過門的弟妹做的？」

凌玉笑著點頭。

這樣一來便只能作罷了。凌大春有些可惜。

「大春哥，你這腳還要拐到什麼時候？」

「素問說再拐一個月，然後慢慢便不拐了。老實說，這拐久了，我都險些忘了正常走路是什麼樣子。」凌大春哈哈一笑。

見他心情愉快，完全不受過繼之事影響，凌玉也替他感到高興，又問起了爹娘，得知他們一家三口過得甚好，而凌老六和孟氏許是因為當日曾放言「過繼後再不相干」，故而便是聽聞他如今在留芳堂當「掌櫃」，也不敢尋上門來。

「對了，你可曾聽說城裡的杜員外與長風寨血拚，死傷了不少人，被縣老爺給一網打盡了？」凌大春忽地問。

「有這樣的事？」凌玉有幾分意外。

郭騏拿下城中一霸和長風寨是上輩子也發生過的事，但是卻要晚一年才會發生，郭騏也因為此事辦得漂亮而升職。

不過對她來說，早點拿下來比晚些要好，畢竟她現在在縣城開了店鋪，杜霸天倒下了，他那些狗腿子自然也不敢四處亂收費。

「還有一件天大的喜事，梁姊夫中舉了！」凌大春笑逐顏開。

「如此可真是太好了，爹必然高興極了。」凌玉也笑了，只是笑不及眼底。有啥好高興的？中舉升官納小妾，男人的通病！也就她姊那個賢慧人……罷了罷了，不想她了，一想起就憋得滿肚子怒火。只是到底對親姊凌碧還是有些恨鐵不成鋼，這般主動給相公納小，如此賢慧，實在是讓人氣得狠了。

送走了凌大春後，程紹安便興沖沖地跑回來。「大嫂、大嫂，出大事了！」

「又出什麼大事了？」凌玉無甚興趣。

「妳姊夫中舉，報喜之人剛到，那頭官府便來了人，就在他家隔壁，把一位叫梁方的人抓住了。」

梁方被捉住了？凌玉詫異。

再一想，對啊，好像曾經也聽說過，梁淮升村裡出了一位有錢的大老爺，在外頭做著大生意，上回梁氏重修祠堂，這位大老爺還捐了一大筆錢，原來竟是梁方。

「大嫂，妳可知是什麼人把梁方抓住的嗎？」程紹安一臉神秘地問。

「你不是說了嗎？是官府裡的人。」凌玉沒好氣地回答。

「對啊，大哥也是官府的人！」程紹安有些得意。

所以，是程紹禟帶人把梁方抓走了？凌玉略怔了怔。

看來這段日子他帶傷回去當差便是為了此事。雖然知道他這般盡力抓捕梁方，有一半原因是為了替自己出氣，但一想到他不顧自己的傷、不愛惜自己的身體，她又氣不打一處來。

待次日程紹禟一身輕鬆地回到家中時，卻發現娘親、娘子、弟弟都不理他，只有兒子小石頭衝他咧著小嘴笑了笑，可下一刻便又被小石頭他娘給抱走了。

「娘，我回來了。」他嘆了口氣，還是決定先從耳根最軟的王氏處入手。

王氏剜了他一眼，本是想繼續不理他，可見他熬紅了眼睛，到底心疼，啐了他一口。「還愣在這兒做什麼？你媳婦已經燒了熱水，趕緊去洗洗睡上一覺！」

「對對對！大哥，休息好之後便跟我說說這些日發生之事。」程紹安憋了好久，終於激動地跳過來。

程紹禟拍拍他的肩膀，並沒有回答他，逕自回了屋。

走到門邊，便聽見裡面傳出娘子一如既往、溫柔地給兒子講故事的聲音——

「從前有位忠義之士，後來他死了，再後來他的媳婦帶著他的兒子和他的全部家產改嫁，從此過上了幸福的生活……」

「……」程紹禟無語，跨過門檻邁了進去。

凌玉只當沒有瞧見他，摟著兒子在懷中親了親。「娘最喜歡小石頭了！」

小石頭被她親得歡快地笑，一聲聲「娘」叫得異常響亮。

程紹禟看著對他視若無睹的母子倆，佯咳一聲。「小玉，咱們談談。」

凌玉將兒子放在地上，看著他邁著小短腿在屋裡走來走去。

小傢伙已經能走得相當穩當了，走出一段距離便回過頭來衝她笑呵呵，著實是有趣得很。

「有什麼好談的？你仍做你的忠義之士去，我與小石頭必然會過得好好的。」

程紹禟知道她在氣自己不顧傷勢便強要復職，左右看看，確定屋外沒有人偷看，遂大步上前，不顧她的掙扎，從她身後環住她的腰，讓她靠著自己的胸膛，怕她再亂動，他又低聲道：「胸口的傷還未曾痊癒，可別碰著了。」

果然，話音剛落便見凌玉停止掙扎，卻又聽對方嘴硬地道——

「最好不要痊癒了，疼死你，免得你整日以為自己是鐵打的身子，拿著命去拚！」

他低低地笑起來。「到時只怕我是疼在身上，妳卻是疼在心上。」

凌玉冷笑。「自己的身子自己都不在意了，我可沒那份閒心管你疼不疼！再說，若真那般閒著，倒不如趁著這會兒還年輕，先物色好下一家，好歹將來你便是——」話音未落，程紹禟便狠狠地在她耳後親了一記，她一個哆嗦，雙腿一軟，虧得程紹禟緊緊地摟著她，否則這會兒便要跌坐在地上了。「你、你太可惡了！」凌玉惱死了自己這怕癢的體質，又羞又惱，用力想要扳開貼在小腹處的大掌，可她這點兒力氣如何能扳得開？

程紹禟甚至還將她抱得更用力，語氣帶著幾分惱怒。「不許再說這些氣話！妳既嫁入我程家門，便是我程家婦，這一點不管什麼時候都不會改變！」

「爹爹！」

凌玉正欲反駁，小石頭卻不知何時撲了過來，摟著程紹禟的大腿，仰著小臉大聲地喚。

程紹禟心中一軟，輕輕撫著他的腦袋瓜子。

趁著他鬆手之際，凌玉立即掙脫他的束縛，「咻」地跑離他好一段距離。

看他半蹲著身子認真地聽著小石頭的童言童語，她又哼了一聲。「你還是莫要待他太好，將來你若不在了，他整日鬧著要爹爹，我和娘只怕都受不住。」

程紹禟嘆了口氣，有些頭疼地揉了揉額角。這一年來他確是受了兩回不輕不重的傷，但這真的不過是意外，他不過芸芸眾生中的一員，如何會不愛惜性命？

他答應過她，會讓她過上富足的幸福生活，便必定會傾盡所能為她達成這個目標。梁方欺她、辱她、傷她，身為她的夫君，若不能親自抓捕此人，著實難消心頭之恨。

他抱著兒子行至她的跟前，趁著小石頭伸手去拉她時，順勢把他送到她懷中，而後坐到床沿，再拉著她坐到自己腿上，雙臂一伸，同時將母子二人摟住。

「媳婦和兒子都是我的，妳還想要便宜誰？」他在她耳畔啞聲反問。

「這會兒自然是，將來可就不一定了！」

程紹禟沈默良久，久到凌玉以為他是不是真的惱了，畢竟沒有幾個男人在聽到她那番話後還能保持冷靜的。不過隨即她又賭氣地想，惱便惱，難不成她還要怕他惱？

終於，程紹禟有幾分啞的聲音在她耳畔響起來。

「小玉，我答應妳，從今以後一定會更愛惜自己，再不會拿自己的身子與健康不當回事。只是，小玉，妳也要知道，世間上不乏意外之事，更不會有絕對的平安，若是命中注定應擔此禍，縱然閉門不出，也有禍從天降之時。人活一世，凡事但求無愧於心，擔應當之責，行應辦之事，禍兮福兮，實非人力所能為。」

身前是稚子自得其樂的咿咿呀呀之聲，身後是男子低沈的嗓音，凌玉久久說不出話來。福兮禍兮，實非人力所能為，那一個人的生死，便可以隨意變改嗎？她突然有些不確定了。離了齊王府便真的性命無憂了嗎？

程紹禟一直留意著她的神色，見她忽然一副心灰意冷、大受打擊的模樣，心中狐疑，暗暗反思自己方才那番話，仔細斟酌良久，都沒發現有什麼不妥之處。「小玉？」他試探著喚。

「反正你要記得自己方才的承諾，再不會把自己的身子和健康不當回事。我可跟你說了，我凌玉不是什麼貞節烈婦，你將來若真的有什麼三長兩短，可別想著讓我替你守一輩子！」想了想，她還是忍不住威脅。他聽不得這樣的話是吧？那她就偏要說！說得多了，只怕為了維護他身為男子的顏面，也再不敢那般拚命。

程紹禟的臉色果然又變得難看了，氣結地瞪她，恨不得狠狠堵上她的嘴，讓她再說不出這般戳心窩子的話來。「妳給我死了這條心！」最終，他只能咬牙切齒地擠出這麼一句來。

看著他這副明明氣得要死，卻偏又拿她沒法子的憋屈模樣，凌玉總算覺得氣順了，得意地瞥他一眼，摟著兒子從他懷裡掙脫，一臉嫌棄地啐了他一口。「渾身臭味，熏死了！還不快去洗洗？」

「洗洗！」小石頭拍著小手學舌。

凌玉哈哈一笑。「聽見沒？你兒子都嫌棄你了。」

程紹禟瞪著她那太過燦爛的笑容，片刻，無奈地搖搖頭，起身找出一套乾淨的衣裳便走出去了。

留芳堂的生意漸漸上了軌道，雖然最初來的客人都是衝著玉容膏來的，可是店鋪的名氣響了，一時買不到玉容膏的客人，也會樂意在店裡挑些合心意的回去。

自從「玉容膏是楊素問親自調製」這一事傳開後，有不少慕名而來的客人，在店裡若是瞧見楊素問，也會誠心地問問她關於美膚養顏之類的問題。畢竟，一個能調製出玉容膏的女子，必然對美膚養顏甚有心得。

凌玉並不想讓楊素問一個未出嫁的大姑娘拋頭露面，故而她在店裡的時候並不多。如今留芳堂主要由凌大春掌理，程紹安主動請纓幫忙，凌玉則是得了空便去瞧瞧。

可是隨著生意越來越好，這人手問題便顯露出來了。

這日，她帶著小石頭到了店裡，剛進店門，便聽到裡頭傳出楊素問的聲音——

「玉容膏又不是仙丹靈藥，自己的事自己心裡沒數嗎？妳這印記乃是從娘胎裡帶出來的，是老天爺給的，便是拿刀挖也挖不掉，玉容膏又能頂個什麼用！

「妳這就更可笑了，這般大的疤痕，沒個一、兩月怕也去不掉，還想要三天就消除？最多三日後，能有輕微到肉眼未必可見的改善。

「妳這不過是上火，回頭讓大夫開帖藥得了！什麼？我來開？我又不是大夫！去去去，自個兒找藥鋪去！」

凌玉的嘴角抽搐了一下，再一下，又一下。這死丫頭！是嫌店裡的客人太多嗎？她覺得早晚自己得被這個缺心眼又毒舌的死丫頭氣瘋。

「大嫂，妳來了？哎喲，這不是小石頭嗎？小石頭也來看小叔叔嗎？」眼尖的程紹安發現了她，連忙迎上來，捏捏抓著娘親裙裾的小石頭的臉蛋，打趣道。

小石頭揮動著小短臂拍開他作惡的手。「壞！」

程紹安哈哈一笑，將他抱過去。

此時的楊素問也看到了她，連忙從圍著她的那些大姑娘、小媳婦中擠出來，直接跑過來摟著她的手臂抱怨道：「妳可總算來了，可把我累壞了。」

凌玉沒忍住，用力在她額上戳了一記，壓低聲音罵道：「妳這是做什麼？說話不會委婉些嗎？妳瞧瞧自己這一個多月來氣跑了多少客人！」

凌玉覺得，若是有朝一日這死丫頭走在街上吃了悶棍，自己也不會太過意外，因為她那張嘴著實太招人恨了。若不是玉容膏之故，估計滿縣城裡恨不得撓花她這張臉的大姑娘、小媳婦必然不少。

楊素問委屈地撇撇嘴，到底不敢反駁。

剛好抽空過來的凌大春也聽到了她這話，長嘆一聲道：「小玉啊，我總算知道為何當初她一盒玉容膏也賣不出去了。」

楊素問更加覺得委屈了，不過誰讓人家說的都是事實，她連反駁都反駁不得，好一會兒才吶吶地道：「可我說的都是實話呀……」

「妳還有理了？」凌玉沒好氣地道。

楊素問咂咂嘴巴，脖子縮了縮，再不敢多話了。

待店裡的客人漸漸離開，凌玉便提起了人手的問題。

楊素問是姑娘家，不便拋頭露面；凌大春不時要四處跑，打點貨源；程紹安婚期將近，幫不了多久。這人手問題確是迫在眉睫了。

「請的這人，臉蛋必須要過得去，咱們做這行的，自己的臉便是活招牌。」凌玉笑咪咪地道。

凌大春摸摸鼻子。這番話當初她強塞給自己玉容膏時便說過了，害得他有一段時間天天把臉抹得香噴噴的，娘親都懷疑他是不是在外頭有了相熟的姑娘？故而上回楊素問還在凌家時，他便背著凌玉，請她偷偷給他特製些無香味的玉容膏。

「當然，品行也要信得過，若是招了個手腳不乾淨的，可真是引狼入室了。」他清清嗓子，接了話。

楊素問與程紹安也你一言、我一語地說出自己的要求，譬如什麼「最好能做的一手好菜」這類的要求，一律被凌玉和凌大春給無視了。

程紹禟來接他們母子時，凌玉與凌大春已經將具體要求商定得差不多了。

「郭大人在後衙給我安排了一間小院，雖說不大，但也有兩、三間房，我想擇日便搬過去，日後妳我都方便，妳意下如何？」回去的路上，程紹禟問。

「若果真如此便是太好了！郭大人可真是位體恤下屬的好官。」凌玉眼神一亮。

本來她還想著要不要在縣城租間屋子，這樣一來，日後程紹禟不必往來程家村與縣衙，她也可以常往留芳堂看看，反正家裡的地都佃出去大部分了。

「三間房，留一間空著，若是娘肯搬來跟咱們住自然是好；若是她想留在家中與紹安兩口子一起也無妨，左右離得不遠，得了閒常回去看看便是。」程紹禟心裡也早有了打算。

凌玉笑道：「以娘的性子，必是捨不得離開家裡，可又捨不得小石頭，我瞧她到時候必是兩邊跑著。」

程紹禟笑了笑，也覺得這個可能性極大。

夫妻二人說說笑笑，很快便到了村口，再走得一段距離，忽見前面一陣爭吵聲，兩人止步望見，便看到蕭杏屏指著夫家大伯程大武怒罵——

「呸！這屋子明明是我那死鬼男人留下來的，如何竟成了你的？當年霸占我家的地不夠，如今又想來搶屋子？你也不怕柱子半夜回來找你！」

「呸！妳還有臉提柱子？妳這淫婦，四處勾搭漢子，早不知給柱子戴了多少頂綠帽子！這屋子是我程家的，妳又不是程家人，怎有臉還住著程家的房子！」

「你若敢動我的東西，我便一頭碰死在這裡，到時候讓人瞧瞧，你是怎樣逼死守寡多年的弟媳婦！」眼看著對方帶來的人便要衝進屋去搬她的東西，蕭杏屏又氣又急，尖聲叫著。

「妳想死便死，省得在這兒丟人現眼！愣著做什麼？還不把她的東西全扔出去！」程大武冷笑，怒喝停下動作的幫手。

蕭杏屏一咬牙，低著頭猛地朝牆壁撞去。

圍觀眾人哪曾想到她居然真的敢撞？均驚呼出聲。

驚呼聲中，只聽一聲悶響，蕭杏屏愣愣地坐在地上，不可思議地望著不知何時擋在跟前的凌玉。

凌玉只覺得自己的五臟六腑都快要被撞出來了，捂著胸口，衝她露出一個有幾分虛弱的笑容。「嫂子，做什麼為了些不知所謂之人白丟了性命。」

「妳怎樣了？可傷到了哪裡？」程紹禟急急地走過來，看著她捂胸口的動作，大驚失色。

事發突然，他又抱著小石頭，一個不察，凌玉已經衝出去當蕭杏屏的人肉包，讓他根本連阻止的時間都沒有。

「胸口撞得有點疼，不過應該不要緊才是。」凌玉勉強勾了勾嘴角。

程大武也沒有想到蕭杏屏居然真的敢撞，一時間呆住了，又見凌玉衝出去救下她，暗地鬆了口氣。

這時，程紹禟滿臉怒容地走到他的跟前，一拳頭砸向他身邊那張才讓人搬出來的長桌，只聽「轟」的一聲，長桌應聲而碎，嚇得程大武雙腿直打顫。

「你、你要做什麼？程紹禟，這是、這是我、我的家事……」

「這般多男人欺負一個弱質婦人，你倒也好意思？你既說這屋子是你的，行，我這便帶你們回去，請郭大人好生審一審、判一判！」程紹禟寒著臉，壓抑著怒火道。

程大武這才想起程紹禟前不久剛升了捕頭，據聞深得縣老爺賞識，他哪敢真的鬧上公堂，唯有虛張聲勢地扔下一句「算你走運」，便帶著他的人走了。

「娘……」小石頭乖巧地揪著娘親的裙角，烏溜溜的眼睛盯著她。

程紹禟走過來，一隻直接把兒子撈進懷裡，另一隻扶著凌玉。「還能走嗎？」

「能……」

「紹禟兄弟，若是不嫌棄的話，到我家裡先檢查檢查她的傷吧？我家中還有不少藥，也許用得上。」蕭杏屏忽地插口。

程紹禟皺起了眉。「不必了，此處離家也不遠，回去再看便可。」他到底對她也有幾分惱意。

凌玉在他腰間輕輕撓了撓，再微微搖搖頭，低聲道：「這如何能怪她？」

程紹禟抿著唇沒有回答。

蕭杏屏怔怔地望著他們一家三口越走越遠，眼神有些複雜。這還是自男人死後，她頭一回當眾感受到別人的善意。

待回到了家，王氏並不在，程紹禟哄著兒子乖乖坐在小凳上，哪兒也不能去，這才進了屋，堅持要替凌玉檢查傷處。

凌玉紅著臉拒絕。撞在胸口這樣私密的地方，教她如何敢讓他看？

可程紹禟固執起來哪是能容她拒絕的？不由分說便要替她解衫。

凌玉怕他沒輕沒重，唯有脹紅著一張俏臉，自己解了前襟。

程紹禟隔著肚兜輕輕按在胸口的位置，問：「這般力道可疼？」

「一點點。」

程紹禟又用了幾分力，聽到她一聲輕哼，立即皺眉，伸手就要解她脖子間的細繩。

「你要做什麼？」凌玉嚇得連連後退。

「妳說我要做什麼？」程紹禟似笑非笑。

「我自己來就可以了，你出去找些藥油過來給我。」凌玉故作冷靜。

程紹禟靜靜地凝視著她，緩緩地問：「小玉，妳在怕什麼？」

「我哪有怕什麼？」凌玉將衣襟拉得更緊。

程紹禟嘆氣，到底沒有逆她的意思，順從地走出去。

凌玉鬆了口氣，隨即皺眉。她緊張什麼？這個是她兒子的親爹，她同床共枕兩輩子的相公，雖然有時會氣得她跳腳，但她卻不得不承認，這是她最信任的男人。

他一身臭毛病，但又有不少優點。她雖總罵他滿身江湖習氣，凡事講求義字當頭，但是她也清楚，這個男人和那些視女子如衣服的「忠義之士」是不一樣的。

程紹禟再次抱著兒子進來時，便見凌玉已經衣著整齊地坐在床上，疊著兒子的小衣服，身上還有一股藥油的味道。

「傷得怎樣？」他問。

「沒什麼大礙。」見他並不相信，凌玉又加了一句。「明日若是還覺得疼，我便去找個大夫瞧瞧。」程紹禟沒有說話，凌玉也不在意，將兒子的衣裳放好，便聽到他幽幽地開口。

「記得要找個女大夫……實在不行，我也是可以的。人在江湖飄，總得會兩招，這跌打損傷……」

凌玉沒好氣地把他轟出去。

看著「砰」的一聲在眼前關上的房門，他掂了掂懷中的兒子，低下頭對著那雙好奇的清澈眼眸，語氣無奈。「兒子，你娘的脾氣真是越來越壞了……」頓了頓，又自言自語。「罷了，自己慣的，再壞也得受著。」

程紹安與金巧蓉的婚期漸近，到了迎親前一日，程紹安激動得在院子裡來回踱著步，想了想，又跑過去拉著程紹禟向他「取經」。

「大哥，當年你娶大嫂的時候可曾緊張得睡不著覺？可有什麼排解的方法？第二日會不會害怕起晚誤了吉時？還有……」

「男子漢大丈夫，凡事要學會冷靜從容，你瞧你這像是什麼樣子？這日後再遇到別的什麼大事，你豈不是腦子一糊、兩眼一黑，什麼也幹不了了？」程紹禟板著臉教訓弟弟。

程紹安被他訓得汗顏。

不遠處的王氏聽著長子這番話，沒忍住，笑出聲來。

凌玉瞥了一眼走遠的那對兄弟，笑著問：「娘這是想到了什麼好笑的事？」

「我是笑紹禟。當年他比紹安也好不到哪兒去，迎親前一晚，在院裡打了半宿的拳，又繞著屋前屋後跑了數圈，還像隻猴子一般倒立呢，最後還是我把他轟回去睡覺了。」

凌玉驚訝，也忍不住笑出聲來。

「他真的學猴子倒立？」

「還能有假？白日瞧著最是正經冷靜，害得我險些誤會他是不是對親事不滿意？誰知一到夜裡便發起瘋來。」王氏笑盈盈地說起長子的糗事。

程紹禟沐浴更衣回屋時，對上了娘子古怪的眼神。

他心裡有些沒底，想了想，自己好像並沒有惹過她，頓時便心安了。

「對了，方才娘說今晚讓小石頭跟她睡。」他似是不經意地道。

凌玉只要看著他就忍不住想像他倒立的模樣，也沒有留意他的話，唇角含笑，笑得古古怪怪。

咦？沒反應？這是默許他的做法了？程紹禟偷偷望了望她，見她只是笑，卻半句反對的話都沒有，當下大定。

兒子已經快兩歲，再跟著爹娘睡實在說不過去，長此以往，他可就真的受不住了。再說，他還想再要個小女兒呢！

回身整理床鋪時，凌玉才發現兒子不在，總算想起方才程紹禟說的那句話，有些無奈，只是瞋了他一眼，倒也沒有多說什麼。

反正這段日子同床共枕，她已經習慣了身邊有個他。況且，那一步她總是要邁出去的，總不能因為上輩子那些不好的經歷而影響他們夫妻的這輩子，她還要給小石頭添個弟弟呢！

可當程紹禟打算熄燈時，她下意識地出聲制止。「別、別熄，時候還早，咱們說會兒話。」

程紹禟唯有重又躺在她身邊。「妳想說什麼？」

凌玉其實也不知自己想說什麼，只不過是想拖延一下，思忖片刻，方道：「我想請柱子嫂到留芳堂幫忙，你覺得怎樣？」

程紹禟不答反問。「妳何時與她走得這般近了？上回也是，好端端的，妳怎會衝出去攔下她？」

凌玉自然不會告訴他，這是因為蕭杏屏上輩子對她有一飯之恩，這輩子若是有機會，她希望能報答這份恩情。

「上回你入獄，家裡亂成一團，她曾幫過我，也幫過你兒子。」

程紹禟點點頭。「原來如此，既是這樣，確是應該想法子報答才是。」

「你、你不會覺得她名聲不好，從而反對我與她來往嗎？」凌玉試探著問。

程紹禟不以為然。「若她果真如傳言那般不守婦道，何至於如今還是孤身一人？柱子已經過世三年，再嫁由己，若她真覺得守不住，早就應該改嫁才是，可見這傳言不足為信。」

「你不反對婦人再嫁？」凌玉不懷好意地問。

程紹禟如今滿腔盡是旖旎心思，全然不似平日那般敏銳，大掌輕輕撫著她的背脊，有一下沒一下地輕拍著，而後趁著她沒留意，一點一點往下移，心不在焉地回答。「婦人再嫁又不是什麼傷風敗俗之事，我為何要反對？況且，如今這般世道，女子若無依無靠，這日子必然過得艱難……」娘子身上這是什麼香味？彷彿像是桂花，再仔細嗅嗅又好像不是。

「你知道婦人若無依無靠，日子必然過得艱難就好。」凌玉笑得有幾分得意，渾然不覺衣帶已經被人扯開。

「嗯，知道了……」程紹禟的大掌已經探入她衣內，觸及那光滑細膩的溫熱肌膚，眼神幽深。

凌玉一個激靈，可程紹禟等了這般久才等來今晚這個天大的好機會，如何會放過？在她反應過來之前立即輕含著她的耳垂。

凌玉當即顫慄起來，似羞似惱地瞪他。「你、你……」聲音卻比往日添了幾分嬌媚。

程紹禟乘機欺身上前，封住她的唇，不容反抗地入侵，輾轉纏綿。也不知過了多久，他察覺身下的女子不停顫抖，睜眼一看，對上一張發白的俏臉，陡然大驚。

「小玉？」他便是再禽獸，也做不到無視娘子的異樣而只顧自己痛快。雖然心中挫敗感甚濃，但仍是溫柔地替她穿好中衣，在她額上親了親，輕輕拍著她的背脊。「別怕，我不碰妳。」

凌玉在他懷中漸漸平息下來，緊咬著唇瓣。隔著衣物，她能感覺到他身體的僵硬、未曾平復的心跳。

再這般下去可是不行的，若是連這一關都過不了，她還說什麼重新來過，還說什麼要過得比上輩子好？

她深深地呼吸幾下，在程紹禟沮喪地起身熄燈時拉住了他，在他不解的視線下環著他的脖頸，主動親上那雙薄唇。

程紹禟瞪大眼睛，不敢相信這般峰迴路轉的好運，卻也無暇多想，立即奪過主動權，怕再嚇到她，動作溫柔而又充滿了憐愛。

凌玉的心跳一下比一下急促，眼睛緊緊地閉著，強迫自己不要再去想那些不好之事，儘量放鬆，去享受這個她最信任的男人帶給她的一切。

「小玉……」程紹禟心中充滿喜悅，有心想要抹去早前帶給她的不好回憶，輕憐蜜愛，如春風細雨般，一點一點地品嘗著她的芬芳。

偶爾一聲充滿柔情的低喃，成功地讓凌玉心底的害怕與緊張消失幾分。朦朧間，她忽地發現，每當那些不好的畫面快要湧上來時，那聲纏綿入骨的「小玉」便能輕易地將它逼退，彷彿就像他在身邊，將所有的不懷好意擋去一般。

不知從什麼時候開始，她的身體輕輕顫動，像是想要抗拒，但更似是迎合。

衣衫滑落之際，程紹禟停下了攻勢，只是在她的額頭、臉頰、唇畔落下細細的輕柔親吻。「小玉，可以嗎？」

縱然他知道事情進展到如今地步，他也許根本無法停下來，但還是想要尊重她的意思，更希望可以從她口中得到肯定的答案。

凌玉氤氳著水氣的雙眸懵懂不解，微腫的紅唇抿了抿，有幾分遲疑，但最後還是輕輕點頭。「好。」

程紹禟大喜，再次狠狠地封住她的唇。

床帳陡然垂落，擋住了滿室的旖旎風情……

第九章

「妹夫，你這般春風得意的模樣，不知道的，還以為今日是你娶親呢！」凌大春將賀禮交給程紹禟，順帶打趣他幾句。

程紹禟眼角眉梢俱是笑意，聞言也只是挑了挑眉，並沒有說什麼，引著他進了屋。

夫妻間久違的和美，確實讓他找回了幾分當年洞房花燭的歡喜與滿足。不過，這些閨房之樂，無須對他人言。

相較他的春風滿面，凌玉的臉色便不大好，只覺渾身上下都痠痠痛痛的，偏她今日是主家，雖然請了村裡不少人前來幫忙，但許多事還得她出面主持，故而根本連歇息一下的時間都沒有。

「妳這臉色不大好，要不回屋裡歇歇？」周氏早就察覺女兒的異樣，擔心地道。

「不要緊，我坐一會兒便好。」趁著迎親隊伍未到，凌玉輕吁了口氣。

「可是女婿昨夜鬧得妳太厲害？」周氏眼尖地看到她脖子上的印記。

凌玉下意識地伸手去摀，有些心虛地避開她的視線。

「他也真是的，明知今日必然很忙，怎也不知節制？妳竟也由著他胡鬧？」周氏不贊同地道。

凌玉哪敢讓她知道，其實這是她先主動挑起的，到後來像是要徹底告別上輩子一般，她越發主動迎合，引得程紹禟的動作更加猛烈。

「怎地不見姊姊？她不是說要與妳一道來的嗎？」她連忙轉移話題。

「棠丫前幾日受了涼，妳姊急得什麼似的，怕是抽不開身。倒是妳姊夫來了，喏，在前頭和妳爹、紹禟說著話呢！」

棠丫便是梁淮升與凌碧夫婦的女兒，也是目前唯一的孩子。

凌玉順著她的視線望去，果然便看到正在說話的那三人。除此之外，還有不少人圍著他們，想來是想與新出爐的舉人老爺梁淮升打個交道。

她看到凌秀才臉上掩飾不住的驕傲，梁淮升的春風得意，程紹禟的客氣有禮。

她收回視線，道：「姊夫中舉，大春哥卻一心一意做生意，爹怕是沒少說他吧？」

周氏嘆了口氣。「這話妳倒是說對了。自從大春那孩子和妳們弄了個留芳堂，妳爹沒少說他。可大春自來是個有主意的，每回都是恭恭敬敬地應下，轉身該做什麼仍做什麼，妳爹氣了幾回，倒也懶得再說了。」

凌玉完全可以想像得到，忍不住笑了。

迎親的喜炮「啪啪」地放了起來，母女二人不便再說，跟著賓客們迎出去。

程紹安只覺得平生最志得意滿的便是今日了，在滿村小夥子豔羨的目光中，把最好看的姑娘娶回家。尤其當紅蓋頭下那張美豔的芙蓉臉露出來時，他竟一下子便看呆了。

「新郎官看傻了、新郎官看傻了！」有孩子笑著拍手叫起來，隨即引來滿屋子的大笑聲。

「哎喲，新郎官莫不是把眼珠子都要瞪出來了吧？」

「這仙女般的新娘子，誰瞧了都不捨得移開眼睛。」

接下來的鬧洞房，因有程紹禟坐鎮，眾人倒不敢鬧得太過。

凌玉也發現了，村裡不少年輕一輩的男子都有些怕他，一時不解。

這日，在與王氏的閒聊中，提及村裡不少年輕男子怕程紹禟一事時，王氏嘆息著回答。

「他爹去得早，我又是個不中用的，半大的孩子最愛鬧事搗蛋，紹禟略大些，打小跟著他爹上山打獵，身子骨也壯實，倒沒什麼人敢欺負到他頭上，只是紹安年紀小，沒少被人欺負。直到後來有一回，紹安被人推倒在地，摔得滿頭滿臉的血，紹禟拎著棍子，將那人追了半個村，把人打得半死。打那以後，再沒人敢欺負他們兄弟，更沒人敢惹他。甚至村裡還有不少婦人嚇唬不聽話的孩子時，也會把他拎出來說。」說到此處，王氏有些無奈。

凌玉卻有幾分恍神，想到上輩子仍是個孩子的小石頭，也曾這般牢牢地護著她。

果然是父子嗎？正這般想著，小石頭便「咻」地跑進來，一下子撲進她的懷裡。

「娘！」

凌玉見他臉蛋紅撲撲的，額上還有不少汗漬，連忙替他擦拭乾淨，有幾分無奈地問：

「這回又與哪位叔伯玩去了？」

自從搬來縣衙，上自縣老爺郭騏、下至守門的官差，個個對這個與程紹禟如同一個模子印出來的孩子表現出極大的興趣，有事沒事都會逗弄一番。偏這孩子不怕生，膽子也不小，頂著一張縮小的「程紹禟臉」，脆生生地說著些讓人捧腹的童言童語，越發讓人樂得不行。

「和崔伯伯打拳去了。小傢伙在她懷裡撒嬌地蹭了蹭，又撲向含笑坐在一旁的王氏。「阿奶！」

「哎喲，阿奶的乖孫兒長高，也壯實了！瞧這小身板，很快便要趕上你爹爹了！」王氏笑呵呵地抱著他。

小石頭最喜歡的就是人家說他跟爹爹一樣，聞言驕傲地挺了挺小胸膛。「我每頓吃兩碗飯，還和爹爹練打拳。」

凌玉沒忍住笑出聲來，倒也沒有拆穿他，畢竟他這話也不完全算錯，盛了一回便算是一碗的話，確是每頓吃兩碗。至於練打拳，跟在他爹屁股後頭裝模作樣應該也算。

王氏摟著他，自然又是好一頓誇讚。

「娘，這回留下來住幾日吧？小石頭整日念叨著阿奶，妳這回若是不留下，怕他又要鬧騰。」

王氏搖搖頭。「還是過幾日再來吧，家裡一時半刻也離不得我。」

凌玉皺了皺眉。上輩子逃難前的日子她一直沒怎麼去想，可自從金巧蓉進門後，她才想起，這姑娘上輩子除了針線活，其他活兒是不怎麼幹的。倒也不是說她懶惰不肯做事，只是那笨拙的模樣，著實不像常在家中幹活的，上輩子便一直是她和婆母二人忙活，金巧蓉多是在家中做針線活貼補家用，偶爾也會搭把手，只是不多。

這輩子她和程紹禟搬到縣衙，家務之事自然便落到王氏頭上，程紹安與金巧蓉夫妻倆，則一心一意忙著開成衣鋪子之事。

對的，成衣鋪子。早前她和凌大春盤下來的那批布製成成衣後賣得極好，程紹安婚後便又進了一批，打算日後便以此為生。

他們一時也沒有別的地方可以售賣，就暫且在留芳堂寄賣著，待日後攢夠了錢再另外找鋪子。

王氏臨走前，凌玉親自雇了輛馬車送她，王氏再三推拒，可卻拗她不過，唯有喋喋不休地唸道：「這掙幾個錢哪是容易之事，怎地也不省著點花？這點兒路程，我都走了大半輩子，哪需要坐什麼馬車？」

凌玉只當沒有聽到她這番話，又把家裡的臘肉、半隻兔子、幾包零嘴和兩身新衣裳塞進車上，再讓小石頭向阿奶道別，直到看著馬車漸漸遠去，才牽著兒子的小手進門。

「玉姊姊！」母子二人剛邁進後衙，便聽到身後傳來楊素問的叫聲。

楊素問直接跑過來，先是摟著小石頭在懷裡好一陣揉捏，鬧得小石頭哇哇大叫，這才心滿意足地鬆開他。

小石頭「嗖」的一下躲到娘親身後，探出半邊腦袋瞪她。「壞蛋！」他最討厭這個總愛捏他臉蛋的姨姨了！

楊素問的手指動了動，又想去捏他的臉，嚇得他「哇」的一聲撒腿便跑，樂得楊素問笑彎了腰。

「好了好了，都多大的人了，還像個小孩子般。」凌玉沒好氣地戳她。「這回又惹了什麼事，跑到我這裡叫魂？」

「怎地是我惹事？是那些人煩死了，我不好容易才脫身，到妳這兒來鬆口氣。」楊素問不滿地嘀咕。

凌玉頓時了然。「又有媒人上門提親了？」

「就是，煩死了！偏誠伯還總愛在我耳邊念叨，說什麼姑娘大了，應該找個依靠，真真是頭疼。」楊素問嘆了口氣。下一刻，又冷哼一聲。「打量著我不知道那些人的心思嗎？他們看我的眼神，就是把我當成一隻會下金蛋的母雞，心裡打什麼主意，以為我瞧不出來是吧？」

正啜飲茶水的凌玉被嗆了一口，連忙背過身去咳起來。

楊素問體貼地在她背脊上拍了拍。

她輕輕擋開，拭了拭嘴角。「多謝妳了。」下金蛋的母雞？虧這丫頭好意思說！

其實身為玉容膏的調製人，加上如今玉容膏供不應求，留芳堂雖說不上日進斗金，但每日的收益也是相當可觀的，故而楊素問確是不愁嫁，城裡城外的媒人都快要把她家的門檻給踩破了。雖然她方才那句話不怎麼好聽，卻也是事實，娶了她，可不就是娶了一隻會下金蛋的雞嗎，否則怎會有這般多慕名前來求親的外地人？

「還是凌大哥說得對，這樣的人家是絕對不能嫁的，嫁進去就等著被他們吸乾血，再扔到一邊自生自滅。」楊素問一臉堅決。

凌玉心思一動。「大春哥說的？他還說什麼了？」

「他還說，姑娘家嫁人，一定要挑勤懇踏實、沒有花花心思，且最好早就相識的，這樣彼此間也有所了解。還有便是男方的爹娘一定要打心眼裡喜歡她，尤其是男方的娘，這婆媳關係自來便是天大的難題，若是先天便打下良好基礎，日後夫妻間的日子必能過得和美。」

凌玉的嘴角動了動，想要說些什麼，可看著楊素問把凌大春所說之話當成聖旨一般，便又沒有說了，只是同情地望著她。

早就相識、勤懇踏實、無婆媳問題，這三條都符合的，這傻丫頭身邊不就只得一個凌大春嗎？虧她還凌大哥前、凌大哥後，全然不知自己已經被條大尾巴狼給盯上了。

再一想到周氏整日憂心凌大春的親事，她又暗暗撇撇嘴。看來爹娘也是白操心了，這人心裡門兒清著呢！

就是不知這個傻大妞對她的凌大哥有沒有那個心思了？不過照自己對她的了解，估計還未開竅，莫怪大春哥只能暗地借她之手驅趕狂風浪蝶，自己卻是不肯踏出那一步。

得，她還是睜大眼睛看好戲吧！

「妳就這般跑出來，新一批的玉容膏都做好了？」她問。

「屏姊姊在呢，怕什麼？反正必定能準時交貨。」楊素問有些得意。

她口中的屏姊姊指的便是蕭杏屏。

凌玉也是接觸了蕭杏屏才知道對方居然懂得醫理，本來是打算讓她到留芳堂去的，可再三思量，還是讓她給楊素問搭把手。

其實她也曾想過要不要把生意做大，擴大玉容膏的產量？可再一想到幾年後的戰亂，便又打消這個念頭。
世人皆知，今上沈迷於修道煉丹，已是不大理事，而凌玉更知道，待太子意外身死，這天才是要正式變了。
有太子在，名正言順，別的皇子縱有什麼心思，表面上也得藏一藏。可太子一死，阻礙不在，人人機會平等，此時再不爭要待何時？
她心裡清楚，齊王一日未登基，天下未定，便是擁有金山銀山也保不住。到時候便宜了他人，才真的是為他人作嫁衣。
她掐指算了算，離上輩子太子身死的日子只剩下不到兩個月了。換言之，凌大春若是兩個月內沒辦法將楊素問娶進門，那至少要再等一年。
今上雖然昏庸不理事，但對太子這個長子還是相當重視的，否則也不會下旨讓民間為太子服喪一年。
得知凌碧欲為夫納妾的消息時，凌玉氣得臉色都變了。得，這輩子還比上輩子提前了！
她想不明白，她老爹對子嗣並不過度看重，娘親也不執著於有子無子，她自己更不是一個會吃虧的人，怎麼就出了她姊姊這麼一個賢慧人？
只因成婚數年只得一女，加之相公如今有出息了，所以要為相公納一房美妾綿延子嗣？
她越想越氣，趁著這日程紹禟休沐，夫妻二人帶上兒子便往梁家村而去。
「妳也莫要太惱，此事待我勸勸姊夫，想來成不了。他如今正是應該專心讀書，只待三年後大考之時。」見她臉色難看，程紹禟勸道。

凌玉冷笑。「雖然我是惱姊姊自找苦吃，可此事若是他不肯，姊姊還能強迫他不成？可見本就是他起了心思，姊姊才會有此打算。」

程紹禟皺皺眉，倒也沒有反駁她這話，蓋因他心裡其實也是這般想的。

從來納妾雖是妻室操持，可若相公堅持不同意，當娘子的還能無顧他意願強來？

待夫妻二人自梁府告辭離去後，程紹禟掂了掂趴在懷中熟睡的兒子，一聲長嘆。「淮升其人，實非坦蕩君子，竟不如我！」

凌玉一個踉蹌，險些仆倒在地，回身瞪他。「你說什麼？」

程紹禟扶住她的手臂。「我說姊夫其人，許非良配。」

若是他明確表示，納妾是他的意思，倒還能稱得上是坦坦蕩蕩。可他卻將一切推到妻子頭上，著實與他素日的君子之風不甚相符。

這樣的男子，除非妻族能鎮壓得住他，否則一旦他得勢且凌駕其上，雖未必會至停妻再娶之地，但其妻今後的日子必然不好過。

凌玉沈默不語。上輩子她的姊姊死於戰亂中，棠丫一直跟著她的阿奶生活，梁母雖然有不少毛病，但對孫女倒也盡到應盡之責。至於梁淮升……反正上輩子到她死去那日，他都還是個舉人老爺。

夫妻二人並沒有回位於縣衙的家，而是改道回了程家村。

王氏與程紹安看到他們一家三口回來，又驚又喜。

正在屋裡刺繡的金巧蓉聽到外頭的說笑聲，皺了皺眉，放下繡屏，起身走出去。

堂屋裡傳出婆母與相公的笑聲，間雜著還有大伯夫婦的聲音。

她想了想，提著裙襬正要進屋去，便又聽到程紹安的聲音——

「大嫂，不如留芳堂再許我多些地方，最多我每月再添三十文租金怎樣？」

「這恐怕不行。」

「大嫂，妳便行行好吧！要不四十文？」

「實非價錢高低的問題，實在是因為店裡最近進了一批胭脂水粉，再挪不出多餘的地方了。」凌玉無奈地回答。

「大嫂，妳便行行好吧……」程紹安不死心。

金巧蓉的臉色幾經變化，再也聽不下去，轉身回了自己屋裡。

程紹安好不容易磨到凌玉答應再在留芳堂給他挪出些空地，也好讓他擴大經營。

他興高采烈地回到屋裡，把這個好消息告訴娘子。

不料金巧蓉聽後卻是神色淡淡，絲毫不理他，繼續穿針引線。

程紹安撓撓耳根，還想說些什麼，便聽到小石頭在屋外喚著「小叔叔」，當即笑著高聲應下，隨即大步出了門。

看著重又闔上的房門，金巧蓉緊緊咬著唇瓣，再也忍不住，重重地將繡屏砸到地上。

夜裡，夫妻二人躺在床上，聽著身邊男人念叨，借留芳堂這股東風又可以多進多少貨、每月會多多少進項，金巧蓉驀然翻身坐起來。

「妳這是……怎麼了？」程紹安終於後知後覺地發現她的臉色相當難看，愕然地問。

「難不成我們便不能開家店鋪自己作主，一定要這般低三下四地求人家施捨點地方嗎？」她鐵青著臉，氣憤地質問。

「這不是因為咱們存的錢還不夠嗎？」程紹安回答。

「錢不夠可以先向娘借一些，湊合一起也就差不多了，何至於還需要窩在他們留芳堂。」

「留芳堂有什麼不好？那裡人來人往，便是客人都是衝著留芳堂的東西去的，可也會順道瞧瞧咱們的布料成衣啊！妳難道沒發現，咱們的生意從來不曾差過嗎？」程紹安有些得意。

「生意不差那是因為咱們的料子、款式、做工樣樣不俗，與他留芳堂何干？酒香不怕巷子深，咱們的東西好，便是地段再一般的地方，生意也不會比窩在留芳堂要差！」金巧蓉越說越氣。同樣是程家的媳婦，都是靠自己的本事掙錢，憑什麼她就要看大房的臉色？

「妳說得倒也沒錯。好好好，莫惱莫惱，我過些日子便會找店鋪。」程紹安連忙安慰。

金巧蓉還是氣不過。

「你只說咱們沾了留芳堂多少光，怎不說說咱們被它連累了多少回？」有好幾回有人上門找留芳堂的麻煩，雖然最終都沒能得到多少好，可還不是連累了自己？「就這樣還敢收咱們租金？還說是一家人，我瞧她分明是掉到錢眼子裡去！」說到這裡，她更生氣了。

程紹安愣了愣，好一會兒才明白過來這個「她」指的是誰，連忙道：「妳誤會了，大嫂並沒有要收什麼租金，是娘說留芳堂到底不是她一個人的，不好讓她難做人，這才意思著給幾個錢當作租金，也是表明咱們並非那種不知好歹之人。」

殊不知他這番話剛說完，金巧蓉的臉色更是大變，連聲音也跟著尖銳了。「不知好歹?!我憑自己的本事掙錢，倒全成了她的恩典不成?!」

「娘何嘗是這個意思？就是、就是……」程紹安一時不知該如何解釋，急得臉都脹紅了。

可金巧蓉正在氣頭上，哪裡能聽得進他的話？一邊哭一邊罵道：「我就知道你們母子覺得我事事不如她！可都是一個家裡的人，誰又比誰高貴，憑什麼我就得事事低她一頭？」

見她掉淚，程紹安更急了，左哄右哄，好話說了一籮筐，可金巧蓉的眼淚卻越掉越凶，還根本不願聽他說。

程紹安也是個被寵慣了的主，低聲下氣地哄了這般久，不但分毫不見效，到後來反倒連自己也被牽連進去，被她指著鼻子罵「沒出息、不是男人」，登時便怒了，一轉身，連外衣也沒有披就走了出去。

金巧蓉見他甩門而去，頓時哭得更厲害了。

西屋裡的二房夫妻吵架，東屋的程紹禟與凌玉自然也聽到動靜，只是聽不清他們在吵什麼？直到最後程紹安氣沖沖地甩門而出，凌玉才碰碰程紹禟的手。「還不去瞧瞧？這大夜裡的，紹安這樣跑出去，若讓娘知道了還不擔心死。」

程紹禟搖搖頭，一邊穿衣一邊嘆道：「我還道他成家後便長進了呢！如今看來還是老樣子，這才成婚沒多久便與娘子吵架，還敢甩門跑出去，這日子長了，新鮮勁過去，那還不得鬧翻天？」

凌玉幫他整理衣裳，聽到他這話，沒好氣地嗔他。「原來你對我的新鮮勁已經過去了，怪道上回你要與我吵呢！」

程紹禟啞然失笑，搖搖頭出了門，以為凌玉沒聽見，嘀咕道：「婦道人家就是愛記仇，這都過去多久了，還記著呢！」

凌玉「噗哧」一聲笑了出來。

不錯，她就是愛記仇，還一筆一筆地在心裡的小本子上記著呢！待將來尋個機會，統統再與他算一遍。

只隔小半個時辰，對面西屋便傳來開門聲，隨即程紹禟也回屋了。

凌玉知道他這必是把程紹安勸回去了，也沒有多問。

夫妻床頭打架床尾和，以程紹安如今對娘子的稀罕勁，必然惱不了多久。

果然，次日一早便見那對夫妻如同往常一般，不見半分異樣。

金巧蓉雖然臉上帶著笑，可看見對面正與兒子說話的凌玉，髮髻上插著一根款式獨特的梅花簪時，眼神不禁變得幽深。那簪子她曾經在縣城裡的珍寶閣見過，要二兩銀子。

二兩銀子……明明一樣都是程家的媳婦，可長房這位卻明晃晃地插著一根價值二兩銀子的簪子，每日便是什麼也不用做，都有一大筆進項。

而自己，卻要靠著她施捨的地方才能把成衣鋪子開起來。

不知不覺間，金巧蓉緊緊地絞著袖口。德容言功，自己樣樣不遜於她，可為什麼……

「嬸嬸，看！」

孩童清脆軟糯的聲音突然打斷她的思緒，她低下頭一看，一條軟軟肥肥的青蟲赫然出現在眼前！

「啊！」她尖叫一聲，用力拍開身前的小手。

小石頭「哇」的一聲哭出來，也驚動了屋裡的凌玉等人。

「這是怎麼了？這手怎地紅了一片？阿奶揉揉，乖，莫哭莫哭！」王氏首先衝過來，抱起跌坐在地上的小石頭直哄。

凌玉看了一眼地上那條蠕動著的菜蟲子，又看看臉色發白的金巧蓉，心中了然，歉意地道：「抱歉，這孩子並非存心嚇唬妳，只是看到新奇之物便會與人『分享』，便是我也冷不防地被他嚇了不知多少回。」

「妳也真是的，不過是一條蟲子，怎會怕成這般模樣？連個孩子都不如。」程紹安見小姪兒被娘子打了，有些不好意思，清清嗓子，故意板著臉道。

金巧蓉見他不但不安慰自己，反倒還責怪，心裡更委屈了，只是婆母與大伯一家都在，不好說什麼。

小石頭是個很容易哄的性子，不過一會兒工夫便止了哭聲，乖巧地依偎著阿奶。

金巧蓉到底也有幾分歉疚，遂拿著桂花糖哄他。

可小石頭還記得她方才打得自己很疼很疼，因此一頭扎進王氏懷中不看她。

金巧蓉拿著糖，尷尬地站在一旁。

凌玉沒好氣地拉過兒子，在那肉屁股上拍了一記，教訓道：「你拿蟲子嚇唬嬸嬸在前，這麼不乖，嬸嬸都不惱你了，你怎好反惱她？」

小傢伙最怕娘親生氣，一見她板起臉，不禁委屈地撇撇嘴。

「大嫂，不要緊的，我不怪他。」金巧蓉輕聲說著，又拉著小石頭，把那桂花糖放在他手裡。

小石頭這回倒沒有推開她。

因程紹禟次日還要回去當差，故而一家三口也沒有久留，王氏與程紹安依依不捨地送走他們，金巧蓉沈默地站在一旁，遙遙地望了一眼那漸漸遠去的一家三口。

「回去了。」程紹安扶著王氏回屋，回過身來才發現還站在門口處的娘子，快步走到她的身邊，輕輕扯了扯她的袖口。

金巧蓉用力抽回衣袖，視若無睹地從他身邊走過。

「好好的又惱了，女子就是麻煩。」程紹安嘀咕著，搖頭晃腦地踱著步進了家門。

在程家村的這個小插曲，凌玉並沒有放在心上，只是回到縣城的家時，還是把小石頭拉到跟前好生教育一通，倒是程紹禟不以為然。

「他也只是覺得那蟲子看著有趣，這才拿給弟妹瞧瞧，哪想到她竟會這般大的反應。說起來她也是農家女子，緣何竟連菜蟲都會害怕？可見在娘家時便是個嬌生慣養的。」

凌玉沒好氣地道：「世上之人千千萬萬，誰沒有些害怕之物？像有人怕蚯蚓，也有人怕蟲子，這又有什麼好奇怪的？」

程紹禟笑了笑，並沒有再接她這話。

倒是小石頭懵懵懂懂地望望爹爹，又看看娘親，黑白分明的眼睛撲閃撲閃幾下，歪著腦袋瓜子想了想，最後果斷地撲向爹爹。

程紹禟接住他，揉揉他的腦袋，在娘子嗔怪的視線中抱著兒子大步到了院裡。

留芳堂的生意越來越好，很快便按照約定，把店鋪的產權正式買下來。凌玉與凌大春幾經思量，決定把店鋪的契紙交給楊素問，畢竟沒有楊素問，不管他們兄妹怎麼能幹，也不可能把留芳堂發展到如今這地步。

楊素問自然不肯，只嚷嚷道：「我不要！你們把我當什麼了？沒有你們，玉容膏一盒也賣不出去！再說，我只要攢夠錢把回春堂贖回來就好，留芳堂我不要。」

可不管是凌大春還是凌玉，哪個又是能輕易讓人撼動自己決定之事的？兩人一個好言相勸，一個惡語威脅，你扮紅臉來、我唱黑臉去，把楊素問唬得一愣一愣的，最後還是乖乖地把契紙收下來。

「妳總嚷嚷著要把回春堂贖回來，到底當初又是為何要把它賣掉？」親自盯著她把契紙收好後，凌玉問起了這個一直困擾著她的問題。

楊素問噘著嘴道：「那時我爹得了重病，回春堂的生意一落千丈，家裡入不敷出，不得已才賣掉的。」最主要的還是她爹覺得她醫術平平，根本撐不起回春堂，與其留著白白浪費精力，倒不如乾脆賣了換一筆錢過日子。

她一直認為，只要她憑著自己的努力把回春堂贖回來，那便是告訴她爹，縱然她醫術平平，也是有本事把他耗費心血建起來的回春堂打理好的。

凌玉好像有些明白她的意思。「那以妳如今手上的錢，可夠把回春堂贖回來了？」

「本來是夠的了，可那姓李的居然坐地起價，比前些日子說的價格又漲了一百兩！」說到此處，楊素問便氣不打一處來。

「那可需要我借——」

「不用！我要用自己的錢！」凌大春的話還未說完便被她打斷了。

他倒也不在意。「那妳什麼時候需要了，再向我開口。」

三人閒聊了一陣，終於說起正事。

「如今有兩家商家打算與咱們合作，把玉容膏銷往外地。其中一家來頭頗大，是如今的皇商龔家，以售賣珠寶首飾為主，此回找上咱們，大概是打算在胭脂水粉這一行上分一杯羹；另一家是長洛城葉家，倒是以賣胭脂水粉為主，雖然名氣比不上龔家，但我也仔細地打探過了，葉家商鋪聲譽、貨品的口碑都頗為不錯。」凌大春細細道來。

「我和大春哥都想過了，如今玉容膏的名氣越來越大，打它主意之人自然也會越來越多，若無背景依靠，這獨門生意並不容易做，倒不如尋一家可靠的合作，彼此在各自的地頭售賣，互惠互利又互不干涉。」凌玉也有她的意見。

「這些你們抓主意便好了，我不大懂。」楊素問擺擺手，無甚興趣地道。

「若想尋個依靠，這皇商龔家豈不是最好的選擇？」蕭杏屏端著茶走進來，剛好聽到他們的話，隨口回答。

凌玉搖搖頭。「恰好相反。這龔家是皇商，咱們不過是小生意，憑什麼與他們平等地談合作？僅憑一個玉容膏？只怕到頭來，連留芳堂的招牌也保不住，全成他們龔家的了。」

最重要的是，她知道龔家這個皇商快要保不住了。一旦脫了皇商這頂帽子，龔家便也快要到頭了。倒不如選擇葉家的好，雖然如今不顯山露水，但厚積薄發，若干年後也在商界打出了一方天地。況且，葉家所在的長洛城，可沒有經受半點戰亂。

「小玉的意思也是我的意思，若是妳無異議，改日我便約葉公子洽談合作之事。」

「既然你們都覺得葉家好，那便葉家吧！」楊素問也應下來。

合作之事有了著落，凌玉便有了閒心打量跟前的這對男女。她沒有錯過凌大春總是不時落到楊素問身上的視線，偏楊素問無知無覺，拉著蕭杏屏問她怎能將這茶泡得這般好喝？

凌大春回過頭來便對上她一臉看好戲的表情，略怔了怔，隨即無奈地笑了笑。

「誒，對了，前些日有人到店裡打探紹安兄弟賣的成衣是何人所製，古古怪怪的，我隨便尋了個理由打發了。」蕭杏屏想到這事，忙道。

「打發了便好。」凌玉也沒有放在心上。

凌大春是個索利人，既然有意與葉家合作，便不會推三阻四，次日一大早就約了那葉家大公子洽談。雙方都有誠意合作，沒幾日便把合同之事敲定下來。

自此，葉氏商鋪裡也出現了留芳堂的玉容膏，而葉氏的胭脂水粉，同樣可以在留芳堂內買得到。

與葉氏的合作，無形中也使得留芳堂的生意又上了一個臺階，其間龔家因合作不成曾尋過留芳堂的麻煩，可強龍難壓地頭蛇，留芳堂雖小，但因程紹禟的關係，不但有官府相護，便是地痞惡霸都不敢將主意打到留芳堂頭上，故而龔家人唯有忿忿不平地離去。

程紹安喜孜孜地回到家中，對王氏和金巧蓉道：「娘，留芳堂要開分鋪了！大春哥還在分鋪旁邊也替我尋了個鋪位，以後咱們還能與留芳堂一處。」

「當真？如此可真是太好了！」王氏歡喜地道。

金巧蓉卻沈下了臉。

偏程紹安正沈浸在既有了自己的店鋪，又可以繼續借留芳堂這股東風的喜悅當中，並沒有留意她的神情。

金巧蓉心裡很不好受。本還打算尋了鋪子後便徹底擺脫留芳堂和大房那位，可如今一切都成了泡沫。

看著婆母與相公不停道著那人的好，她險些咬碎了一口銀牙。

不應該是這樣的，她過的不該是這樣的日子！每日起早貪黑地縫製成衣掙幾個錢，可到頭來還是要仰人鼻息。

她想，她不能再這樣下去。她不比凌玉差，也不比里正家那個女兒差，憑什麼她們便可以過著輕鬆自在、不愁生計的生活？

其實凌玉是一直不願意開分鋪的，她總是想著多開一間，將來戰亂起時便會多損失一間的錢，可凌大春卻有他的看法，這一回連楊素問也支持他，二對一，她只有答應下來。

對凌大春順便還幫程紹安解決了鋪位的問題，她事先也是毫不知情。

「咱們與他們的生意湊在一處已多時，何止是衝著留芳堂來的客人會順道挑幾件衣裳，便是專門來買衣裳的，也有順便到留芳堂選兩樣的，客人們估計也習慣了。再說，一家子寫不出兩個程字，紹安也算是上進，又不用咱們花錢，能幫的便幫上一把，如此不但是紹禟，便連妳婆母也只會記著妳的好，這夫妻間、婆媳間豈不是更和睦了嗎？還有，分鋪我想讓姊姊也加入一份，便從我原來的四成裡抽一成，不過得瞞著姊夫，將來若有個萬一，姊姊也不至於沒有半點倚仗……」凌大春將他的看法道來時，凌玉又是感激、又是好笑。

這才是真正為她們姊妹打算的娘家人，只是他一個未成家的大男人，竟將夫妻、婆媳間的事看得這般透澈，這也著實難為他了。

這日，程紹禟一早便出去了，家中只有凌玉和小石頭母子二人。

凌玉坐在廊下納著鞋底，偶爾抬頭望望院子裡騎著一根竹竿四處跑的兒子，聽著那稚嫩的「駕駕」叫聲，便忍不住好笑。

自上回偶爾看到騎馬歸來的程紹禟後，小傢伙便對馬表現出極大的興趣，也不知從哪裡找來的這根竹竿，得了空便「騎」著它到處跑，還似模似樣地喚著「駕駕駕」。

敲門聲忽響，她放下納了一半的鞋底前去開門，意外地看到程紹安一臉焦急地出現在眼前。

「大嫂，巧蓉可來尋過妳？」程紹安一見她便迫不及待地問。

「並沒有，出什麼事了？」凌玉吃了一驚。

「沒來？她又不認得什麼人，還能去哪裡？」程紹安的臉色一下子便白了，神情間竟也似是添了幾分絕望。「不行，我要去報官！」突然，他一轉身便想走。

凌玉一把扯住他的袖口。「你回來把話說清楚，巧蓉她怎麼了？」

「大嫂，妳放開，我要去報官，我要去找她！」

「你這會兒去報官，是不是想嚷得人盡皆知？」凌玉見他掙扎著還想去報官，頓時便惱了，喝斥道。

程紹安一下子便停下動作，半晌，突然摀著臉道：「都怪我，我做什麼又要與她吵架？若是不與她吵，她何至於惱到要離家！」

凌玉總算明白了，原來是夫妻吵架，金巧蓉一氣之下便離家出走了。

「可有到你岳母家找過？」她問。

「找過了，頭一站便去那兒找，可岳母說她根本不曾回去過。她一個婦道人家，除了咱們家與娘家，哪還有什麼相熟之人？如今連妳這兒都不在，還能去哪裡？想必是有了什麼不測！若她真有個什麼三長兩短，叫我如何向岳母和娘交代！」程紹安又悔又怕又恨，連聲音都跟著顫抖起來。

「你先別急，還有留芳堂、素問家，這些地方你都找過不曾？」凌玉冷靜地問。

「倒還不曾。」程紹安愣了愣，隨即便往外衝。「我去找她！」

凌玉叫他不住，到底也放心不下，正想要鎖上門抱著兒子跟上去，便見程紹禟從另一邊緩步歸來。「快，快去跟上紹安！」她忙叫著。

程紹禟不解，但見她神情焦急，也不多問，朝著她所指的方向飛奔而去。

「爹爹！」小石頭眼尖地看到爹爹的身影，歡快地叫起來，可隨即爹爹便轉身跑掉了，小傢伙立即邁著小短腿要去追。

凌玉眼明手快地拉住他。

小石頭被娘親拉著，委屈地衝著爹爹消失的方向喚。

凌玉捏捏他的臉蛋，柔聲哄了幾句，抱著他進了屋。

她心神不寧地在屋裡等了小半個時辰，想著離家出走的金巧蓉，又想想方才程紹安急得快要哭出來的模樣，暗地嘆了口氣。這對夫妻……她或許真的是上上輩子欠了他們的。

院門被人從外頭打開，她還未曾回過神來，本是老老實實地坐在小凳子上的小石頭，已「嗖」地一下跑出去，衝著來人脆聲喚。

「爹爹！」

程紹禟彎下身子接過衝進懷裡的兒子，有些難看的臉色在看著兒子稚嫩的臉蛋時緩和了幾分。「娘呢？」他揉揉兒子的腦袋，問道。

「在屋裡。」小石頭的手指往屋門口一指。

程紹禟望過去，便看到凌玉匆匆迎上來的身影。

「人呢？可找著了？」凌玉見只有他兄弟二人回來，心裡已經知道了答案，只還是忍不住問。

程紹禟搖搖頭。

程紹安則乾脆癱軟在地，哭喪著臉道：「找不到，大嫂，我找不到她了……」

「這……」凌玉不知該說些什麼安慰之話？

程紹禟將兒子放到地上，低聲道：「我已經私底下讓弟兄們找去了，這般大的一個人，怎會憑空不見？必定會有些線索。」頓了頓，又沒好氣地拉起地上的程紹安。「這會兒後悔有什麼用？我早就說過你，男子漢大丈夫，有什麼話不能好好說，偏要與婦道人家置氣。」

程紹安白著一張俊臉，眼睛都紅了。「大哥，我知錯了，這會兒真知錯了。你幫我把她找回來，日後、日後我必定什麼都聽她的，再不會與她吵了。」

程紹禟皺眉，還想要說些什麼，可看到他這副險些哭出來的模樣，又忍不住嘆了口氣。

「放心吧，大哥一定會幫你把人給找回來的。」

因為金巧蓉的失蹤，程、金兩家亂作一團。王氏與孫氏擔心兒媳婦、女兒，卻又不敢聲張，又怕自己走開錯過了兒媳婦、女兒回來的時候，故而哪兒也不敢去，只留在家中抹眼淚。

凌玉不得已抽空回了程家村，兩邊跑著勸慰她們，又不時留意程紹禟那邊的消息，只盼著盡快把人給找回來。

日子一天天過去，凌玉原本因為金巧蓉任性離家帶來的那絲惱怒，隨著她的杳無音信也漸漸消去了。生不見人，死不見屍，難不成竟是被拐子給拐走了？一想到這個可能，她的心都提到了嗓子眼。可轉念一想，上輩子可是從來沒有發生過這樣的事啊！

上輩子金巧蓉與程紹安婚後也是不時爭吵，惱起來也會離家，但也只是回了娘家，從來沒有似這一回這般，真的是半點音訊也沒有。

又過了兩日，程紹禟終於帶來了消息。

「有個放牛娃曾在從程家村往縣城的路上，看到她與一名中年男子及一名老婦人一起，身邊還有一輛青布馬車……」說到此處，程紹禟語氣微頓，目光緩緩地投向焦急等待著他的話的孫氏。

「後來呢？難不成是他們把我女兒帶走了？」孫氏又急又怕，拉著他追問。

程紹禟抿了抿唇。「表姑，妳且告訴我，弟妹她果真是妳的女兒嗎？」

「你、你這話是什麼意思？她不是我女兒，還能是誰的女兒？」孫氏沒有料到他竟會問出這樣的話，臉色變了變。

「紹禟，你這說的什麼胡話！後來呢？後來怎樣了？巧蓉如今又在哪兒？」王氏責怪地望著長子。

「大哥，你倒是快說啊！」程紹安直接揪著他的袖子，憔悴的臉上盡是急切之色。

「那名老婦人雖然已經有了年紀，可保養得當，容貌竟與弟妹似了七、八分。後來，弟妹便跟著他們坐上馬車走了。」程紹禟嘆息一聲，終於將所得來的消息一一說出。

「容貌與弟妹似了七、八分？」凌玉狐疑，下意識地望向孫氏。

王氏、程紹安亦然。

孫氏白著臉，嘴唇動了動，似是想要說什麼，良久，無力地跌坐在椅上。

「岳母，您說，這到底是怎麼回事？」程紹安啞聲問。

「對啊，這到底是怎麼回事？」王氏心中不安，也追問起來。

「事到如今，要尋到弟妹，就必須要知道對方是什麼人？表姑，除了您，只怕再沒人知道他們的身分。」程紹禟沈聲又道。

孫氏顫抖著雙唇，望著眼前一張張充滿焦急與關切的臉，終於，長長地嘆了口氣。

「是，巧蓉並非我的女兒，我真正的女兒巧蓉早在三歲的時候，便一病沒了。」

程紹安滿眼盡是不可置信。「她不是妳的女兒巧蓉，那她是誰？和我成親的她到底是誰？」

凌玉也震驚地微張著嘴。金巧蓉非金巧蓉，那她是誰？

「她親娘是一名姓蘇的繡娘，有著一手出神入化的繡功，她的針黹，大概是遺傳自她的親娘。當年我到她的親娘蘇夫人身邊侍候的時候，她才剛滿週歲。蘇夫人是位很好的主子，性情溫和，心地純善，只是命不大好，糊裡糊塗地與人做了外室，待她發現時，米已成炊，再無轉圜的餘地。」

「那巧蓉的親爹是誰？」凌玉問。

孫氏搖搖頭。「我只知道她親爹好像是京城什麼大戶人家的公子，其餘的便不清楚了。蘇夫人自生下女兒後身子一直不大好，再得知自己竟是見不得光的外室，病就越發不好了。而那個時候，我的女兒巧蓉不幸夭折……」

接下來之事便沒什麼懸念了。蘇夫人自知一病不起，遂將記載著畢生所學的繡譜，連同她唯一的女兒託付給了孫氏，讓女兒以孫氏夭折的女兒金巧蓉的身分活下去。

凌玉想到了早前蕭杏屏曾經提過，有人曾打探程紹安所售賣的成衣是何人所製，想來那個人便是通過成衣上的刺繡懷疑了金巧蓉的身分。

那位與金巧蓉容貌似了七、八成的老婦人，看來便是蘇夫人的娘家人了。

她想，是不是因為這輩子她促成了金巧蓉縫製成衣售賣，蘇家人才有機會尋到她？可是上輩子呢？上輩子金巧蓉也一直以賣繡品貼補家用啊……

她忽地想起了上輩子金巧蓉的離開。

難道她之所以會走，也是因為蘇家人尋到她了？可若是如此，她又何必把家裡好不容易攢下來的錢都帶走？

凌玉百思不解，可是也無法尋上輩子的金巧蓉問個清楚。

既然已經有了金巧蓉的下落，那離尋到她本人也不遠了。

第十章

沒想到次日晌午過後，程家便迎來了不速之客。

程紹安氣得渾身顫抖，猛地奪過中年男人手上的和離書，用力撕成碎片。「滾！」

那人一聲冷笑。「其實你簽與不簽都無甚關係，你娶的是金氏巧蓉，可金氏巧蓉早就死了多年，與蘇某的外甥女毫無瓜葛。」

「這是你們的意思，還是她的意思？」程紹禟冷靜地問。

「自然是她的意思。」

「我不相信！讓她來見我，她憑什麼這樣對我！」程紹安憤怒地吼著。

「不錯，和離與否，怎麼也得讓他們夫妻二人當面說清楚，就憑你片面之詞，實難令人相信。況且，我家弟妹是否真的是你外甥女，這一點還有待商榷。」凌玉冷冷地道。

「哦，妳還不曾告訴他們真相？」那人掃了孫氏一眼。

孫氏低著頭。「該說的已經說了。」

「這便好。這裡有一百兩，便當是給你們的補償，日後不該說的話還是莫要再說的好。至於見面，我倒認為沒有那個必要。」中年男人將一百兩銀票放在桌上，語氣隱隱含著幾分威脅。

「我程紹安便是再窮也做不出賣妻的事！」

「賣妻？」那人一聲冷笑。「她當年不過是我家雇傭的下人，私自帶走小主子，僅憑此條罪名便足夠她受的了。我念在她好歹也算是把蘇某的外甥女平安養大的分上，不與她計較。至於她與你們家定下的這樁親事……一個下人，有什麼資格替主子訂親？誰給她的膽子？」若非怕事情無法全然掩過去，他更想一把火燒了這村子，抹去這一切痕跡。

程紹禟在他眼中看到了殺意，不動聲色地上前一步，將凌玉等人護在身後。

「我也不管你們是什麼人，更不管她是什麼身分，只是此事從頭到尾，舍弟都是無辜的，如今他三媒六聘娶進家門的娘子突然說要和離，連簡單的一面都不肯見，只託了你這麼一個陌生人前來傳話，依情依理，是不是太過了？」

「那你待如何？」那人陰惻惻地問。

程紹禟對上他的視線，沈聲道：「讓舍弟與她當面說清楚，若她堅持和離，我們絕無二話，自此以後彼此再不相干。」

「大哥！」程紹安不忿地叫出聲。

「閉嘴！」程紹禟回身喝止他。

「若我不同意呢？」那人目光陰沈。

「我若是你，必定會同意。否則，沒有我們的配合，你想為她抹去在此處生活過的一切痕跡，絕無可能。」程紹禟平靜地道。

中年男人眼神銳利地盯著他，殺意更濃，可程紹禟不避不閃，平靜地迎上去。

良久，他一聲冷笑。「既如此，我便讓你們見上一面，也好讓你徹底死心。明日午時，我自會派人來帶你們過去。」說完，輕蔑地往屋內眾人身上掃了一圈，這才邁步離開。

「大哥，你為什麼要說那樣的話？巧蓉她是我的娘子，我是不會同意和離的！」程紹安一想到方才兄長那番話，又是惱怒、又是委屈地質問。

程紹禟冷冷地道：「若是她鐵了心要走，你難道還要不顧她的意願，強留下她不成？讓你與她見上一面，是希望到時能搞清楚，她到底是否出於自願？若她是遭人逼迫，不得已而為之，那大哥必不會讓任何人把她帶走。」

程紹安這才鬆了口氣。「大哥你放心，和離這些話必不是她的本意，她一定是被迫的。」

被迫的嗎？凌玉望了望慘白著一張臉的孫氏，再看看被這連番意外弄得有些懵的王氏，對程紹安這話並不樂觀。

到了第二日午時，那人依約派人前來，領著程氏兄弟二人前去見金巧蓉，凌玉與王氏、孫氏目送他們離去。

王氏憂心忡忡地道：「不會出什麼事吧？」

「娘放心，那人既然答應了，想必不會耍什麼心眼。」凌玉安慰道。

王氏嘆了口氣。原本好好的一個兒媳婦，誰知突然被告知，兒媳婦不是兒媳婦，這親事也不能作準。

孫氏心中愧疚之意更深。「對不住，我也不曾想到他們竟然能尋來。當年蘇夫人已經做了妥善的安排，我也一直將巧……姑娘視作我親生女兒巧蓉，將她許給紹安也是出於真心，只是哪想到……」

凌玉自然清楚此事也不能怪到孫氏頭上。孫氏敢作主促成這樁婚事，恰恰便說明她確確實實將金巧蓉視作她的親生女兒，想著給她尋一戶好人家，哪想到事情竟會發展到如今這般地步。

程紹安滿懷激動地前去見失蹤多日的娘子，可當他得知娘子就在屋裡，他只需推開房門便能見到那個心心念念之人時，不知為何卻又突然生出一股怯意來。

「怎還不進去？」他身後的程紹禟疑惑地問。

「這、這便進去、進去……」程紹安結結巴巴地回答，可覆在門上的手掌不知為何就是使不出力氣來。

程紹禟皺眉，還想要說什麼，房門突然「吱呀」一聲，被人從裡頭打開了，下一刻，一身錦衣華服的金巧蓉便出現在兩人跟前。

「你們來了？」金巧蓉平靜地望著兩人。

程紹安只覺得眼前一晃，定睛再看看眼前的女子，看著她髮髻上插著的鳳釵，釵上纏繞著金線，嵌著紅寶石、翡翠，還有很多他就算不認識也知道價格不菲的珠寶。

還有她所著的衣裙，好歹他也算是與布料打交道的，怎會看不出她一套衣裙的價格，足以抵得上他一個月的收入？更不必說她腰間繫著的宮絛上，還墜著一枚瑩潤剔透、質地絕佳的玉珮。

這真是與他同床共枕的娘子嗎？他突然有些不敢相信。

這化著精緻妝容的臉，明明還是那個人的，卻又不是那個人的。

自金巧蓉出現的那一刻起，程紹禟便緊緊地盯著她，仔細捕捉她的一舉一動、一言一行，不放過她的每一分表情，想從她臉上尋到哪怕一絲半點的不願。可最後，他還是失望了。

「該來的總會來，逃避也是於事無補，進去吧，把該說的話都說清楚。」他往程紹安肩上輕拍了拍，再深深地望了金巧蓉一眼，轉身離開。

「好了，咱們回家吧！上回是我不好，我不該和妳吵的。大哥和娘都罵過我了，妳放心，日後我什麼都聽妳的，妳說什麼便是什麼。若妳不喜歡咱們再和留芳堂湊到一起做生意，那我便另外再找別的鋪子，從此他們掙他們的，咱們掙咱們的。對了，娘和岳母還在家中做了許多妳喜歡吃的菜，等著妳回去呢！瞧，這會兒天色已經不早了，咱們快走吧！若回去晚了，飯菜涼了便不好吃了。」程紹安的腦子一片混亂，根本不知道自己在說什麼，只有一個念頭，便是帶著他的娘子離開這裡。

金巧蓉靜靜地聽著他說了一大堆話，在他伸手過來欲拉自己時輕輕避過了。

程紹安拉了個空，臉色又白了幾分，卻不死心地又想繼續去拉她的手。

金巧蓉再次避過。「紹安，咱們好好聊聊咱們的——」

「有什麼話回去再說，回去之後妳說什麼我都聽。」程紹安打斷她的話。

「你若這樣的話，那我便無話可說了。你走吧！我是不會與你回去的，我根本不是金巧蓉，我有自己真正的親人，很快舅舅便會送我到京城與我的親生父親相見。」

「妳胡說什麼?!妳根本什麼都不知道！那個人不安好心，他是騙妳的！妳就是金巧蓉，是表姑的女兒金巧蓉，是我的娘子金巧蓉！」程紹安陡然發怒，大聲吼道。

「我不是！我不是！你才什麼都不知道！我根本不是農家女子，根本不屬於你們這個地方！我已經受夠了為幾個錢沒日沒夜做針線的日子！受夠了看著那些明明不如自己的人，卻過得比自己舒適自在！受夠了仰人鼻息看人臉色！受夠了……」金巧蓉尖聲叫著，將心裡累積的所有不滿統統發洩出來。

她每說一句「受夠了」，程紹安臉上的血色便消褪一分，到最後，整個人都顫抖著。

他不知道，他從來不知道他的娘子心裡有這般多的不滿，是她隱藏得太深，還是他這個做相公的太愚蠢？

「紹安，念在你我好歹也是夫妻一場的分上，你便放了我吧！天高地遠，你讓我去過我想要過的生活，便當是你對我的最後一次仁慈，可好？」

也不知過了多久，他又聽到對方努力平靜下來的聲音。

「放了妳？原來與我一起，留在程家，於妳而言是一件這般痛苦之事嗎？」

金巧蓉的雙唇微微翕動，想要解釋什麼，可最後卻只是輕咬著唇瓣，半句分辯也沒有。

「那個人真的是妳的舅舅嗎？世道險惡，萬一他是騙妳的，妳就這樣跟他走，豈不是羊入虎口？」

「他沒有騙我，我也不是那種無知女子。這事若無十足證據，我豈會輕易相信？」

「縱然他真是妳的舅舅，可分開了這麼多年，這親情自然也淡薄了。還有妳那親生父親，這些年身邊可有別的兒女？若是有，妳這個打小便不在身邊的，如何比得上——」

「夠了！這些是我的事，便不用你操心了！」金巧蓉打斷他的話，深深地吸了口氣，將早就準備好的和離書放在桌上，再拿起桌上的毫筆蘸上墨遞給他，語氣懇求。「便當是我對不住你，程家我是不會再回去的了，把和離書簽了吧！」

程紹安握著筆的手不停顫抖著，望著眼前這個熟悉又陌生的女子，用力一咬唇，提筆落字，而後扔掉毫筆，轉身頭也不回地走了出去。

屋外的程紹禟並沒有走遠，不動聲色地注意著周圍的一舉一動，直到看見程紹安紅著眼、臉色難看地從裡頭衝出來，逕自從他身邊跑開，便知道他到底還是接受了現實。

他深深地望了一眼身後那緊閉的房門，自始至終，裡頭的人都沒有再出來。

程氏兄弟離開後，金巧蓉拿著和離書怔怔地坐著。明明和離書就在手上，她的目的已經達到了，很快她便可以以自由身回到生父身邊去，過那些原屬於她的日子，可不知為什麼，她卻覺得心裡空落落的，彷彿遺失了一些重要的東西。

很快地，她又將這些念頭統統拋開，在心裡告訴自己都過去了，那些所有不好的都已經過去了，從此以後，她再不用日以繼夜地做針線掙錢，她可以生活得很好，比凌玉、比里正家那個姑娘還要好！

「紹安此回可是被傷得不輕，怕短時期內回復不過來。可嘆金……那人輕易被富貴迷了眼，焉知高門大戶明爭暗鬥，裡頭的陰私惡行之駭人……日子豈是那般好過的？」當晚，程紹禟回到屋裡，長嘆一聲道。

凌玉也是一聲輕嘆。「事已至此，還能再說什麼？路是她自己選的，將來是好是歹怕也只能她自己受著。只盼著她的那些血脈至親，憐惜她流落在外多年，好歹多眷顧她幾分。」

上輩子在她偷了錢不知所蹤後，凌玉怨過她、恨過她，在餓得前胸貼後背，卻還得咬著牙勒緊褲帶，想方設法養活婆母與兒子時，更恨不得她在外頭不得好死！可在最初安定下來的那段日子，她又不止一回慶幸過，身邊好歹還有一個金巧蓉能為她減輕幾分負擔。

這輩子倒好了，不用怨、不用恨，彼此早早就沒了瓜葛。

那個人是真的不想再與他們這些人有瓜葛了，所以才會走得那般決絕。

「她那個所謂的舅舅這般輕易便答應他們夫妻見面，想必有條件，可曾提了？」片刻後，她又想到此事，不放心地問。

程紹禟輕撫著她的長髮，點點頭。「提了，希望咱們配合他營造一場意外，讓金……那人詐死離開。」

「倒真想斷得乾乾淨淨的。」凌玉冷哼一聲，又狐疑地問：「既然他都打算讓她詐死離開了，為何還要讓紹安簽和離書？」

「許是想做二手準備，又或者另有打算。」程紹禟已對金巧蓉充滿了厭惡，並不再樂意提她的事。「紹安如今是這般模樣，娘親與表姑那裡也離不得人，這幾日便辛苦妳仔細照看著；至於那人要辦之事便由我來，到時候你們只需要配合著辦一場白事，徹底了了這場孽緣即可。」

程紹禟其實也有幾分遷怒於孫氏的，若非她刻意隱瞞，又怎會發生這樣的事？

但對方如今已經是個無依無靠、無兒無女的可憐婦人，他便是心裡再惱，也不會對她怎樣，只是到底不再如以前那般敬重便是。

匆匆地辦完金巧蓉的「喪事」後，因為不放心王氏和程紹安，程紹禟還特意多告了幾日假留在家中，凌玉也得了空便帶著小石頭陪王氏說說話。

有大孫子在，王氏再怎麼也會給個笑臉，摟著小石頭在懷中聽著他的童言童語。

倒是程紹安一日比一日頹廢，整個人像是沒了任何鬥志，程紹禟罵也罵過、勸也勸過，就差沒掄起拳頭把他打醒。

「瞧他如今，像什麼樣子！人家棄他如敝屣，他還這般念念不忘、自甘墮落，娘也不顧了、生意也不做了，簡直是混帳！」程紹禟回到屋裡時臉上還帶著怒意。

凌玉勸道：「好歹也是打心眼裡喜歡的人，又做了這些日子的恩愛夫妻，乍一下子人就離開了，他這心裡又怎會不難受？再給他些時間，待慢慢想通、看開便好了。」

程紹禟如何不知道這個道理？只是見不慣他這般彷彿一切都不在意的模樣。

「罷了，他愛怎樣便怎樣，我也管不了他。明日我便要回縣衙當差，家裡的一切便拜託妳了。」

凌玉自然應下。

凌玉沒有想到，程紹禟回縣衙當差的當日，程紹安竟然也不見了。

她初時只以為他是出去散散心，心想著這樣也好，總好過留在家中睹物思人，可一直到了晚膳的時辰仍不見他回來。

正在此時，王氏慌慌張張地跑進來。「紹、紹安走了……」

「走了？走了是什麼意思？」凌玉不解。

「我方才到他屋裡收拾，發現他衣櫃裡少了好些衣服，連他攢起來的那些錢也全都不見了！」王氏欲哭無淚，六神無主。

凌玉心裡「咯噔」一下。這一幕著實太熟悉了！

她當下也顧不得王氏，立即在屋裡翻箱倒櫃，找出她存放的錢盒子。終於，當她發現自己的錢分毫不差時，這才鬆了口氣。幸好，幸好這輩子他拿走的只是自己的錢……

「老大家的？妳這是做什麼？」王氏愣愣地望著她這連番反應，不解地問。

凌玉一驚，看著王氏不滿的眼神，又是尷尬、又是心虛，一時竟也找不出適合的理由將自己方才的反應掩飾過去，唯有連忙引開王氏的注意力。「娘，您放心，說不定他是到縣城裡去了。您忘了，他還有生意呢！」雖是這般勸著，可她心裡卻不怎麼相信自己的說詞。

王氏想了想也覺得有這個可能，只是到底不放心。「我到縣城瞧瞧。」

凌玉本想勸住她，轉念再一想，萬一程紹安真的像上輩子那樣帶著大筆錢走了，早些發現早些去找，說不定還能把人給找回來，這樣一想她便道：「我陪您去。」

婆媳二人將小石頭託付給孫氏，匆匆忙忙地進了城，找遍了他可能會去的地方都沒尋著人，凌玉便確定，程紹安真的像上輩子一樣，帶著錢走了。

不同的是，這輩子他帶走的是自己的錢。

她又恨又氣，本已經慢慢沈封的怨恨終於再度冒出來。

她想到上輩子，好不容易決定安定下來不再四處逃命，打算動用那筆撫恤金做些小本生意，也好給家裡添些進項，待什麼時候世道好了，錢存得夠多，便回程家村去。

她一切都計劃得好好的，可第二日，程紹安便趁她不在的時候把錢全偷走了，一走便再無音訊，直到五年後意外在街頭上被她撞見。

程紹禟也是怒火中燒，不敢相信弟弟竟然不告而別，當下發動手下的捕快去找，便是挖地三尺也要把人給找回來。

可是，一天過去了，兩天過去了，日子一天天過去，程紹安依然杳無音信。

王氏終日以淚洗面，程紹禟陰沈著臉，不死心地繼續讓人去找，甚至還寫信拜託在長洛城齊王府當差的鏢局兄弟幫忙，但凡有幾分交情的，他都厚著臉皮去請求對方出手相助。

凌玉心裡始終憋著火，勉強壓抑著打理家事。

終於，一個月後，宋超託人來告知人找到了。

當程紹安的身影出現時，凌玉一馬當先，衝過去對著他就是一頓拳打腳踢。「我讓你跑！我讓你偷錢！我讓你不顧親娘、不要娘子！」

她招招不留情，直打得程紹安慘叫連連、抱頭鼠竄。

可凌玉眼睛噴火，已是分不清前世今生，只知道這個混帳害慘了她。

「你這殺千刀的畜生！不念生母養育之恩，不顧娘子結髮之情，不理兄長同胞之義！畜生，我今日便打死你！」她狠狠地一拳頭砸在他的胸口，再用力往他身上踢了幾腳。

「大嫂、大嫂，我不敢了，再不敢了……大哥，救命啊！」程紹安痛呼出聲，一邊躲避著她的追打，一邊向已經被眼前一幕驚住的程紹禟求救。

「不敢不敢，如今再說不敢有什麼用？我讓你跑，我讓你跑！」凌玉見他還敢躲，當下更惱了，越發追打過去。

「嫂子……真乃女中豪傑也！」護送程紹安回來的唐晉源瞠目結舌，好半天才喃喃地道。

程紹禟揉了揉額角，終於邁開大步朝那二人走去，一手抓住凌玉又要往程紹安身上砸去的拳頭，一手摟著她的腰，把她帶離程紹安身邊。

程紹安連滾帶爬地走開。

可凌玉仍是不解氣，縱是被程紹禟抱著動彈不得，也不死心地朝他踢去。「我讓你偷錢！我讓你不顧親娘、不要娘子！」

程紹安險些又被她踢中，飛快地跑開一段距離，又聽著她這般罵自己，偌高的男子，居然「哇」的一聲哭起來，一邊哭，一邊大聲嚷著。「我沒有偷錢，我沒有不顧親娘、不要娘子！是娘子不要我，是她不要我，她不要我！」心裡的悲苦嚷出來後，他似尋到了宣泄之口，越哭越大聲。「她不要我，她嫌棄我沒用，嫌棄我沒能讓她過好日子，她不要我！」

凌玉被他這陡然大哭弄得呆了呆，心裡咯噔一下，終於從盛怒中回轉過來了。

她望了望哭得撕心裂肺、毫無形象可言的程紹安，再看看一旁目瞪口呆的唐晉源，最後偷偷瞅了瞅身邊的程紹禟，見他鐵青著臉，額上青筋頻頻跳動，左看右看都似是下一刻便要發怒的模樣。

可是，她卻只見他深深地吸了口氣，鬆開了緊緊環著她腰肢的手，大步朝哭得唏哩嘩啦仍在嚷著「她不要我」的程紹安走去，右臂揚起。

凌玉的心一下子便提起來，以為他要打程紹安，便是唐晉源也驚了驚，正要阻止，卻見那隻大掌輕輕在程紹安背上落下，一下又一下，無聲地、笨拙地安慰著。

「大哥，她不要我、她不要我……」程紹安嗚嗚地哭著，又是委屈、又是難過。

程紹禟嘆了口氣。他這個模樣，像極了小時候在外頭被人欺負了跑回來向自己哭訴。這麼多年過去了，個子長了，這性子倒不曾改變多少。

「咳，那個，程大哥，有什麼話進屋再說吧，紹安兄弟也該去洗洗，換身乾淨的衣裳了。」唐晉源看了一會兒後，清清嗓子，上前提醒道。

「對對對，有什麼話回屋再說，在這裡讓人瞧見了像什麼樣。」凌玉恍然，連忙附議著。

趁著程紹安去換洗之際，程紹禟謝過了唐晉源，也託他向宋超等人轉達自己的謝意。

唐晉源不以為意地擺擺手。「兄弟之間，何苦說這些？只是這回紹安兄弟確是吃了不少苦頭，我和宋大哥找到他的時候，他已經餓了好些天，身上的衣裳也是破破爛爛的，想來這路上曾遭遇了什麼。」

凌玉吃了一驚，也想起方才程紹安的模樣確實比他離家前消瘦不少。她原以為是因為他一個人在外不會照顧自己之故，原來竟不是嗎？

「這麼說，他是遭遇了匪徒，身上的行李和錢全都被搶了？」程紹禟皺眉。

「想來應該是這樣沒錯。我們也問過他，只是他怎麼也不肯直言相告，初時還趁著我們不注意想要偷偷溜走。瞧他的模樣，想必是害怕回來見你們。」說到這裡，唐晉源瞥了凌玉一眼。

凌玉被他看得有點兒心虛，可再一想又覺得理直氣壯。他不敢回來不過是因為心虛，與自己何干？

「難得來一回，我去弄幾個小菜，再溫壺酒，今日你們兄弟二人好生聚聚。」她若無其事地起身。

唐晉源想說「不用了」，可忽地想到她早前那一幕，話到了嘴邊又嚥回去，只擠出四個字。「多謝嫂子。」

凌玉知道大概在他心中自己已經落下了凶悍的形象，有些鬱悶，但也無可奈何，誰讓難得發一回飆便讓人看了個正著呢？

「最近兄弟們過得可好？在王府一切可順利？」酒過三巡，程紹禟便問起了在長洛城齊王府當差的兄弟們。

「好，都挺好的。齊王雖是皇室貴族，但性情仁厚，在他手下辦事，著實算是相當不錯。」唐晉源回答。「程大哥，不如你也隨我到殿下身邊去吧？以你的膽識、能力、武藝，一定很快便能得到殿下的賞識。」

程紹禟笑著搖搖頭。「你的好意我心領了，只我如今過得也挺好的。」

唐晉源知道他的脾氣，也不多勸。

程紹禟送走了唐晉源後，得到消息的王氏便到了。

一看到低著頭坐在椅上的程紹安，王氏便撲過去，抱著他又是哭、又是罵、又是打，結果不小心打中他身上的傷，痛得程紹安倒抽一口冷氣。

王氏終於發現他身上的傷，強行挽起他的袖子一看，見上面青一塊、紅一塊，當即心疼得又是一陣哭罵。「可憐我的兒，這是哪個殺千刀的把你給打成這般模樣？」

「殺千刀」的凌玉剛好拿藥進來，聽到她這話，腳步便縮了回去，又聽著王氏一邊抹眼淚一邊罵。

「到底是什麼人心腸這般狠？竟然下這般狠的手，也不怕天打雷轟！」

「娘，不是別人打的，是我自己不小心摔的。」程紹安眼尖地看到門口處露出的一截裙角，打了個寒顫，小小聲地掩飾道。

王氏聽罷又是一陣大哭，一邊哭、一邊罵。「不過就是一個忘恩負義、不知好歹的女子，沒了便沒了，難不成在你心裡便只有她，連生你、養你的娘都不要了嗎？」

「要的要的！娘，我知錯了，日後再也不敢了，再不敢了……」程紹安又是勸、又是賭誓，好不容易才將王氏的哭聲給勸住。

「把藥給我吧。」

凌玉還在遲疑著要不要進去，程紹禟不知什麼時候已經走到她的身邊，示意她把藥交給他。

她忙不迭地把藥遞過去，匆匆扔下一句「我去看看小石頭醒了沒有」，便溜了。

程紹禟看著她那有幾分落荒而逃意味的背影，嘴角微微勾了勾。方才打得那般起勁，這會兒倒是成了縮頭烏龜。

他清清嗓子，拿著傷藥進門，不顧程紹安的反對，親自替他抹上，末了才沈著臉問：「你可知錯？」

「知錯了，大哥，我真的知錯了。」程紹安耷拉著腦袋回答。

王氏早在看到他身上的傷時便心疼極了，這會兒瞧著長子似是打算追究，連忙道：「對對對，他已經知錯，再不敢有下一回了。看著他如今傷得這般重的分上，有什麼話還是改日再說吧！」

「正是因為他如今身上有傷，我才更應該好生教導他，唯有痛入骨髓，他日後才能不再犯。」程紹禟卻不肯輕輕放過。

王氏嘆了口氣，坐到一旁再不敢阻止。長子要做之事，從來不容人反駁。況且，這一回紹安確確實實是錯得離譜了些。

「你可知自己錯在何處？」程紹禟盯著弟弟，冷著聲音又問。

「錯在不該不告而別……但是，我真的不是想要不顧親娘，我就是、就是想著她……她這般瞧我不上，我一定要闖出一番名堂來，將來好教她後悔。」程紹安紅著眼，低聲回答。

程紹禟對此也猜到了，冷笑著又道：「那你便是闖成如今這般模樣？你的錢與行囊呢？我記得你離開前可是把自己攢起來的錢全部帶走了，又怎會落得個衣衫襤褸，連頓飽飯都吃不上的下場？」

程紹安一聽，便知道他已經從唐晉源處得知自己的遭遇，腦袋垂得更低了。

倒是王氏被他這話嚇了一跳。「什麼？你還曾吃過這樣的苦頭？怪道娘瞧著瘦了這般多，快讓娘再好生瞧瞧！我可憐的兒……」

程紹禟無奈地看著又拉著程紹安直抹眼淚的親娘，好一會兒才佯咳一聲提醒。「娘！」

王氏的眼淚立即停住，又是心疼、又是不捨地鬆開程紹安的手，又坐回自己的椅子上。

「你丟了錢、丟了行李，名堂是闖不了了，卻又因為害怕家人責罰而不敢歸家，甚至在宋大哥和唐賢弟將你尋回去時，還想著逃走以躲避回家受罰的結果。做了錯事卻又不敢承擔後果，此乃懦夫所為！程紹安，你已不是當年懵懂不知的孩童，你已經長大成人，理應擔得起一家之主之責。」他頓了頓，深深地望著雙唇微微顫抖的程紹安，終於還是狠下心來道：「若你一直便是如此懦弱得只會逃避，毫無擔當，我倒是對金巧蓉的離開有所明白了。」

如同一道重錘砸在心口處，程紹安的身體晃了晃，臉上的血色「唰」地一下便褪了。

「紹禟！你、你怎能說出這樣的話來？你明知道他……」王氏又氣又急，不敢相信長子居然往次子傷口上撒鹽。

程紹禟平靜地看著娘親又哄又勸地安慰著弟弟，眼神銳利。

也不知過了多久，程紹安才白著臉，抖著唇迎上兄長的視線。「大、大哥，我讓你很失望，是不是？」

「是。」

「紹禟?!」王氏不敢置信地叫起來。

「我、我明白了，連大哥你對我都這樣失望，難怪巧蓉她不要我……」程紹安心中又酸又痛。

程紹禟緩緩又道：「我對你失望，與她選擇離開，是不可相提並論之事。紹安，我失望於你的懦弱逃避、魯莽自私、毫無擔當；而她的離開，不過是因為對富貴的渴望、對恩義的淡薄。你且好生想想大哥對你說的這番話。」說完這句話後，程紹禟深深地望了他一眼，這才邁步離開。

程紹安低著頭，也不知在想些什麼，對王氏的安慰恍若未聞。

卻說凌玉一口氣便跑回了屋，「咚」的一下坐到了床上，懊惱地捧著臉。

她錯了，不應該被怒火遮了眼，以致把兩輩子的事都攪混了，不管不顧地就把程紹安暴打了一頓。打一頓倒也罷了，只是不該當著程紹禟和唐晉源的面打，如今這般一來，自己落了個凶悍的形象不說，程紹禟若是因此對她生了不滿，倒反為不美了。

「不是說要去看看小石頭醒了沒有嗎，怎一個人回了屋？小石頭呢？」

程紹禟疑惑的聲音在屋裡響起來，也打斷了她的思緒。

「啊？我、我這便去，這便去！」她想到自己方才隨意扯的藉口，便要衝出門去看看兒子，才邁開腿便被程紹禟一把抓住胳膊。

「等等，我有話要問妳。」

他的力道不輕不重，卻又讓她輕易掙扎不掉，唯有無奈地轉過身來。「你想問什麼？」

「妳為什麼說紹安偷錢、不顧親娘、不要娘子？」程紹禟深深地凝望著她，問出了怎麼想也想不明白的事。

若他記得不錯，紹安是拿著他自己積攢下來的錢離家的，可以罵他不顧親娘，可不要娘子這話又是從何說起？明明是那金……那人為了富貴而選擇拋棄了他。

凌玉早就料到他必然會問起此事，臉不紅、氣不喘地道：「喔，這個啊？我是隨便說說，用來增強氣勢的。你不覺得這樣罵起來比較鏗鏘有力、比較痛快、比較工整，氣勢也會比較震撼嗎？」

「……」終是有些氣不過，程紹禟忽地伸出手去，在她臉蛋上用力捏了一記。

凌玉痛得當場便濕了眼睛，生氣地拍開他的手。「你做什麼？痛死了！」

「就該讓妳痛一痛，誰讓妳就愛睜著眼睛說瞎話！打量著我容易糊弄是不？」程紹禟虎著臉瞪她。

凌玉委屈地撇撇嘴。糊弄什麼？若是我說真話，你是會相信嗎？

「說吧！為什麼妳會罵出那番話？我有眼睛，自然瞧得出妳罵這些話時，只因心裡確確實實便是這般認為的。可妳我都應該清楚，除了『不顧親娘』這一點外，其餘兩條，怎麼也扯不上才是。」程紹禟緩緩地道。

凌玉揉了揉臉蛋上被他捏過的地方，乾脆道：「說了你又不相信，因為他上輩子確確實實就是偷了我的錢，而且不顧親娘、不要娘子！」

「……」很好，這下連上輩子這樣的話都說出來了。

一見他這般模樣，凌玉便知道他必是不信，噘著嘴又道：「看吧看吧，我就說你不會相信！」

「妳上輩子不是帶著我兒子和我的全部家產改嫁，從此過上了富貴無憂的幸福生活了嗎，紹安又怎會偷走妳的錢？」程紹禟好氣又好笑，板著臉道。

凌玉懵了懵，只很快便想起此話是上回她賭氣說的，遂抿了抿唇，哼了一聲。「對，若不是那王八蛋偷了我的錢，我的嫁妝還能更豐厚些的。」

程紹禟頭一回覺得自己的涵養真的相當不錯，居然還能忍得住沒將這可惡的婦人按在床上狠狠地教訓一頓。

想了想仍舊覺得氣不過，猛地撲過去摟住她，在她的驚叫聲中掌握著力道，在她臉蛋上咬了一下。看著上面的牙印，他滿意地點點頭，板著臉嚴肅地道：「這是給妳一個教訓，看妳日後還敢不敢盡胡扯些有的沒的！」

「你、你個混帳！」凌玉看著銅鏡裡印出來的牙印，再一聽他這話，氣得狠狠跺了跺腳。

程紹禟看她這氣急敗壞的模樣，微微一笑，只很快又斂了下去。「我再問妳一次，為何會說紹安偷了錢，不顧親娘、不要娘子？妳是不是有什麼事瞞著我？」

凌玉氣極反笑。「我明明說了你卻不相信，這會兒還要抓著此事不放。他上輩子就是偷了錢，就是不顧親娘、不要娘子！」

「妳……」程紹禟見她仍舊胡扯，氣鼓鼓地瞪她。

凌玉比他更凶惡地瞪回去。

夫妻二人大眼瞪小眼，片刻後，還是程紹禟先敗下陣來。

「罷了罷了，妳不願說，我也不逼妳。只是，這些什麼上輩子、這輩子的話不能再說。子不語怪力亂神，人死如燈滅，哪還有什麼前世今生？便是有，難不成還能再走一趟回頭路？簡直荒謬！」

凌玉被他這話噎了噎，很想大聲反駁他，可卻又說不出半句話來，畢竟在她經歷過這些之前，她也是這般想的。

看著程紹禟轉身大步走了出去，她氣悶地一屁股坐在梳妝檯前，突然生出一股「世人皆醉我獨醒」的蒼涼感。緊接著，當她看到鏡裡映出的臉上的牙印，忍不住衝著從窗外經過的程紹禟惱道：「幼稚鬼！榆木腦袋！老古板！」

程紹禟腳步微頓，隨即又似是恍若未聞般繼續往前，只心裡暗道：娘子這脾氣著實越來越壞了，竟連自己的相公都罵，看來還是得尋個機會振振夫綱才是。

臉上帶著這麼一個牙印，凌玉自是不敢出去見人，偏她的臉蛋又嫩得很，這點印記竟是老半天都消不下去，可婆母來了，她又不能一直待在自己屋裡不見人。唯有取出上回楊素問給她的胭脂水粉往臉上塗抹，一邊抹著粉，一邊罵著那個幼稚得可惡的老古板。

晚膳時，看到程紹安行動不便地從屋裡走出來時，她頓時又有些心虛，想要上前說幾句好話，希望他好歹不要讓婆母知道他的傷是她打的，可程紹安一見她便嚇得縮到程紹禟身後。

「……」凌玉一陣尷尬。

「躲什麼躲？還不喊人？」程紹禟險些沒忍住笑出聲來，尤其是看到自家娘子難得地塗脂抹粉，自然知道這當中緣故，嘴角彎了彎。

「大大大、大嫂。」程紹安結結巴巴地喚。

凌玉先凶巴巴地瞪了程紹禟一眼，再一聽程紹安這般喚著自己，繼而掃到王氏牽著小石頭出現的身影，暗暗叫苦。

若是讓婆母瞧見他這般畏自己如虎，必然會猜得到他身上的傷是自己所為，一想到這兒，她便努力揚出個溫柔可親的笑容。「回來了就好，大嫂做了好些你愛吃的，好生把身子補補。」

「對，你大嫂說得對，好好補補身子，從前那些不好之事全部抹掉。錢沒了便沒了，日後再掙便是。」王氏將小石頭抱到他專用的椅子上，對凌玉這話頗是贊同。

「知、知知知道了。」程紹安飛快地望了凌玉一眼，又連忙別過臉去，生怕她發現。

「……」凌玉無言。

膳桌上，程紹安一直低著頭扒飯，連菜也不敢去挾。

王氏以為他是餓得狠了，心疼得跟什麼似的，一個勁兒地把他平日愛吃的往他碗裡挾。

「慢慢吃、慢慢吃，還有呢！我可憐的孩子……」

凌玉故作不知地餵著兒子。

程紹安暫且留下來養傷。其實他倒是想要回程家村，可王氏一來擔心他睹物思人，二來也覺得留下來看大夫方便，故而便聽了程紹禟的話，與他一起留下來。

凌玉因為心虛，更因為對程紹安有那麼一點兒歉疚，跑前跑後好不殷勤。

只程紹安卻始終記得當日她凶悍的一面，對她起了懼意，一看見她便恨不得溜之大吉，哪還敢接受她的好意？倒讓凌玉越發鬱悶。

倒是程紹禟看著她這連番碰壁的模樣著實覺得好笑，也不出面當什麼和事佬，任由她笨拙地向程紹安表達自己的歉意。

凌碧診出有孕的喜訊傳來時，凌玉正為程紹安畏她如虎之事鬱悶。

王氏可不是什麼蠢人，縱然一時沒有將兒子身上的傷與她聯繫到一起，可看著他二人間的往來暗湧也是心生疑惑。

好在不管是程紹禟還是程紹安都沒打算告訴她真相，而此事的另一個知情人唐晉源又遠在長洛城，故而她也只是疑惑。

「這下好了，只盼著這一胎真能生個兒子。」凌玉鬆了口氣。

下一刻，她又暗暗思忖。姊姊有孕，太子身死的消息只怕也不遠了，到時這天一變……世道怕是更難了。

得知她的姊姊再度有孕，王氏也替她高興，笑道：「親家母潛心禮佛多年，這一回菩薩必定會讓她如願，妳姊姊她這回必能生個白白胖胖的兒子。」

「承娘的吉言了。」凌玉歡喜地道。

「若何時妳能再給小石頭添個弟弟便更好了。」哪知王氏接著便將話轉到她身上。

凌玉笑了。「難不成若是妹妹，娘便不喜歡了嗎？」

王氏愣了愣，想了想，又歡歡喜喜地道：「若是個妹妹也好，我還不曾養過女兒，能養個嬌嬌滴滴的孫女兒自然也好。」說著說著，她突然覺得，其實若是個孫女倒真的不錯，也算是彌補她沒有女兒的遺憾，遂立即改了話。「要不還是先給小石頭生個妹妹吧，日後再生個弟弟。」

凌玉一下子便笑出聲來。「好，娘說什麼便是什麼。」

其實若是可以選擇，她還是希望生個兒子。這世道對女子素來苛刻些，若又逢戰亂，女兒家吃的苦頭必然比男子還要多。女兒要生，但得在自己能確保為她提供一個安穩無憂的環境下，才把她生下來。當然，若是小丫頭提前到來了，她也會無限歡喜。

凌玉本以為程紹安經此一回，怕是再沒有什麼心思打理他的生意，畢竟最初他那般努力做生意掙錢，都是她利用他對金巧蓉的心思勾著他，再加以威逼利誘，可如今金巧蓉拋棄他走了，動力變成了打擊，再加上所有的積蓄又沒了，估計會一蹶不振，再度變回從前那個遊手好閒、得過且過的程紹安。

不承想，過得幾日，凌大春徵求她關於留芳堂分鋪開張日子的意見時，順便將程紹安尋上他，希望成衣鋪子與留芳堂分鋪同一日開張一事，告訴了她。

「他店裡的東西都準備好了？」凌玉有些驚奇地問。

「我特意去瞧了瞧，基本上都準備好了。商品不算多，但樣樣精細，瞧得出他是花了不少心思的。只是我個人還是建議他好生歇息一陣子，不必急於一時，先把心情調理好再說。」

凌大春並不知道金巧蓉還活著，只以為程紹安真的喪妻，而凌玉自然守口如瓶，不曾透露過半句。

「若是他堅持，便也由他吧！找些事情讓自己忙碌起來也是好的，總好過留在家裡一個人胡思亂想。況且，縱然是我那弟妹不在了，可他早前請的幾位繡娘手藝也頗為不錯，口碑也算是有了，便是提前開張也沒什麼。」凌玉想了想便回答。

凌大春仔細斟酌了一下，也覺得她說得有幾分道理。「如此也好。」

「還有，妳早前託我在金州城置的田地、宅子，我都準備好了。」凌大春又將帶來的錦盒交給她，裡面放著的便是屋契、地契。

凌玉抱著錦盒，長長地吁了口氣，又問：「你的呢？可也置好了？」

「都置好了。只是我還是不明白，為何妳打算在那處置產業，還特意讓我也置上一些？」他對此百思不得解。

凌玉自然不能告訴他，這是因為她打算一旦戰亂起來，便逃到金州城去。當然，還有一個原因是郭騏來年便將調任金州知府。

見她含含糊糊的並不明言，凌大春也不在意，遲疑了一陣，終於還是問：「素問最近可曾來找過妳？」

「這倒不曾。怎地了？好好的怎會問起她來？」凌玉替他把茶水續上，隨口又問。

「沒、沒什麼，隨便問問、隨便問問。」凌大春低下頭去啜飲茶水，掩飾臉上的不自在。

偏凌玉卻是眼尖得很，一下子便瞧出來了，心思一動，假裝不解地道：「自從與葉氏合作後，素問倒是比以往輕鬆不少，以往還會不時到留芳堂去，難不成最近竟不曾去過了？」

「嗯，大概、大概她還有其他事要忙吧！對了，我還有事，先走了。」說完，他也不等凌玉反應便急急忙忙地離開。

有古怪……凌玉輕撫著下巴，若有所思地看著他漸漸離開的身影。

待程紹安把他的打算向兄長道來時，程紹禟也是如凌玉這般想法，只是叮囑他要腳踏實地，用心把店鋪經營好，其餘諸事便不用再放在心上。

得了兄長的支持，程紹安一直懸著的心總算落到了實處，又看到凌玉牽著小石頭進來，連忙起身告辭。「我先回去準備開張之事了。」

凌玉無奈地看著他落荒而逃的背影，鬱悶地道：「我就這般嚇人嗎？當時不過是一時激動而已，至於到如今還這般怕我嗎？」

程紹禟嘴角微揚，沒有回答她，朝著兒子招招手，示意他到身邊來。

小石頭鬆開娘親，「咻」地跑到他身邊，熟練地爬上他的膝，一屁股坐到他的大腿上，這才仰著臉脆聲喚：「爹爹！」

「好小子，動作倒是越發索利了。」他搖搖頭，捏了捏兒子肉肉的手臂。

小傢伙衝他笑得眉眼彎彎。

「我瞧著他倒是越發像隻小猴子了，沒個安靜下來的時候，偏這膽子還大得很，上回趁崔捕頭不注意，居然踩著小凳子想要去騎人家的馬呢！」凌玉沒好氣地道。

程紹禟哈哈一笑，捏捏兒子的臉蛋。「你這小子的膽子怎地就這般大呢？若是被馬踢到了可如何是好？虧得崔大哥那匹馬的性子還不錯。」

「你這是誇他還是責怪他？」凌玉不滿了。

「誇也好，責怪也罷，男孩子膽子大些倒不是什麼壞事。」程紹禟不以為然。

「東西都收拾好了，咱們該啟程了，早些去也能早些回來。」凌玉上前替兒子擦了擦臉蛋，將他抱下來。

「既如此便走吧！」

凌碧有喜，身為她的娘家人，自然要上門探望，趁著這日程紹禟休沐，回過了王氏後，一家三口便啟程往梁家村去。

「這便是你這些日子整出來的馬車？」凌玉抱著兒子，圍著門口處的馬車轉了一圈，驚訝地問。

程紹禟笑了笑。「如何？倒還像模像樣吧？待日後再買匹馬，專門替你們拉車，如此你們若是出門倒也方便了。」

如今套著的馬是縣衙分給他辦差用的，臨時被他用來拉車；車駕則是前段日子他利用閒暇時間親自動手做的。

「這樣自然好，日後出門可真是方便了。」相公的一番心意，凌玉又如何會拒絕？自然笑著應下。

「那，娘子請上車？」程紹禟伸手過來，先將小石頭抱上車，再轉過身來，挑眉道。

凌玉被他這難得的俏皮模樣逗樂了。

一家三口，程紹禟自然是要充當車夫的角色。聽著車廂裡不時傳出兒子歡快的笑聲，偶爾夾雜著娘子的笑斥聲，他不自禁地揚起笑容。

梁母與梁淮升盼了這麼多年終於又盼來凌碧再度有孕，那歡喜勁自不必說，便是周氏也激動得直唸「阿彌陀佛、菩薩保護」。

能在姊姊家中看到娘親在，凌玉並不意外，這麼多年來，因為凌碧久不見再有孕，周氏承受的壓力比她也小不到哪裡去。如今總算老天爺垂憐，周氏又如何坐得住？一得了消息便打點孕婦所能用得上的東西，在凌大春的護送下到梁家村來了。

凌碧一見凌玉過來便緊緊地拉著她的手，眼中泛著點點淚光。「這還得多虧了妳，若不是妳上回勸住了我，我險些做了糊塗事。」要是妾室進門後她才發現自己能夠再有孕，那還不得嘔死自己？虧得上回聽了妹妹的勸。

凌玉笑了笑，問起她有孕後的情況。

凌碧心中正歡喜，自是知無不言。

母女三人就著她肚子裡的孩子說了好半晌的話，不知不覺間便將話題轉到凌大春身上。

「娘，大春年紀也不小了，這親事可不能再拖，他如今又整日忙著生意之事，身邊沒個人照顧終究不行。」凌碧輕撫著尚未顯懷的腹部，柔聲道。

「我如何不知道這些？只是那孩子是個極有主意的，每回我提到他的親事，他總是顧左右而言他。」周氏嘆了口氣。

凌玉微微一笑。「妳們擔心什麼？大春哥既是個極有主意的，想必婚姻大事這樣重要之事，必是也有了主意，咱們且等著他主動提便是了。」

「妳是不是知道些什麼？」凌碧好奇地問。

便連周氏也被她勾起了興致，試探著問：「大春他有了相中的姑娘了？」

凌玉卻只是笑，半個字也不肯再多說。

見她不說，凌碧急得就要去擰她。「妳這是存心勾著人家，好看笑話是不？」

凌玉笑著避開她，姊妹二人笑鬧作一團。

離開時，程紹禟夫婦載上了周氏與凌大春母子，親自把他們送回去，這才駕車準備返回縣城。

不承想在回城的路上，馬車突然出了點問題，不得不停下來。

「如今看來，你這技術仍舊不過關，仍有提升的空間。」看著程紹禟灰頭灰腦地下來修車，凌玉忍不住取笑道。

「一回生，二回熟，無妨。」程紹禟倒也看得開，絲毫不在意她揶揄的目光。

片刻之後，凌玉便聽到程紹禟喚她。

「小玉，把錘子拿給我一下。」

她應了一聲，找出鐵錘遞給他，又替他按著木板，看著他熟練地敲打鐵釘，渾然不覺身邊的兒子正邁著一雙小短腿，追著一隻拍打著五彩翅膀的蝴蝶跑開了。

待夫妻二人合力把車修好，又用水囊裡的水洗乾淨手，才發現小石頭不見了蹤影！

「小石頭！小石頭！」凌玉又慌又怕，大聲叫著兒子的小名。

便是向來遇事鎮定的程紹禟，此刻也驚懼萬分，勉強讓自己冷靜下來。「他一個孩子，必然跑不到哪裡去，況且此處除了咱們再沒有旁人……」他仔細地觀察一下周遭的環境地形。此處並不是拐彎之地，整條路一望到底，除了他們外再不見其他人，而路旁是一座樹林，林中樹木枝葉繁茂，偶爾傳出一陣枝葉被微風吹動發出的「沙沙」響聲。「咱們到樹林裡找找！」他當機立斷地吩咐著。

凌玉六神無主，唯有連連點頭，也不等他再說，便一邊叫著兒子的小名，一邊率先朝林中衝去。

程紹禟邁著大步緊隨其後，搜刮著林中的人影。

樹林裡一陣陣鳥叫蟲鳴，枝頭上高歌的鳥兒被他們焦急的叫聲，驚得撲著翅膀「撲喇喇」飛走了。

「小石頭！小石頭你在哪兒？你不要嚇娘！」不知不覺間，凌玉的呼叫已經帶著哭音。若是兒子有個什麼不測，她此生再不會原諒自己！若不是她的疏忽，又怎會連兒子什麼時候跑開了也不知道？

「娘……」

孩童特有的軟糯聲傳來時，凌玉身體一僵，又驚又喜地回過身，不料卻被身後所見的一幕驚得尖聲叫起來。「你要做什麼?!快放開他！放開他！」

正在另一邊尋找兒子的程紹禟聽到娘子的尖叫，大驚失色，足尖一點，立即朝她那邊飛掠而去。

當他看到被一名陌生男子抓在手上，正以匕首頂著脖頸的兒子時，瞳孔陡然收縮！

——未完，待續，請看文創風709《執手偕老不行嗎》2

文創風 708

執手偕老不行嗎 1

國家圖書館出版品預行編目資料

執手偕老不行嗎 / 暮月著. --
初版. -- 臺北市 : 狗屋, 2019.01
冊 ; 公分. --（文創風）
ISBN 978-986-328-953-1（第1冊 : 平裝）. --

857.7　　107020340

著作者	暮月
編輯	黃淑珍
校對	黃薇霓　簡郁珊
發行所	狗屋出版社有限公司
地址	台北市104中山區龍江路71巷15號1樓
電話	02-2776-5889～0
發行字號	局版台業字845號
法律顧問	蕭雄淋律師
總經銷	知遠文化事業有限公司
電話	02-2664-8800
初版	2019年1月
國際書碼	ISBN-13　978-986-328-953-1

本著作物由北京晉江原創網絡科技有限公司授權出版

定價250元
狗屋劃撥帳號：19001626
網址：love.doghouse.com.tw　E-mail：love@doghouse.com.tw